VOL AU-DESSUS D'UN NID DE RIPOUX

Du même auteur

Trafic de drogue... trafic d'États, Fayard, 2002 (avec Éric Merlen).

Carnets intimes de la DST, Fayard, 2003 (avec Éric Merlen).

Parrains et Caïds. Le grand banditisme dans l'œil de la PJ, Fayard, 2005.

Parrains et Caïds II. Ils se sont fait la belle, Fayard, 2007.

Parrains et Caïds III. Les règlements de comptes dans l'œil de la PJ, Fayard, 2009.

Ce que je n'ai pas dit dans mes carnets. Entretiens avec Yves Bertrand, Fayard, 2009.

La Prison des Caïds, Plon, 2011.

L'Intérieur. Un ancien directeur général de la police témoigne, Fayard, 2012.

Secrets d'avocats, Fayard, 2012 (avec Éric Merlen).

Frédéric Ploquin

Vol au-dessus d'un nid de ripoux

Fayard

Couverture graphisme Christophe Billoret
© Gamma

ISBN 978-2-213-67238-0

EN GUISE DE GÉNÉRIQUE

Une voiture de la brigade anticriminalité (BAC) patrouille dans les quartiers nord de Marseille, le 21 juillet 2012 en milieu de journée. La police des polices a placé un micro à bord, mais les fonctionnaires l'ignorent.

Sur les ondes, on apprend qu'un équipage sécurise un train de marchandise « sensible » dans le secteur de l'Estaque. Un des fonctionnaires présents à bord du véhicule évoque avec gourmandise (et dans un langage qui n'appartient qu'à lui) un souvenir qui fait saliver ses collègues :

« Putain, un jour on a surveillé un wagon parce qu'il venait d'être fraqué *[volé]. C'était un train, c'est quand il y a eu le changement d'euros, je sais pas combien il y avait de millions d'euros là-dedans. Personne n'était au courant, à part qu'il y a eu une petite fuite. Ouais, le mec [un collègue] il était venu en BMW et il avait chargé, mais les sacs étaient tellement lourds qu'il les traînait. Mais quand il les traînait, ça les ouvrait, tu sais. Donc, y avait des pièces… enculé, 2 euros ! Enculé, 2 euros ! Et y avait par boîte, dans le wagon, la boîte, comme ça : 2 000 euros.*

– C'est pas numéroté, rien ? demande un des passagers.

– Euh… Non, les pièces, non.

– Il a été fait, le mec ?

– Non, il a pas été fait. »

Sur l'enregistrement, on entend les policiers rire de bon cœur, emballés par le bon coup de ce collègue qui ne s'est pas fait prendre.

« Pendant trois mois, écoute-moi, il nous a payé tout ce qu'on voulait. Elles étaient neuves, tu sais, brillantes comme t'as jamais vu ! »

Quelques jours plus tard, dans une autre voiture également sonorisée par les enquêteurs de l'Inspection générale des services, un flic résume l'état d'esprit de la BAC des quartiers nord :

« On est un bon petit groupe, on ferme nos gueules, ce qui se dit dans la voiture reste dans la voiture. »

Réalisation cartographique : Études et Cartographie - Lille

Marseill

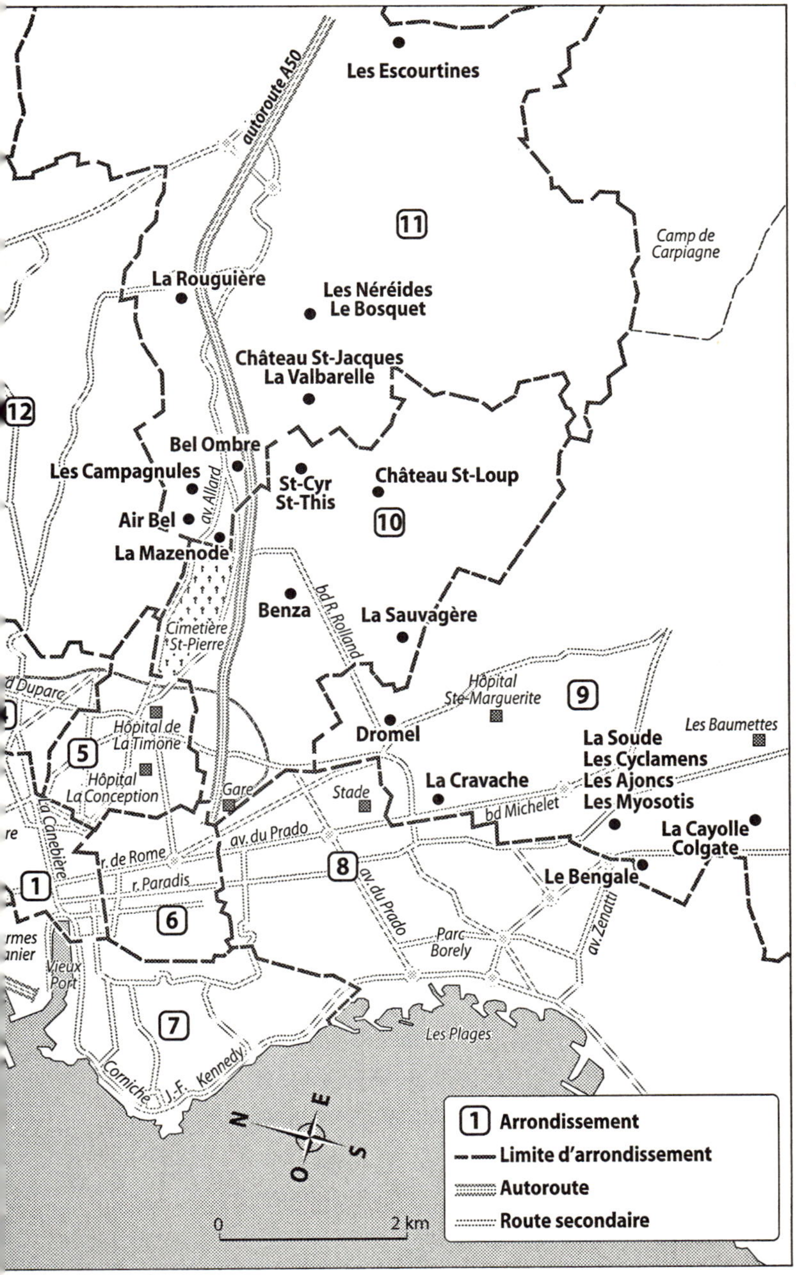

n agglomération

Carnet de bord

Cette histoire se déroule entre les mois d'août 2011 et décembre 2012, principalement à Marseille. C'est celle d'un préfet dépêché dans la cité phocéenne par Nicolas Sarkozy, alors président de la République, pour tenter d'enrayer la flambée de la délinquance et qui va mettre au jour la plus extraordinaire histoire de policiers « ripoux » que la France ait connue depuis plusieurs décennies : l'histoire d'une enquête menée dans le plus grand secret pendant près d'un an pour tenter de percer le mystère de la brigade anticriminalité – la BAC, comme on dit dans le jargon –, fer de lance de la lutte contre le crime dans les quartiers nord de la ville, territoire à la dérive s'il en est.

Lorsqu'il débarque à Marseille à neuf mois de l'élection présidentielle, Alain Gardère, la cinquantaine, silhouette de marathonien, vient de diriger pendant six ans la police parisienne. Attendu comme le Sauveur par une partie de la population, il n'économise pas son énergie pour enrayer la multiplication des braquages, cambriolages et autres vols avec violences qui détériorent la vie quotidienne des Marseillais. Homme de contact, il reçoit volontiers tous ceux qui peuvent l'éclairer sur cette ville qu'il découvre : des policiers révoqués qui rêvent de revanche, des mères qui dénoncent les assassins de leurs fils, des habitants des quartiers qui veulent sortir leur cité de l'ornière.

Très vite, entre deux longs footings à travers les parcs de la ville, Alain Gardère se convainc qu'il y a urgence. La police marseillaise ne peut vivre avec cette tumeur en son sein : s'il y a dans les quartiers nord des ripoux qui corrompent l'action policière, il faut les démasquer. En accord avec la place Beauvau et sous le contrôle du procureur de la République de Marseille, Jacques Dallest, il mobilise le commissaire divisionnaire Didier Cristini, chef de l'antenne régionale de l'Inspection générale des services, la police des polices, lequel ira jusqu'à placer des micros dans les véhicules de la BAC, avec le renfort d'unités d'élite venues discrètement de la capitale.

Puisant aux meilleures sources, ce livre reconstitue le carnet de bord d'un préfet hors normes : un an dans la vie d'une ville en proie à la guerre des gangs, où les jeunes des cités s'entretuent pour le contrôle du marché des stupéfiants, où la police enquête sur la police, soupçonnée de prélever sa dîme au lieu de combattre le crime.

Un polar du XXIe siècle où tout est vrai.

I

L'alerte

SMS

4 octobre 2012. Le scandale des policiers ripoux de la brigade anticriminalité des quartiers nord de Marseille, un concentré de cités « sensibles », s'étale à la une des médias.

Dans l'attente d'une nouvelle affectation, Alain Gardère, 54 ans, tout juste remercié par Manuel Valls, successeur de Claude Guéant place Beauvau, a encore l'esprit en Provence. Et Marseille pense à lui, à voir le bombardement de SMS sur son téléphone portable. Comme celui-ci : « Bravo et merci pour avoir nettoyé la police marseillaise. J'espère que nous allons récolter les fruits de votre travail. À bientôt ! Béchir. »

Béchir, homme d'une quarantaine d'années, est l'un de ceux qui ont déchiffré pour lui ces quartiers nord, territoire abandonné par la République au profit d'un véritable système mafieux. Visiblement, ce père de famille né à Marseille reprend espoir.

77, rue de Miromesnil, Paris

Octobre 2012. Quartier général de Nicolas Sarkozy, jeune retraité de l'Élysée : deux cent soixante-dix mètres carrés en plein cœur de la capitale. Des bureaux où défile le Tout-Paris – et pas seulement – à quelques centaines de mètres de cette place Beauvau qui lui a servi de tremplin politique. C'est ici que Michel Gaudin, fils de boulanger devenu spécialiste des « poulets », premier préfet éjecté de l'ère Hollande, a atterri quand il a été remplacé à la tête de la préfecture de police de Paris. Il était la « tour de contrôle » du président de la République à l'Intérieur ; la fonction de directeur de cabinet du vaincu de 2012 lui va désormais comme un gant (blanc).

Précis, à l'occasion pince-sans-rire, Michel Gaudin a fait et défait les carrières des grands et des moins grands flics depuis dix ans. Alain Gardère fait partie de ceux-là. C'est pourquoi, ce jour-là, il l'accueille presque en ami dans l'antre de celui qui restera pour la vie « monsieur le président », mais dont on connaît le peu d'appétit pour le protocole. En ami et en complice : Alain Gardère vient lui aussi de perdre son poste. Encore préfet de police à Marseille quelques jours plus tôt, il a été remplacé dans le cadre d'une vaste reprise en main de la police marseillaise, juste avant que n'éclate le scandale des ripoux de la BAC. Une affaire dans laquelle – Michel Gaudin est l'un des rares à le savoir – Alain Gardère a joué un rôle moteur.

Les deux hommes bavardent, sans trop s'attarder sur la police. Le 6 mai 2012 est passé par là, Michel Gaudin a tourné la page.

Le « président » est-il dans les murs ? Michel Gaudin l'ignore lorsqu'il propose à son hôte une rapide visite guidée des lieux. Nicolas Sarkozy pousse à cet instant précis la porte de son bureau, accompagné de Denis Olivennes, un des piliers du groupe Lagardère.

« Lui, c'est un vrai, c'est un pur, c'est un dur ! entonne Nicolas Sarkozy pour présenter le préfet à l'homme de médias. C'est un mec, on peut compter sur lui. »

Puis, se tournant vers Alain Gardère :

« Je suis très fier de ce que vous avez fait à Marseille.

– Je l'ai fait pour vous et pour Marseille, répond le préfet.

– Vous avez la forme, dites-moi ! Mince, et tout ! poursuit un Nicolas Sarkozy qui sait ce que courir veut dire.

– J'essaie de me maintenir, je fais de la course à pied. Il m'arrive de courir au jardin du Luxembourg avec votre officier de sécurité. Il court bien !

– À vélo, j'arrive à peine à le suivre ! Et ce bracelet (il regarde le poignet d'Alain Gardère), il me dit quelque chose : je crois que le patron d'Air France porte le même… Vous changez de femme, vous aussi ?

– Non, pourquoi, monsieur le président ?

– Moi non plus !

– Vous manquez à beaucoup de gens !

– Surtout aux femmes ! Mon plus grand plaisir, c'est de regarder les sondages et de voir que je progresse, surtout chez les femmes.

– Vous avez fait le boulot ! » intervient Michel Gaudin.

Claude Guéant, ancien secrétaire général de l'Élysée, ancien ministre de l'Intérieur, aurait sans doute aimé participer à cette brève reconstitution de ligue dissoute à laquelle ne manquaient que Frédéric Péchenard, Bernard Squarcini et Jean-Louis Fiamenghi, trois autres flics qui ont compté pour Nicolas Sarkozy.

La mission

Un peu plus d'un an plus tôt, en août 2011. « Marseille ne doit pas devenir Naples, glisse Claude Guéant en lui annonçant la nouvelle. C'est le président qui a choisi de vous nommer là-bas », ajoute le ministre de l'Intérieur.

Nicolas Sarkozy « adore » les flics, il l'a suffisamment clamé pour que nul ne l'ignore. Pur technicien de la Sécurité publique, Alain Gardère a retenu son attention. Il le connaît depuis longtemps, précisément depuis 1986. Nicolas Sarkozy est alors maire de Neuilly-sur-Seine et Alain Gardère commissaire de police à Puteaux, la ville voisine. Les futurs cadres du quinquennat sont déjà dans le paysage : Claude Guéant est secrétaire général de la préfecture des Hauts-de-Seine et Michel Gaudin directeur des services du département. Alain Gardère, lui, poursuit son chemin au sein de la Sécurité publique dont il devient le chef d'état-major alors que Claude Guéant est directeur général de la police nationale. En 2001, il est nommé directeur départemental à Rennes où le même Guéant est préfet de région. De quoi tisser de solides fidélités.

En 2002, devenu ministre de l'Intérieur, Nicolas Sarkozy cherche à faire venir Alain Gardère dans son staff, place Beauvau, mais « Monsieur Gaudin » fait de la résistance : il conserve cet élément prometteur comme directeur de cabinet à la Direction générale de la police. Neuf ans plus tard, en mars 2011, il gagne ses galons de préfet quand il est nommé directeur adjoint de cabinet de Claude Guéant, ministre de l'Intérieur.

Lorsque le ministre lui annonce son départ pour Marseille, Alain Gardère dispose de quatre jours pour se préparer, pas un de plus. Ce n'est pas une faveur ni une promotion, mais une marque de confiance. On lui donne quelques mois pour « donner un coup d'arrêt » à une délinquance qui flambe. Pour lui accorder une chance de succès, cent soixante-six fonctionnaires vont être affectés en renfort dans la cité phocéenne. Il pourra aussi s'appuyer sur deux compagnies de CRS installées à demeure.

Frédéric Péchenard, patron de la police

Avant son départ, Alain Gardère rencontre Frédéric Péchenard, directeur général de la police nationale, dans son bureau de la rue des Saussaies.

« J'aimerais avoir une équipe à moi, hasarde Gardère. Je voudrais pouvoir m'appuyer sur des gens que j'ai moi-même choisis.

– Cela ne va pas être simple, réplique Péchenard. Faire partir le directeur de la Sécurité publique et le directeur régional de la PJ [police judiciaire] reviendrait à les sanctionner. »

Le futur préfet délégué connaît bien sa « maison ». Il sait qu'on ne bouscule pas sans raison les cadres en place. Il n'en va pas moins frapper à toutes les portes pour tenter d'arracher une équipe à sa main. Il essaie de convaincre le directeur central de la police judiciaire, Christian Lothion, dont les bureaux sont situés dans le même immeuble, avant de rencontrer le directeur central de la Sécurité publique, Jacques Fournier. Les deux hommes le reçoivent courtoisement mais n'en pensent pas moins. Il n'est pas vraiment dans leur intention de laisser leur collègue exercer une emprise trop importante sur leurs troupes. Les hommes en place le resteront : il devra composer avec eux. En toute urbanité, bien sûr, et qu'on n'aille pas parler ici de guerre des polices !

Bernard Squarcini, maître espion

Quand on est expédié en territoire inconnu, le mieux est de prendre conseil auprès des collègues déjà passés par là. Alain Gardère songe naturellement à Bernard Squarcini : le patron de la Direction centrale du renseignement intérieur (DCRI), très proche de Nicolas Sarkozy depuis le début du quinquennat, a été préfet de police à Marseille, ville la plus corse du continent où le maître espion se sentait un peu chez lui.

S'il peut difficilement le recommander auprès de son ami et « compatriote » Jean-Noël Guérini, président (socialiste) du conseil général, empêtré dans une affaire judiciaire sans fin, « Bernard » suggère à « Alain » de mettre son nez dans les quartiers. Il lui propose même une clef d'entrée : qu'il prenne contact de sa part avec son amie Nora Preziosi. C'est non seulement une femme de terrain, puisqu'elle a été élue conseillère municipale sous la bannière de l'UMP, mais elle a grandi dans une cité des quartiers nord, Font-Vert. Son regard sera forcément utile à l'« étranger ».

« Fréquente les CIQ (comités d'intérêt de quartiers), insiste encore Bernard Squarcini. Ces structures existent à Marseille depuis plus d'un siècle. Tu apprendras des choses dans leurs réunions. Tu y verras beaucoup de monde. »

Marseille est une nouvelle fois érigée « priorité nationale » et la police se trouve en première ligne.

Alain Gardère, lui, n'arrive pas les mains tout à fait vides.

L'installation

29 août 2011, 11 h 30. Aéroport de Marseille-Provence. Le préfet de la région PACA (Provence-Alpes-Côte d'Azur), Hugues Parant, est au pied de l'avion en provenance de Villacoublay, en région parisienne. Claude Guéant, ministre de l'Intérieur, descend le premier. Alain Gardère, qui était la veille encore son directeur adjoint de cabinet, lui emboîte le pas. L'imposante délégation comporte aussi le chef de cabinet du ministre, le conseiller police, le conseiller social Emmanuel Bordeau, bien connu des syndicalistes, deux attachés de presse, un officier de sécurité, un journaliste de RTL et un autre du *Monde*, sans oublier les deux patrons, celui de la police, Frédéric Péchenard, et celui de la gendarmerie, Jacques Mignaux. Quand l'avion redécollera en direction de la capitale – à 16 h 05, si tout va bien –, ils en laisseront un derrière eux : Alain Gardère, nommé le mercredi précédent « préfet délégué à la défense et à la sécurité » à Marseille. Le troisième en deux ans.

Le cortège suit la Velsatis à bord de laquelle ont pris place le ministre et le préfet de région. Direction la Porte d'Aix où attendent l'indétrônable sénateur-maire de Marseille, Jean-Claude Gaudin (UMP), mais aussi la maire du secteur, la socialiste Lisette Narducci, et le président de la communauté urbaine, Eugène Caselli, lui aussi socialiste. C'est à proximité de cet arc de triomphe symbole de tant de défaites – face à la misère, surtout – que la force publique vient de reconquérir un parking « confisqué » au groupe de BTP Vinci par de petits malfrats : le soir venu, ils actionnaient la barrière devant les automobilistes moyennant une pièce en guise de péage.

Bienvenue dans les quartiers nord de Marseille, ses campements de Roms, ses vendeurs à la sauvette, ses cités avec vue sur la mer, le territoire du commissaire divisionnaire Christophe Groult, chef de la Division de sécurité de proximité Nord, qui commença sa carrière... dans la presse. Celui-ci a pris soin de sécuriser les lieux, mobilisant notamment un équipage de la BAC en « tenue bourgeoise », comme d'habitude, autrement dit en civil, à cent lieues d'imaginer que dans un peu plus d'un an, son service implosera, miné par une affaire de corruption.

Au milieu de la petite pelouse, celui qui n'est plus préfet que pour quelques instants, Gilles Leclair, épaulé par l'inspecteur général Pascal Lalle, directeur de la Sécurité publique des Bouches-du-Rhône, présente au ministre le « dispo » mis en œuvre pour « restaurer l'État de droit » dans les parages. Rien que de très classique : patrouilleurs, CRS, périmètre de sécurité renforcée. De quoi montrer, uniformes à l'appui, que l'État ne se laissera pas intimider et que les quinze à vingt plaintes déposées par Vinci ne l'auront pas été pour rien.

La petite foule s'ébranle en direction du parking de tous les dangers : quelques mètres de bitume à ciel ouvert qui viennent de connaître leur heure de gloire nationale. Pas de vendeur à la sauvette en vue, deux équipages de la police municipale veillent sur le secteur depuis 9 heures du matin, sans compter l'unité complète de gendarmes mobiles (soixante-cinq fonctionnaires) stationnée sur un boulevard voisin.

Claude Guéant serre des mains, réconforte quelques commerçants, mais les gendarmes le guettent déjà à la caserne Beauvau où il doit les féliciter pour avoir mis en fuite des braqueurs qui s'apprêtaient à attaquer l'entrepôt d'une société de transport de fonds. Du gros gibier, mais le nouveau préfet le sait : à Marseille il y en a pour tous les types de chasseurs.

Le ministre de l'Intérieur déjeune en comité restreint à la préfecture de région, au salon de piano, avec le préfet et le maire de Marseille. Puis il rejoint la salle Aubrac où tous les élus de la ville sont réunis pour découvrir le visage du nouveau venu, Alain Gardère, joker de Nicolas Sarkozy, le président qui parle à l'oreille des flics. Conférence de presse dans la foulée au cours de laquelle Claude Guéant, qui en est à son troisième déplacement dans cette ville depuis sa prise de fonctions place Beauvau, martèle que le préfet devra « innover sur le plan stratégique et méthodologique à Marseille pour qu'une situation maîtrisée de la sécurité règne enfin ! ».

Le ministre enchaîne sur un bref entretien privé avec les dirigeants de l'Olympique de Marseille, l'institution footballistique locale fatiguée de voir ses joueurs vedettes victimes d'agressions à domicile. Mais, déjà, deux motocyclistes de la police facilitent la progression du cortège ministériel vers l'aéroport…

Au même moment, quelque part dans la cité phocéenne, Martine Aubry, secrétaire nationale du parti socialiste et candidate aux primaires, bat le pavé. Une visite tenue secrète, dont le but est à la fois de défier le ministre de l'Intérieur et de dénoncer la « politique sécuritaire » du gouvernement. Une visite en force, puisque la maire de Lille est accompagnée de trois grands élus locaux : Michel Destot, maire de Grenoble, Pierre Cohen, maire de Toulouse, et François Pupponi, maire de Sarcelles. L'occasion de rencontrer la sénatrice PS des Bouches-du-Rhône, Samia Ghali, qui ne sait pas qu'elle réclamera, un an plus tard, l'intervention de l'armée dans les quartiers avec, à la clef, une tournée médiatique digne d'une rock-star.

Le gouvernement qui tente d'endiguer une délinquance galopante ; une tête d'affiche de l'opposition qui promet « la sécurité pour tous les Français » si elle est élue : la routine…

Première nuit

Tout est allé si vite que la maison du préfet n'est pas libre : Gilles Leclair n'a pas eu le temps de plier bagage. Le nouvel arrivant passe sa première nuit dans la « chambre de l'Empereur », à la préfecture de région, une pièce aux dimensions napoléoniennes : la distance qui sépare le lit du téléviseur est telle que la télécommande fonctionne à vide.

Combien de nuits Alain Gardère passera-t-il à Marseille ? Arrivé le 17 janvier 2011, son prédécesseur a été évacué en urgence le 29 août : soit même pas neuf mois. Un seul été. Leur point commun ? Comme Gilles Leclair, Alain Gardère a fait carrière dans la police, mais pas dans la même maison : commissaire à la brigade criminelle de Versailles en 1978, Leclair a été directeur adjoint de la PJ en Corse, directeur de l'Office central pour la répression du trafic illicite des stupéfiants, avant de devenir patron de l'Unité de coordination de la lutte antiterroriste en 2002. C'est un pur produit de la PJ, quand Alain Gardère, lui, est un enfant de la Sécurité publique (la police en tenue)...

Gilles Leclair avait succédé à Marseille à Philippe Klayman, resté dix-huit mois sur place, lequel avait lui-même remplacé Bernard Squarcini, appelé à prendre la Direction centrale du renseignement intérieur. Squarcini avait pris la place du commissaire Roger Marion, un poulet au caractère affirmé avec lequel Gardère entretient également des relations privilégiées – Marion a promis de lui rendre rapidement visite, lui à qui le règne de Nicolas Sarkozy n'a pas véritablement porté chance...

Même pas neuf mois... Un passage éclair auquel un entretien accordé à deux journalistes de *La Provence* a probablement mis un point final.

Oubliant qu'un préfet ne peut pas dire complètement la vérité, Gilles Leclair a été appelé au creux de l'été, le 31 juillet, à commenter les braquages de plus en plus violents et les assassinats à répétition. « Incontestablement, a-t-il expliqué aux journalistes, on ne peut pas dire qu'à Marseille on soit au paradis. »

Pourquoi ne pas dire que c'est carrément l'enfer… ? Gilles Leclair a tenté ce jour-là de vanter son bilan, mais afficher quarante-six homicides au cours des sept premiers mois de l'année au lieu de quarante-sept durant la même période l'année précédente ne risque pas de soulever l'enthousiasme des foules. Le préfet travaille, mais les cimetières se remplissent. Plus cru que nature, il avoue au passage s'attendre à une « recrudescence » des règlements de comptes.

« C'est compliqué, poursuit-il, mais on essaie de riposter (…). Nous n'avons jamais eu la prétention de faire stopper tous les trafics (…). Je ne résoudrai pas à moi tout seul les difficultés d'une ville pauvre qui souffre de cinquante ans d'immigration et de tradition de banditisme… »

Gilles Leclair a-t-il bien écouté son mentor, Nicolas Sarkozy, vanter l'efficacité de sa politique contre le crime ? Sait-il qu'on ne peut vendre un aspirateur en expliquant qu'il ne fonctionne pas à la perfection ? Alain Gardère n'est pas tombé dans la politique quand il était petit, mais on ne l'entendra sans doute jamais dire publiquement qu'il « aimerait bien que la police retourne dans les cités », comme le fait son prédécesseur dans cette même interview.

Cela reviendrait en effet à admettre que les policiers n'y mettent plus les pieds…

« Comprenez-vous le ras-le-bol des Marseillais ? » questionnent encore les journalistes de *La Provence*. « Bien sûr que je comprends, c'est même pour ça qu'on travaille douze heures par jour, répond Leclair avant de revenir à son histoire de miracle : Moi, vous savez, je suis un vieux poulet. Je ne suis ni un sauveur ni Jésus-Christ. »

Pas le genre de truc à dire, même sous l'influence de la Bonne Mère. Pas le type d'aveu à laisser échapper sous la présidence d'un homme qui brandit la sécurité comme un talisman depuis qu'il est monté sur les planches politiques… Le « PR » (président de la République, en langage administratif) a piqué une sérieuse colère lorsqu'il a découvert, alors qu'il était en vacances, la teneur de cet entretien. Et a tranché dans le vif, comme il en a l'habitude, lui qui fait gicler les têtes des préfets comme d'autres les boules de pétanque :

« Virez-le-moi ! Mettez Gardère à sa place ! »

Le téléviseur finit par répondre et se mettre en marche dans la chambre de celui qui peine à se considérer, lui aussi, comme un « sauveur », mais qui s'abstiendra sans nul doute de le dire…

Une nouvelle fois Marseille, « cette ville attachante aux multiples facettes qu'on aimerait voir ne pas devenir ville du crime » (ultime facétie de Gilles Leclair dans le même entretien à *La Provence*), fait l'ouverture des journaux. Le principal intéressé y découvre la formule choc lancée par le maire (PS) du premier secteur, Patrick Mennucci, pour l'accueillir :

« On fait sauter un fusible alors que toute l'usine électrique est à refaire. »

Brutal retour sur terre, celle où la police n'a pas grand-chose à voir avec le Ciel.

« La sécurité, ce n'est pas un seul homme », explique à l'écran Dominique Achispon, secrétaire général du syndicat national des officiers de police.

« Coup de communication », tranche le socialiste Garo Hovsepian, maire des 13e et 14e arrondissements, qui réclame quatre cents policiers de plus.

Bienvenue dans une ville socialement sinistrée où les juges de paix ont fondu comme bonshommes de neige au soleil et où de mauvaises guerres couvent à l'abri des cages d'escalier.

Mais c'est l'heure de la rediffusion de l'émission de débat animée par Yves Calvi, « C dans l'air », consacrée ce soir à… l'arrivée d'un nouveau préfet à Marseille.

Gardère par-ci, Gardère par-là, avec, au beau milieu, le couplet d'un journaliste qui connaît bien la ville, José d'Arrigo, sur la corruption qui sévit dans la police marseillaise…

Bizutage

30 août 2011. Bureau du préfet. Ils sont tous là autour de la table, ceux qui tiennent les manettes de la lutte contre la délinquance dans les Bouches-du-Rhône. Pascal Lalle, directeur départemental de

la Sécurité publique : les mains dans le cambouis depuis plusieurs années, il dirige la troupe. Roland Gauze, patron du service régional de police judiciaire : digne représentant de la famille des « seigneurs » de la PJ ; il connaît bien cette ville, son Milieu. Le colonel de gendarmerie Laurent Felip, ancien numéro 2 du Groupe d'intervention de la gendarmerie nationale (GIGN) : il a en charge le pourtour de la ville. Le patron de la police de l'air et des frontières est là, lui aussi, comme celui du Renseignement intérieur, celui des CRS, celui de l'Information générale et celui des Douanes.

Chacun a pris soin de préparer un petit dossier à l'intention du nouvel arrivant. L'un d'eux lui rappelle ce qu'il sait déjà : les chiffres du premier semestre 2011 ne sont pas bons. Les cambriolages ont augmenté de 14 % dans le département. Les vols à main armée, de 18 % ; de 40 %, si l'on s'en tient à la seule ville de Marseille. Les vols avec violences pèsent de plus en plus lourd avec près de trois mille faits enregistrés pour le seul premier trimestre, soit une moyenne spectaculaire de vingt-six agressions par jour…

« Écoutez, je suis désolé de ce qui arrive à Gilles Leclair, commence Alain Gardère. Il faut que l'on gagne ensemble. On m'a envoyé pour que j'agisse rapidement, et que cela se voie. »

« C'est quoi, ton plan miraculeux ? » semblent l'interroger ses collègues dont certains rient sous cape.

Alain Gardère a l'habitude. Quand il est arrivé à la préfecture de police de Paris, on lui a fait comprendre qu'il n'était pas issu du sérail, qu'il débarquait de province et devait faire profil bas face à ceux qui avaient grandi dans les murs. Maintenant qu'il revient en province, c'est la même chose, mais dans l'autre sens : on le toise comme un Parisien. Comment faire adhérer ces patrons, dans de telles conditions ?

« C'est vous qui connaissez la ville, je vous écoute », leur lance-t-il.

Le nouveau préfet n'aura que peu de prise sur le choix des hommes. Il devra composer avec ces directeurs dont la plupart lui survivront, eux qui en sont à leur troisième, voire à leur quatrième préfet…

Course à pied

Courir : Alain Gardère est un préfet de la classe des marathoniens. Il court tous les jours ou presque. Pour souffrir plus que pour garder la ligne. Une heure minimum, souvent plus.

Courir dans une ville inconnue, la deuxième la plus peuplée de France : plus de 850 000 habitants intra-muros.

Courir pour remettre ses idées en place : la sécurité, ce sont d'abord des mots et des images. Les phrases malheureuses de Gilles Leclair se sont superposées en une mauvaise alchimie aux images télévisées du parking abandonné de la Porte d'Aix. Rien de pire, en ce domaine, que le fatalisme…

Courir après les chiffres de la délinquance. Comment ? Avec l'aide de qui ? Hier, dans un entretien accordé au quotidien (encore en vie) *France-Soir*, Jacques Dallest, procureur de Marseille, a poussé une porte : « J'appelle les citoyens à se regrouper et à dénoncer à la justice des faits dont ils peuvent être témoins. (...) Plus un quartier est en difficulté, moins les gens se signalent, par peur. Nous travaillerons bien avec le nouveau préfet de police, on ne peut pas jouer chacun dans son camp. Il faut être sur tous les fronts : la petite délinquance qui empoisonne les gens, la grande délinquance, les gros trafics. »

Le magistrat ne sait pas combien il voit juste en appelant à une mobilisation citoyenne. S'il veut vraiment des acteurs de la lutte contre la délinquance « plus réactifs », le nouveau préfet répondra présent : il carbure comme il respire, même en côte au bout d'une heure de course à pied.

Courir pour sentir une ville, rien de tel. Quelque chose ne va pas ? Cela saute aux yeux. Il faudra regarder du côté de la mairie qui ne semble pas avoir bien pris la mesure des difficultés. Le fait qu'elle soit tenue par un homme, Jean-Claude Gaudin, qui appartient à la majorité présidentielle, devrait aider, mais comment lui faire comprendre qu'il n'est pas tout à fait au diapason ?

Marseille ne doit pas devenir Naples...

Cité de la Solidarité

31 août 2011. L'événement n'a pas fait de vagues, tant le passage de témoin entre ancien et nouveau préfet occupait les médias. Mais le fait est que les bandits marseillais ont été à un cheveu de tout gâcher.

Tandis que le ministre de l'Intérieur installait sa nouvelle tête d'affiche dans la capitale phocéenne, la cité de la Solidarité a été le théâtre d'un règlement de comptes. Ou plutôt d'une tentative. Or, quand les tireurs ratent leur cible, les autorités ne se déplacent pas : le blessé est assez rapidement évacué vers l'hôpital où les enquêteurs de la PJ l'entendent dès qu'il se retrouve en état.

Ce n'est pas pour juguler les règlements de comptes qu'Alain Gardère a été nommé, mais pour s'occuper des voleurs : la priorité du moment. Il se doute cependant qu'il y aura droit en lisant le document qu'on lui a laissé sur son bureau, la liste des règlements de comptes qui ont secoué la ville depuis le début de l'année 2011 :

> *Deux blessés* le 3 février à Salon-de-Provence, cité des Canourgues.
> *Un mort* à Fos-sur-Mer le 11 février.
> *Deux blessés* au parc Kallisté le 21 février.
> *Un mort* chemin de la Madragueville (15e arrondissement) le 27 avril.
> *Deux morts* le 11 mai rue du Petit-Versailles (3e arrondissement).

Un mort le 9 juin dans un bar du 1er arrondissement.
Trois blessés le 24 juin à la cité des Oliviers (13e arrondissement).
Un mort et *un blessé* le 2 juillet boulevard National (3e arrondissement).
Un mort le 20 juillet chemin de la Carrière.
Un blessé le 27 juillet à la cité Saint-Théodore (13e arrondissement).
Un mort le 29 juillet rue Saint-Sébastien (6e arrondissement).
Un blessé à Aubagne le 18 août.
Un mort le 22 août à Aix-en-Provence.

Cet été passablement meurtrier n'augure pas vraiment un hiver sans cadavres. Avec une nette concentration des morts dans les cités, si l'on met de côté deux victimes appartenant au grand banditisme traditionnel, Roland Gaben, figure du quartier du Panier, et Souhel Hanna Elias, grand spécialiste des machines à sous, rescapé de l'époque où un certain Francis Le Belge régnait sur les malfrats de Marseille.

Les commissaires de la PJ disent que c'est une coutume qui perdure depuis des lustres. Une sorte de tradition qui n'aurait évolué qu'à la marge : les grands voyous se « fumaient » au 11,43 ; la nouvelle génération prend moins de gants et se « fume » à la kalachnikov.

Dont acte.

Tir à blanc

1er septembre 2011. Ancien ministre, toujours député UMP, candidat affiché à la succession de Jean-Claude Gaudin à la mairie de Marseille, Renaud Muselier cogne dans un cinglant communiqué contre Martine Aubry et sa visite impromptue à Marseille quatre jours plus tôt :

« Martine Aubry oublie qu'en tant que secrétaire du PS elle a couvert les turpitudes des élus socialistes du département des Bouches-du-Rhône. Martine Aubry se veut être la présidente pour la sécurité de tous les Français, dans les Bouches-du-Rhône elle est la présidente du soutien aux corrompus. Non, Martine Aubry, Marseille n'a pas besoin de vous, et si vous voulez vous servir de notre ville pour vous relancer face à M. Hollande, restez chez vous ! Nous n'avons pas besoin d'amnésiques incompétents. »

Turpitudes ? Corrompus ? Les accusations volent bas au-dessus du Vieux-Port. Dans la bouche de cet élégant chirurgien, les « corrompus » ne sont pas ce jour-là les policiers, mais le président socialiste du conseil général des Bouches-du-Rhône, Jean-Noël Guérini, avec lequel Muselier est en guerre ouverte depuis qu'il l'a privé de la présidence de la communauté urbaine.

La rumeur marseillaise voit le même Renaud Muselier derrière la lettre anonyme qui a servi de canevas à l'enquête menée par le juge Charles Duchaine sur les présumées dérives de Jean-Noël Guérini et de son frère Alexandre, entrepreneur spécialisé dans le recyclage des déchets. Une lettre de onze pages adressée le 2 février 2009 au procureur de la République de Marseille, Jacques Dallest, dont l'auteur avait, au passage, des mots sévères pour la police :

> « Les frères GUÉRINI [en majuscules, comme dans les rapports officiels] se sentent intouchables grâce au puissant réseau d'influences, pour ne pas dire de connivences qu'ils ont su constituer au sein de la police de notre région.
> L'un des anciens directeurs du SRPJ a eu son fils embauché dans une structure satellite du conseil général.
> L'un des anciens préfets de police de Marseille a son fils et sa fille qui sont aussi salariés par une entité contrôlée par le conseil général.
> L'une des plus proches collaboratrices de l'actuel préfet de police vit avec l'avocat personnel de Jean-Noël GUÉRINI.
> Le groupe d'inspecteurs membres de la Section socialiste de la Police (SSP), réactivée il y a quelque temps, est un puissant réseau d'informations et d'interventions à la disposition des frères GUÉRINI. Cette section a montré toute son efficacité, il y a peu de temps, au sein du PS, lors de la lutte acharnée qui s'est engagée pour la nomination du premier secrétaire du PS.
> Toute enquête confiée à la police serait vouée à l'échec et cela, les frères GUÉRINI le savent parfaitement. »

Vrai ? Faux ? Le procureur a en tout cas estimé utile de confier les investigations aux gendarmes plutôt qu'à la police, et Marseille vit depuis l'ouverture de l'enquête aux sons de la chasse aux corrompus.

> « J'espère que je vous apprendrai certaines choses qui vous permettront de mettre un terme à certains agissements qui déshonorent notre département des Bouches-du-Rhône, et maintenant la communauté urbaine de Marseille – écrivait encore l'anonyme, apparemment très informé sur le système "mafieux" qu'il dénonçait.
> Je sais, pour en avoir parlé tant à des élus qu'à des fonctionnaires, que de nombreuses personnes sont outrées par ce qui se passe, même si, aujourd'hui, elles sont silencieuses, plus par peur que par malhonnêteté ou complaisance.
> Un système a été mis en place pour détourner des sommes considérables, non pas pour financer des campagnes électorales ou un parti politique, mais pour enrichir personnellement deux hommes et leurs complices. »

Alain Gardère, nouveau préfet, n'a pas encore reçu de lettres anonymes depuis son arrivée en ville, mais cela ne va pas tarder, comme si la tempête politico-judiciaire en cours devait engendrer un grand ménage dans la police.

Le bilan provisoire est lourd pour les élites locales, entre la mise en examen d'Alexandre Guérini, le petit frère, pour « détournement de fonds publics, recel et blanchiment, abus de biens sociaux, trafic d'influence et corruption active », celle du directeur général adjoint de la communauté urbaine, Michel Karabadjakian, en charge de la propreté et de l'écologie urbaine et maritime, pour « trafic d'influence et corruption passive », et celle du président de la communauté d'agglomération du pays d'Aubagne, Alain Belviso, pour « complicité de détournement de fonds publics ». Pour ne citer qu'eux, car la liste complète finirait par donner à croire que le détournement de fonds publics est, dans ce département, un phénomène de mode. Une mode dont on ne sait plus très bien qui l'a lancée, des mieux ou des plus mal lotis, des généraux ou de leur piétaille.

Ennemi intérieur

Drôle de ville où les guichetiers attaquent leur propre banque ! C'était pas plus tard que le week-end dernier. L'employé a été interpellé à la sortie de l'établissement qu'il était en train de piller avec deux complices, cagoulés comme lui, un sac rempli de billets à la main. Un comble ! Peut-être aussi un signe : à Marseille, l'insécurité ne vient pas forcément d'où l'on croit. Elle peut même venir de l'intérieur. Rien de plus simple, en l'occurrence : en tant que salarié de la Société marseillaise de crédit, le cambrioleur disposait des clefs permettant d'accéder aux caisses. Il avait cependant négligé un détail : l'alarme anti-intrusion. Les policiers de la BAC de nuit (il était 1 h 30) n'ont plus eu qu'à prendre position autour de l'agence…

Dîner de chefs

Le préfet de région, Hugues Parant, organise un dîner pour présenter le nouveau venu. Tous les chefs de service sont là, le plus souvent accompagnés de leur adjoint, soit une trentaine de personnes.

« Certains me connaissent, d'autres non, commence Alain Gardère. Vous savez qui je suis. Je suis un des vôtres. Vous savez ce que le président de la République attend de vous. Il faut se mettre au boulot, changer quelques-unes de nos méthodes pour obtenir quelques résultats… »

Avantage non négligeable, on peut difficilement lui raconter des sornettes : à l'Intérieur, c'est lui qui a préparé les deux derniers déplacements du ministre à Marseille. Il était déjà du voyage avec Claude Guéant après le rodéo mortel dans une cité des quartiers nord, le Clos La Rose, fin novembre 2010.

Alerte

2 septembre 2011. La cage d'escalier de la préfecture réserve des surprises. L'homme qui monte les marches, encadré par plusieurs fonctionnaires, s'appelle Albert Plaza, mais Alain Gardère ne le connaît pas. Jusqu'à ce jour, le commandant Plaza officiait au sein de l'état-major du directeur départemental de la Sécurité publique, Pascal Lalle.

Auparavant, il avait été l'un des responsables de la BAC des quartiers nord. L'homme ne paie pas de mine sous ses cheveux grisonnants, il est du genre sans saveur, quasi insignifiant, mais on le dit fort bien implanté à Marseille, notamment par le biais de la franc-maçonnerie. Depuis ce matin-là, ce spécialiste des « affaires réservées » est en garde à vue. Rien n'est encore démontré, mais il aurait mis les mains dans le « pot de confitures ». Un coup dur pour son directeur, car toutes les informations sensibles ou presque passaient par ce fonctionnaire.

Que ce flic-là « tombe » quatre jours après la prise de fonctions du préfet est certainement un signe. La police marseillaise est-elle à ce point « poreuse », comme on dit quand on cherche à être poli ? Autour de lui, on minimise : simple incident de parcours, cas isolé. Alain Gardère ne sait pas ce qui l'attend, mais le petit homme, par son allure, lui rappelle ce parrain de la Mafia sicilienne qui semblait ne vivre de rien..

Le journaliste

3 septembre 2011. Le nouveau préfet n'est pas un mondain. Il ne court pas les inaugurations, les vernissages, les cocktails. Il fuit même la lumière. Mais il est tous les soirs dehors. Il dîne avec le journaliste invité quelques jours plus tôt à l'émission « C dans l'air », José d'Arrigo, dont les propos ont tant fâché le patron de la PJ de Marseille. C'est la meilleure façon d'en avoir le cœur net. De voir

de près ce que l'on réprouve, ce que l'on voudrait lui cacher.

« Racontez-moi ce que vous savez, commence le préfet. On me dit que tout ce que vous avez raconté dans l'émission "C dans l'air" est faux. Cela m'intrigue beaucoup. Je vous écoute…

– Je connais un policier à la retraite que vous devriez rencontrer.

– Comment s'appelle-t-il ?

– Gilles Tachon, un ancien de la BAC.

– J'ai entendu parler de lui ; plutôt en mal. On le dit grande gueule, partouzard ; et puis, on ne sait pas d'où vient son argent…

– Ce n'est pas faux, mais il a des choses à vous dire. Il avait de bonnes relations avec deux de vos prédécesseurs. Il leur a donné de bons tuyaux.

– Alors, passez me voir avec lui. »

Au fond, que cet ancien flic un peu hâbleur soit fréquemment au contact des voyous n'est pas forcément une tare. Tant que l'on n'est pas obligé de se salir soi-même les mains, autant être au plus près de personnes informées, quand on occupe des fonctions dans la police, non ? Le métier ne consiste-t-il pas aussi à savoir manipuler les hommes ?

Visite officielle

4 septembre 2011. De passage à Marseille pour une convention de l'UMP, François Fillon s'offre une visite guidée dans les quartiers nord en compagnie de son ministre de l'Intérieur, Claude

Guéant. Parcours balisé, visite très encadrée au cours de laquelle le Premier ministre ne manque pas de rappeler combien ces territoires tellement emblématiques ont besoin d'être aidés...

S'il avait pu, voici les quelques « éléments de langage » que le préfet délégué lui aurait transmis : « Une poignée de cons s'adonnent au deal, mais c'est une minorité. La vérité, c'est que si l'on parvenait à empêcher les jeunes bourgeois du 8e arrondissement d'aller dans ce secteur s'approvisionner en shit et en cocaïne, on leur couperait les vivres... »

Difficile de parler ainsi à un hôte de Matignon, et pourtant...

Au passage, le cortège fait escale au commissariat de la Division Nord, un bâtiment de facture récente construit en forme de « H ». On présente à Fillon, à sa demande, un échantillon de policiers parmi lesquels figurent bien évidemment quelques représentants de la BAC, l'outil qui fait la fierté des patrons.

Coup de fil

Gilles Tachon, policier révoqué et figure de Marseille, appelle son jeune ami Sébastien Bennardo, chassé de la BAC avec fracas. Et lui lance avec sa gouaille habituelle :

« T'as vu ? Plaza s'est fait niquer ! Enfin une bonne nouvelle !

– C'est peut-être le début de la fin, réplique Sébastien Bennardo, pas vraiment au mieux de sa forme depuis qu'il sait que le conseil de discipline va bientôt examiner son cas. Mais j'ai quand même un doute, quand je vois qui va le remplacer à l'état-major, ajoute-t-il avant d'évoquer le nom du successeur d'Albert Plaza. Tu ne crois pas qu'on le promeut pour qu'il ferme sa gueule ? »

Le successeur en question est un officier qui a semblé un temps accorder du crédit aux accusations que Sébastien Bennardo portait contre son ancien service. Il a même fait sur le sujet un rapport resté à ce jour sans suite.

Petits arrangements

La presse s'est emparée du cas Albert Plaza.

Côté compromissions et petits arrangements, voilà le « parachuté » Alain Gardère affranchi quant à la présence de possibles brebis galeuses dans ses propres rangs : une tradition locale à laquelle il devra se faire, décryptent les journalistes. Où l'on apprend que ce capitaine de 56 ans devait être promu commandant… le lendemain de son arrestation ! Qu'il était très apprécié de ses collègues, mais aussi de ses « frères », lesquels se seraient un peu trop servis de lui, le poussant à puiser – sans autre raison que les dépanner – dans le système de traitement des infractions constatées, l'un des fichiers les mieux fournis de la police.

De quoi convaincre le nouveau préfet que cette histoire de « porosité » de la police marseillaise ne relève pas du seul fantasme.

Alerte bis

8 septembre 2011. La nouvelle tombe à 18 h 45 : Jean-Noël Guérini, président socialiste du conseil général, est mis en examen par le juge Charles Duchaine, dans une affaire de marchés truqués, pour « prise illégale d'intérêts, trafic d'influence et association de malfaiteurs ». Le juge le soupçonne d'avoir joué de son influence pour arranger les affaires de son frère Alexandre, responsable de plusieurs sociétés de traitement de déchets et incarcéré depuis cent soixante-huit jours.

Entre ce journaliste qui parle de corruption dans la police, l'interpellation du capitaine Plaza et cette ville que personne ne paraît plus tenir, le tableau est plutôt sombre.

À qui le tour ? Est-ce le début d'une série noire ?

Marseille ne fait certes pas peur au nouveau préfet, mais…

La villa

11 septembre 2011. Située à une encablure du boulevard du Prado, la villa du préfet ferait rêver plus d'un représentant de l'État avec son beau

jardin et ses sept cents mètres carrés habitables. À l'entrée, sur la droite, le terrain de pétanque aménagé à l'initiative de Bernard Squarcini, à l'époque préfet, qui y recevait volontiers son camarade de convalescence, Jean-Noël Guérini, passé en même temps que lui en salles de rééducation après un accident cardiaque.

Un peu plus loin, le coin BBQ : encore une idée de l'ancien pensionnaire Squarcini, qui décidément sait vivre. L'intérieur du bâtiment est plus lugubre avec ses tapisseries jaunies qu'il faudra songer à faire enlever à l'occasion. Il faudra aussi passer un petit coup de peinture pour rehausser les boiseries en chêne. La plupart de ses prédécesseurs logeaient leur chauffeur loin de là, dans des locaux appartenant à l'administration. Alain Gardère choisit d'installer son « collaborateur », Bernard, 41 ans, à l'étage des invités. Cela devrait accroître considérablement sa mobilité, sans compter les nuits où il faudra tomber du lit pour une urgence. La confiance entre lui et ce brigadier qui le suit depuis plusieurs années est totale. Durant ces premiers jours en terrain inconnu, avoir à ses côtés quelqu'un avec qui la parole est libre n'est pas un mince avantage.

D'autant qu'alentour tout le monde n'est pas franchement emballé, à l'instar du journaliste chargé de suivre les questions de sécurité à *La Marseillaise*, quotidien nettement à gauche, qui vient de traiter le nouveau préfet délégué de « fier-à-bras »…

Le commissaire divisionnaire Roger Marion a eu la chance d'occuper les lieux (et la fonction) entre octobre 2002 et mars 2004. Il profite du week-end pour rendre une visite à son vieil ami Gardère. Au programme : course à pied, évidemment, sport dont Marion est également un fervent adepte. Quatre fois le tour du parc Borély à 7 heures du matin pour le premier jour. La forêt de Luminy, le lendemain. Au passage, petit décryptage de la PJ marseillaise dont Roger Marion ne conserve pas que de bons souvenirs…

Nora

Suivant les conseils avisés de son collègue Bernard Squarcini, Alain Gardère prend rapidement attache avec la conseillère municipale Nora Preziosi, qui deviendra au fil des semaines une amie. Cette brune pétillante a commencé comme coiffeuse dans un salon proche du palais de justice dont elle a peigné bien des habitués, magistrats ou avocats. Elle a d'ailleurs fini par épouser l'un d'eux, Me Jacques Preziosi, Corse, fils d'un général de gendarmerie, grand spécialiste des accidents corporels.

Bien implantée dans les quartiers nord de la ville dont elle est fière d'avoir rabattu quelques électeurs vers la droite, Nora Preziosi vaut tous les guides touristiques (qui n'existent pas) sur le secteur : les voyous, la « racaille », elle connaît par cœur. Fan de Nicolas Sarkozy, elle tient de lui cette façon de jouer des coudes pour toujours figurer au premier rang sur la photo. Elle est désormais chargée à la mairie de l'action familiale et des droits des femmes.

Chaleureuse, Nora est surtout destinataire des mille et un petits secrets qui font la vie des cités où tout finit par se savoir. L'« étranger » tend l'oreille comme il sait faire. Ces historiettes trop souvent dramatiques valent mieux que les tuyaux parfois percés que « vendent » à la police les indicateurs et autres tontons.

Si tout finit par se savoir, c'est qu'au fond, dans ces quartiers, on est un peu en famille. Qui n'a pas un parent, même lointain, à la Busserine, la « mère de toutes les cités », comme disent ici certains ?

Premier plat de pâtes, un dimanche soir, chez Nora, qui en appellera bien d'autres.

« Au fait, il faut que tu voies de ma part deux hommes : Béchir et Moustafa. Ils te parleront des cités mieux que d'autres. Ils connaissent les Micocouliers comme leur poche. »

Faits divers

Ce n'est pas parce qu'un nouveau préfet s'installe que les voleurs vont chômer. Peut-être sans penser à mal, les braqueurs saluent l'intronisation de « Super Gardère » à leur manière : ils interceptent sur une voie rapide des convoyeurs qui transportaient une mallette destinée à des bijoutiers. Façon de ne pas perdre la main et de rappeler au nouveau

« patron » combien les vols à main armée grèvent les résultats des bijouteries, mais pas seulement. Depuis que le métal jaune se négocie à près de 20 euros le gramme, les arrachages de colliers se multiplient en centre-ville. Un fléau ravageur, non pas tant à cause des pertes financières qu'il engendre pour les victimes, que du traumatisme qu'elles subissent. Ces scènes que l'on croyait réservées aux rues de Bogotá ne manquent pas d'alimenter les conversations en famille.

Tout cela, le nouvel arrivant ne l'ignore pas : lorsque trois responsables marseillais se sont présentés place Beauvau pour tirer la sonnette d'alarme, c'est à lui que Claude Guéant a demandé de les recevoir.

Béchir et Moustafa

Alain Gardère est né dans les Aurès, à Souk Ahras (ancienne Thagaste), ville de saint Augustin, grand évêque de la chrétienté mais aussi personnage vénéré des Algériens, au cœur du pays chaoui. Est-ce la raison pour laquelle le courant passe bien entre lui et les personnes originaires du Maghreb ? Il y a sans doute de cela, mais pas seulement…

C'est par l'intermédiaire de Nora Preziosi que ces deux-là sont arrivés. La quarantaine, pères de famille, ils mettent un point d'honneur à maintenir leurs enfants à l'écart des chausse-trapes et promesses de l'ombre dans leurs cités respectives. Béchir est aussi sec et anguleux que Moustafa est rond. Ils se connaissent depuis des années, pour ne pas dire des décennies, mais leur complicité ne va cesser de se raffermir au cours des mois à venir. Arabes certes, mais français d'abord, ils ont pris une décision qui en aurait effrayé plus d'un : celle de choisir le camp de la République contre celui des « voyous ».

Ils ont franchi le gué au nom de l'attachement qu'ils ont pour les leurs et pour leur cité. Plutôt fans de Nicolas Sarkozy, ils voient, en ce préfet qui leur offre un café, l'ébauche d'une solution inespérée. Ils vont attraper cette main tendue de l'État pour ne plus la lâcher, mais, pour l'heure, lors de cette première prise de contact, ils font surtout étalage de leurs doutes.

Ces gens-là attendent beaucoup de leur interlocuteur, c'est une évidence. Lui, est en formation accélérée. Il prend des notes.

Entre deux cafés, Béchir entrouvre une porte dérobée :

« C'est bien, ce que vous faites, on n'attendait que ça, mais tant que les flics seront comme ça, vous n'y arriverez pas ! »

Alain Gardère tente alors d'en savoir plus. Que veut-il dire par là ? Peut-il se montrer un peu plus précis ?

« On se reverra. Passez un soir manger un couscous à la maison, monsieur le préfet. »

Piqué au jeu, il ira, promis, chez ces hommes qui semblent avoir leurs quartiers à cœur, et les connaître bien plus sûrement que tous les fonctionnaires qu'il pourrait interroger. Plutôt changer de métier que se dérober. Au terme de cette première entrevue, il connaît la cité des Micocouliers comme s'il y avait vécu une bonne semaine : ses guetteurs, ses embrouilles qui n'en finissent pas, ses luttes de territoires, ses clans.

« Vous devriez regarder, monsieur le préfet. Un jeune a été blessé, cet été, aux Micocouliers : je pense qu'il y aura des suites… »

Un préfet dans la rue

Contrairement à d'autres, Alain Gardère ne regagne pas la capitale pour le week-end. Il reste sur place, sans pour autant se cloîtrer dans sa villa. Les tours d'ivoire ne sont pas son poste d'observation préféré. On le voit marcher entre la gare Saint-Charles et le Vieux-Port en passant par le secteur Noailles.

Le sentiment de sécurité, la sécurité, parole de professionnel, passent aussi par le stationnement des voitures, la taille des terrasses de café, et, à première vue, le Parisien Gardère voudrait bien remettre un peu d'ordre dans le « bordel » ambiant. La « reconquête » commence là : il en parlera avec les élus municipaux…

Le préfet sillonne aussi en voiture les quartiers nord, même si on l'a mis en garde contre ce genre d'incursions. Ces cités ont été construites à la va-vite. Elles semblent plus délabrées que celles de Seine-Saint-Denis, mais certains appartements offrent une vue magnifique sur la Méditerranée…

Favelas ? On voit plus de barres d'immeubles que de toits en tôle, exception faite de quelques campements manouches ici et là.

La Bricarde, Plan d'Aou, la Savine, le Castelas, la Paternelle, Bassens, Campagne Picon, les Flamants, la Busserine, Font-Vert, les Oliviers, les Lauriers, les Cèdres, la Renaude, le Clos La Rose, Frais Vallon, Campagne Lévêque… : chaque cité a sa petite réputation, chacune a ses chansons, chacune a ses culs-de-sac, l'arme absolue des gangs contre les flics. Et toujours le même refrain sourd quand une voiture présumée appartenir à la police approche : « Arha, arha, arha ! »… Le refrain des guetteurs, il faudra s'y faire (et trouver un traducteur).

Au total, ce sont plus de 450 000 habitants qui vivent dans cette partie de la ville. La seule cité de la Castellane, avec ses allures de forteresse imprenable, en compte dans les 7 000. La police mettra plusieurs mois avant de dénicher un appartement où installer quelques fonctionnaires en planque.

Le préfet est dans la rue. Se laisser griser par la vie sociale, dévorer par les obligations, manipuler par les réseaux : rien de cela n'est à son programme. Les « vrais gens » n'ont-ils pas eux aussi de vraies informations ? Quand il était commissaire, Alain Gardère allait écouter ce qui se disait du côté du bat-flanc où bavardaient les gardiens de la paix. Habitude contractée au temps où il servait dans l'armée comme officier de réserve : à l'abri de leur tank, les soldats se lâchaient facilement, avait-il constaté. C'est là qu'ils racontaient ce qu'ils pensaient vraiment de tel ou tel capitaine, de telle ou telle consigne. Un peu comme les policiers s'abandonnent dans le secret de la voiture de patrouille, loin des oreilles des chefs, en liberté.

Le président

C'est Alain Gardère que les Marseillais ont face à eux, mais un certain nombre d'entre eux ne peuvent s'empêcher de considérer qu'il est la voix et la main du président de la République. Nicolas Sarkozy leur a envoyé cet homme parce qu'il lui fait confiance, et lui-même relaie le message auprès des citoyens : « Le chef de l'État pense à vous. »

C'est la base du métier : vendre son travail avant qu'il ne soit fait ; montrer que la police, si elle ne peut arrêter tous les délinquants, est mobilisée. Et ça marche, à entendre cette porte-parole des fameux comités d'intérêts de quartiers (CIQ), Monique Cordier, saluer Alain Gardère en ces termes : « Je suis contente que ce soit vous. »

Reste à se faire mousser auprès des élus, et pas seulement ceux de l'UMP qui ne tiennent que la partie bourgeoise de la ville, pas ces quartiers populaires dans lesquels on le réclame. Les habitants du 8e arrondissement ont besoin que l'on travaille sur l'insonorisation des plages pour y limiter le bruit en été ; ceux des quartiers nord réclament qu'on libère leurs cages d'escalier. Réduire les nuisances sonores devrait se révéler plus simple que faire la police dans certains quartiers…

Premier diagnostic

Pour celui qui vient de Paris, la police marseillaise présente deux handicaps : elle manque de cadres et manifeste peu de velléités de se remettre en question. Trop ancrée dans ses habitudes, les bonnes comme les mauvaises. Mais le nouveau préfet le sait bien : la police, c'est d'abord une question de volonté, d'impulsion.

De chance aussi, parfois : alors que sont célébrées les obsèques d'un gendarme mort en service, tombe un SMS annonçant un vol à main armée dans un centre commercial… « Vitrines cassées à la masse, important butin », dit le message. Le préfet décide d'accélérer l'implantation policière dans les centres commerciaux, le samedi compris, histoire de combler ce trou béant dans le dispositif… Et quand il décide, l'intendance doit suivre !

Couscous

Alain Gardère écoute. Son oreille semble si attentive à ses interlocuteurs que, une fois n'est pas coutume, ceux-ci se dévoilent. Dans ce discret pavillon niché dans les quartiers nord, ses hôtes lui parlent de la probité de la police :

« Aidez-nous, monsieur le préfet ! » s'exclame Béchir dont la démonstration s'apparente à un cri. Un cri maîtrisé, mais qui déchire des années de silence. « Vous savez, on a toujours l'espoir, pour nos quartiers, poursuit-il. Mais les préfets passent, et rien ne change. Vous avez une grosse réputation. On compte sur vous pour sortir de cette spirale. »

Bien implantés dans leurs cités respectives où ils sont nés et ont grandi, les deux Franco-Algériens savent tout sur tout le monde. Signe que « ça parle de partout », comme on dit.

« Ça va filer droit, maintenant, leur promet le préfet à l'instar d'un politique en campagne. C'est ce qu'il vous faut, pour Marseille. On va ramener la République dans les quartiers.

– On a abandonné les quartiers, rebondit un autre jeune père de famille présent autour de la table. La criminalité flambe. La prévention, c'est dépassé. Les travailleurs sociaux qui s'opposent à la police, ça n'est plus d'actualité. »

Voilà le fonctionnaire intégré au cercle amical où l'on s'épanche librement. Où les adultes donnent corps à la parole, volatile, des plus jeunes que personne ne croit mais à qui rien n'échappe.

Alain Gardère n'en perd pas une miette, il sait qu'il faudra vérifier tout cela plutôt deux fois qu'une. Ce ne sera pas facile, car il n'a pas que ça à faire. « Un tuyau reste un tuyau, disent les flics, ça sort ou ça sort pas. » Il fera des notes, d'autres vérifieront…

Ce n'est pas le job d'un préfet ? Peut-être, mais qui le ferait alors ? Personne ? S'il prisait le golf, les sorties entre amis et les soirées au resto, Gardère serait sûrement passé à côté, comme d'autres avant lui. Et personne ne s'en serait jamais rendu compte...

« On sait qu'on ne peut pas parler à la police, explique Béchir, parce qu'on a des informations sur elle. On doit faire attention. Ça s'est toujours fait à petite échelle, mais les anciens étaient plus discrets. Les nouveaux ont institutionnalisé les vols. Il y a eu escalade à cause de l'impunité. Ce n'est plus 200 euros que les gars se font prendre, c'est 15 000 euros, 20 000 euros, on a même vu 28 000 euros disparaître lors d'une perquisition. Qui va contrôler la police ? Je ne sais même pas s'il y a une police des polices, à Marseille ! »

Qui savait, hors des quartiers, ce que ces gens lui racontent aujourd'hui ? Tout le monde ? Personne ? C'est toute la différence entre une rumeur et une information : tout le monde parlait de corruption au sein de la police, mais nul n'était en mesure de fournir la moindre preuve...

« Vous reprendrez bien un peu de graine, monsieur le préfet ? Et, la prochaine fois, prévenez-nous, qu'on vous prenne une bouteille de vin, monsieur le préfet ! »

On rit, on pleure sur la folie de ces jeunes qui se sont connus sur le terrain de foot et s'achèvent à la kalachnikov pour le contrôle du « terrain » de shit et de ses impressionnants revenus... On dit ce que chacun sait ici, mais qui ne parvient pas jusqu'aux oreilles des représentants de la République.

« Vous savez, à Font-Vert, où ils cachent les armes ? Sur les toits des immeubles.

– À la Castellane, elles sont dans les caves.

– Si vous voulez, on vous donne des informations à gogo, mais vous en ferez quoi, monsieur le préfet ? Tout le monde veut que ça change. Dans mon quartier, il y a une dizaine de dealers, et 2 990 travailleurs. Contrairement à ce qu'on dit, ils ne font pas vivre la cité : ils ne partagent pas. Je connais une famille où l'un des fils deale et brasse l'argent, mais c'est son frère, qui touche le SMIC, qui a équipé la maison. L'argent sale va au sale, comme on dit en arabe. L'illicite va à l'illicite. Ils brûlent l'argent. »

Suffit-il de savoir entendre le bruit des cités pour connaître vraiment ce qui s'y trame ? À condition d'inspirer confiance et de parler la même langue, des portes s'ouvrent, preuve que tout n'est pas perdu dans ces territoires. À condition de prendre ses interlocuteurs, Arabes ou pas, au sérieux : autrement, ils se refermeront comme des huîtres et s'en retourneront à leur place : loin des palais de la République où prospèrent d'inabordables personnages.

Ultime éclat de rire pour ne pas en pleurer, à l'heure des séparations : « Vous n'y arriverez pas, monsieur le préfet, ça dure depuis bien trop longtemps ! »

Porsche blanche

C'est par le biais du journaliste José d'Arrigo, tout à la préparation de son futur ouvrage intitulé

Marseille Mafias, que Gilles Tachon vient à Alain Gardère. Une arrivée en fanfare comme les aime ce personnage que s'arracheront dans quelques mois les plateaux de télévision, puisqu'il débarque au volant de sa célèbre Porsche blanche. Difficile d'être moins discret, mais cet ancien policier assume avec le sourire :

« Elle est à moi, cette voiture ; je l'ai payée avec mes sous. Je sais qu'elle fait des jaloux, mais les anciens collègues doivent s'y faire : je paie l'impôt sur la fortune ! »

Gilles Tachon chez Alain Gardère ? Il a pris soin de lui donner rendez-vous dans un bistrot proche de la préfecture ; il n'est d'ailleurs pas le premier à voir le révoqué. Tant pis si certains responsables locaux de la PJ lui taillent un costume de baratineur professionnel ! Lui se défend avec les dents et le sourire : oui, en plus de son métier de flic, il a toujours vendu des bijoux, et alors ? Ce n'était pas de la marchandise « tombée du camion », puisqu'il a toujours travaillé avec un grossiste ayant pignon sur rue, rencontré en lisière d'un braquage !

« La prochaine fois, monsieur Tachon, ne venez pas avec cette Porsche ! » tonne le préfet qui pour autant ne regrettera pas d'avoir rencontré ce « pestiféré » dont on lui dit qu'il rend de nombreux services, sous forme de tuyaux opérationnels, à ses anciens collègues. Il est peut-être en contact avec la pègre, mais n'est-ce pas encore, à ce jour, la meilleure façon de savoir ce qui s'y concocte ? Quant à la ville, il en est l'un des ingrédients : c'est grâce à ses liens familiaux avec celle qui était alors directrice de cabinet de Gaston Defferre, maire de Marseille et ministre de l'Intérieur, qu'il a rejoint en 1983 les rangs des CRS. Et c'est toujours grâce à Defferre qu'il a obtenu six mois plus tard son affectation à Marseille au commissariat du 3e arrondissement, où il a passé les menottes à plusieurs caïds promis à un bel avenir.

« Tout le monde sait que c'est votre voiture, argumente encore Alain Gardère. Il n'y en a qu'une comme celle-ci à Marseille. La prochaine fois, je ne reste pas ! »

Après la voiture, le préfet a droit à l'évocation des prouesses sexuelles de son invité : une habitude, chez ce poulet, collectionneur de « belles gonzesses », grande gueule et fêtard revendiqué.

« C'est pas pour ça que je vous ai fait venir ! » proteste le haut fonctionnaire.

Apéro, cacahuètes, olives : le triptyque de la mise en confiance. Le préfet déteste les cacahuètes, mais c'est un passage obligé.

Gilles Tachon est tout sauf idiot. Il donne au compte-gouttes. Il livre un peu, pour tester. Tiens, par exemple, ce bar… c'est un point de deal du cannabis. « Vous ne saviez pas, monsieur le préfet ? – Non. » Il distille et il attend de voir si ça produit son effet. S'il ne se passe rien, autrement dit si le bar ne reçoit pas la visite de l'administration dans les semaines qui suivent, il tourne les talons.

« Au fait, monsieur le préfet, il y a des choses curieuses qui se passent à la BAC Nord, poursuit le garçon pour qui l'expression "brut de décoffrage" semble taillée sur mesure. Vous devriez rencontrer Sébastien Bennardo : il y était encore, il y a peu. C'est lui qui vous en parlera le mieux.

– Quand vous parlez de choses “curieuses”, que voulez-vous dire ?

– Les saisies à la mexicaine, vous connaissez ? Les flics en ont marre de voir les dealers ressortir libres du tribunal après s'être payé les meilleurs avocats ; alors ils se font justice eux-mêmes. Le seul mal qu'ils pouvaient leur faire, c'est leur piquer leur pognon. Quand j'étais à la BAC, il n'y avait pas autant d'argent ni autant de *produit* qu'aujourd'hui. C'est tentant ! Mais, aujourd'hui, les voyous en ont marre… »

Et « Tachon », comme on l'appelle à Marseille, d'assurer qu'un policier avait vainement tenté de réintégrer le service, s'entendant dire par le chef de la Division Nord qu'on n'avait rien contre lui, mais que ses collègues « ne le voulaient pas ».

« À votre avis, ça dure depuis quand ? interroge le préfet.

– Pour moi, ça a commencé vers 2002. Pourquoi personne n'a été interrogé quand une vingtaine de gars ont demandé leur mutation ? Le major, il fermait les yeux. Tocard ou complice : vous avez le choix. Voyez le petit dont je vous ai parlé, Bennardo. Vous allez l'avoir en conseil de discipline, mais il faudrait être gentil avec lui, parce qu'il a beaucoup de choses à vous dire sur les quartiers nord. »

Le bureau

Sept fenêtres ouvrant sur la façade principale. Une porte donnant sur le bureau du directeur de cabinet, une autre sur le couloir. Une grande cheminée. Une table ronde avec quatre fauteuils formant une sorte de petit salon où il reçoit les visiteurs. Le bureau en chêne massif. Une table de travail entourée de chaises autour de laquelle le préfet reçoit trois fois par semaine les directeurs de la police.

Quand il n'est pas dehors, Alain Gardère reste souvent tard, le soir, dans cet espace grand comme un appartement de quatre pièces, agrémenté de moulures en plâtre. Il travaille sans regarder l'heure, ayant laissé sa vie de famille dans la capitale. Carbure à l'eau et au café, parfois agrémentés d'un verre de vin blanc.

Que penser de ces rumeurs contestant la « probité » de certains fonctionnaires ? À en croire son propre directeur de cabinet, la commissaire-divisionnaire Lina Lanfranqui, dans la place depuis des lustres, ces gars font courir des bruits depuis un bail, mais on n'a jamais rien trouvé de palpable. Tous les patrons semblent d'ailleurs de cet avis, à l'instar de Pascal Lalle qui s'exclame :

« C'est Tachon qui t'a dit ça ? Ne prends pas tout ce qu'il dit pour argent comptant. On a fait des vérifications : ça n'a rien donné. »

Il n'a pas tort, mais l'ennui est que l'ancien policier n'est pas le seul à le dire. Le pire étant que la plupart de ceux qui rapportent ces bruits le font comme s'il s'agissait là d'une fatalité marseillaise, de vieilles habitudes sur lesquelles on ne peut espérer avoir prise. Plutôt perturbant.

Il faudra, pour percer le mystère, trouver un autre angle d'attaque.

Vieux-Port

Le préfet arpente les rues du côté du port, le soir venu. Ceux qui le reconnaissent, silhouette élancée, visage long, viennent lui dire ce qu'ils attendent de l'État : beaucoup. Tout. On lui parle cambriolages, braquages. On l'entreprend sur cette délinquance au quotidien, le sentiment répandu que des types sont à l'affût dans la rue pour arracher tout ce qu'ils peuvent.

« Il faut faire quelque chose ! »

La phrase revient comme un refrain et à chacun il faut expliquer qu'on ne le laissera pas tomber. La réponse prendra certainement la forme de patrouilles pédestres plus fréquentes, et de CRS à demeure. Sans oublier d'exercer une pression régulière sur les policiers qui doivent savoir qu'à toute heure du jour et de la nuit le préfet peut débarquer et leur demander des comptes.

« Vous savez, répond Alain Gardère à un curieux, en matière de sécurité, rien n'est impossible. »

En remontant la Canebière, le promeneur incognito tombe sur des voitures de police garées en infraction devant le commissariat de Noailles.

Il appelle le directeur de la Sécurité publique : « De ma vie je n'ai jamais vu autant de voitures devant un commissariat ! Ils se plaignent de manquer de véhicules, mais ils en ont trop ! Et en plus elles bloquent la circulation ! »

SDF, vendeurs à la sauvette, des tags partout : la dégradation du centre-ville est visible. Trop, au goût du préfet. L'occupation de l'espace public ne donne-t-elle pas le pouls d'une cité ? C'est à certains de ces détails que l'on sent la présence ou la carence de l'État.

Ce centre-ville a besoin d'oxygène, diagnostique le nouvel arrivant. Traduction policière : présence accrue de gardiens de la paix dans la rue, contrôles renforcés autour de la gare où le « Printemps tunisien » a apporté son train de réfugiés, réunions avec les bijoutiers pour les convaincre de s'équiper en vidéosurveillance…

Conseil de discipline

15 septembre 2011. Ce jour-là, le conseil de discipline traite du cas de ce jeune policier que plusieurs personnes recommandent au préfet de rencontrer : Sébastien Bennardo. Comme le veut sa fonction, Alain Gardère préside la séance.

Le jeune homme qui entre dans la pièce où sont installés représentants syndicaux et membres de l'administration est d'allure sportive. Une certaine naïveté le rendrait presque attachant, mais ce qui frappe les observateurs, c'est la défiance que semble nourrir à son encontre le directeur départemental de la Sécurité publique, Pascal Lalle, qui l'a sous ses ordres.

L'histoire que l'on doit « juger » ce jour-là paraît de prime abord abracadabrantesque. Un truc de pieds nickelés, si l'on voulait résumer. Où il est question du vol des meubles du policier et de sa compagne, également fonctionnaire de police, pendant leurs vacances aux sports d'hiver, et du procès-verbal constatant les faits que Sébastien Bennardo aurait lui-même rédigé avant de se tourner vers son assurance. Le genre de faute assez impardonnable quand on est titulaire d'une carte de police, sauf que Zorro, comme le surnomment ses collègues – clin d'œil à Bernardo, l'écuyer de Zorro, mais aussi hommage à son zèle –, ne voit pas tout à fait les choses sous cet angle.

Sébastien Bennardo pourrait raconter la véritable histoire, celle d'un policier blessé d'avoir été écarté de la BAC, le service dont il espérait devenir un héros, sur fond d'accusations de vols et de violences. Celle d'un homme fatigué qui se sent harcelé, mais qui finit par reprendre le travail, début janvier 2010, après six mois d'arrêt maladie et quatre mois de tergiversations. Qui envisage de déménager avec sa femme, poursuivie aujourd'hui comme complice, pour fuir les appels anonymes et les pressions qu'il impute à ses anciens collègues. Et qui, pour se détendre, s'offre une semaine au ski.

Il pourrait profiter de la présence en face de lui d'un homme qu'on lui dit « envoyé par Sarkozy »,

Alain Gardère, mais son avocat lui a prudemment conseillé de ne pas tout mélanger, et d'éviter surtout de parler de la BAC.

« Au milieu des vacances, mon voisin m'appelle pour me dire qu'un volet de la maison a été fracturé, raconte le policier avec la maladresse des gens inquiets. J'appelle le commissaire qui me dit qu'il n'y a pas d'effectifs disponibles pour les constatations. J'envoie un ami qui m'explique qu'ils ont tout pris : le canapé, le buffet, la table, les lits des petits… Au retour, le chef me suggère de venir déposer plainte au commissariat. Je lui dis qu'il faut quelqu'un pour les constatations, afin d'être en règle vis-à-vis de l'assurance. Il répond : "T'inquiète pas, on le fait à *la Marseillaise*…" »

Ce qui revient à lui donner l'ordre de rédiger lui-même le rapport et de le faire signer par un collègue.

Sauf que l'assurance – mise sur la piste par une main extérieure, ou pas – découvre la supercherie et conteste le remboursement des meubles. C'est à tel point que certains, autour de la table, se demandent, un peu gênés, si le cambriolage a vraiment eu lieu…

Assis sur la chaise réservée aux accusés, Sébastien Bennardo pourrait décrire devant cet aréopage de chefs et de syndicalistes les événements extravagants qui se sont ensuite enchaînés, mais ce n'est pas non plus le lieu. Et puis, le premier concerné, Pascal Lalle, son patron, sait déjà presque tout. Presque, car il ignore certainement que l'officier alors en charge des BAC, Albert Plaza, pas encore démasqué par la police des polices, lui a envoyé un émissaire pour lui proposer de le reprendre dans le service s'il présentait ses excuses, un mois après le fameux cambriolage.

L'opération rabibochage a capoté quelques jours plus tard lorsque le Tout-Marseille policier a appris que Sébastien Bennardo était convoqué à Paris devant la « terrible » Commission nationale de déontologie de la sécurité (CNDS), une autorité indépendante remplacée depuis lors par le « Défenseur des droits ». On voulait l'y entendre au sujet d'une affaire de violences policières, après la plainte d'un vendeur à la sauvette d'origine algérienne, mineur, qui l'accusait de l'avoir passé à tabac en mars 2009.

Albert Plaza l'a appelé, furieux. Des messages sur le mode : « Mieux vaut que tu fermes ta gueule à Paris, sinon il y aura un retour. » Le récalcitrant n'en a pas démordu et s'est fait accompagner jusqu'à la capitale par un délégué syndical. Au terme de son audition, il a déballé tout ce qu'il savait sur ses anciens collègues, sauf qu'à la fin le patron de cet organisme de contrôle lui a fait comprendre qu'il ne se passerait rien, parce qu'il ne pouvait légalement être saisi par un policier.

« Écrivez à Noël Mamère », lui a conseillé le « sage », laissant Sébastien Bennardo un peu plus amer qu'il n'était venu, désemparé à l'idée de devoir s'adresser à un député écologiste inconnu pour dénoncer la corruption sévissant chez les siens…

Pascal Lalle connaît par le menu la suite de l'histoire. Il sait qu'il a fait entendre Sébastien

Bennardo à deux reprises par le « cabinet d'audit et de discipline », structure interne à sa direction, au sujet de la BAC Nord. Bennardo a même accepté de témoigner directement devant lui, si nécessaire, mais la proposition est restée sans suite, ceux qui l'ont traitée estimant que le fonctionnaire n'apportait « rien de concret ». L'enquiquinant flic a été expédié dans le commissariat du 14e arrondissement, l'un des « pires » de la ville, au dire de Bennardo, « où personne ne travaille », « où les collègues passent leur temps à faire leurs courses dans les centres commerciaux voisins, quand ils ne jouent pas aux cartes ». Ce que le directeur ignore, c'est que s'est reconstituée dans ces murs une forme de ligue dissoute : celle des « punis » de la BAC.

Un premier fonctionnaire est arrivé, Éric G., 42 ans, brigadier. Puis une femme, Leila A., 35 ans, gardien de la paix. Tous deux présentés comme des « voleurs », raison pour laquelle la BAC les a poussés vers cette voie de garage. Ils se sont aussitôt liés d'amitié avec Zorro, soudés par le rejet dont ils avaient fait l'objet pour avoir refusé – expliquent-ils à qui veut les entendre – de cautionner un système où le vol est la règle et où la loi est celle du silence…

Non, Sébastien Bennardo ne peut vider son sac de larmes et de boue devant ces hommes qui s'apprêtent à lui infliger sa première sanction depuis son entrée dans la police, neuf ans auparavant. Une sanction certes modeste : un an de suspension, dont onze mois avec sursis ; mais d'autres échéances l'attendent, qui pourraient lui coûter plus cher, notamment devant le tribunal correctionnel.

Tandis que sa femme lui succède devant le « tourniquet » (le conseil de discipline), qui l'épargnera, le jeune policier voit le préfet Alain Gardère lui tendre une main :

« Monsieur, vous étiez à la BAC Nord, lui dit-il. J'aimerais entendre de votre bouche ce qui se passe dans ce service.

– Écoutez, monsieur, je ne suis pas là pour accuser les autres, mais, un jour, je vous raconterai », répond le fonctionnaire qui sent la suite de sa carrière vaciller sous ses pieds.

II

L'enquête préliminaire

L'interview

22 septembre 2011. Alain Gardère se méfie des journalistes, souvent trop conformistes à son goût. Il n'a jamais cherché la surexposition, à la différence de certains préfets qui s'offusqueraient de ne pas figurer sur la photo. Il se plaît au cœur du dispositif, là où on décide, mais pas forcément sur les planches. Nicolas Sarkozy a cependant été formel : « Communiquez, lui a-t-il dit. On n'a rien à cacher, même quand ça va mal. Il faut expliquer au public ce que l'on fait. »

On lui a conseillé de prendre attache avec le directeur de *La Provence*, l'incontournable quotidien régional, lequel lui a proposé l'inévitable interview de bienvenue. Et le voilà assis face à deux de ses représentants, Denis Trossero et Romain Luongo, dans son vaste bureau, l'un des plus beaux de la République.

Petit instant de crispation lorsqu'un des journalistes interroge son interlocuteur sur les déclarations qui ont été fatales à son prédécesseur.

« Si c'est pour ça que vous êtes venus, on se quitte et on reste bons amis », tranche-t-il avant de concéder une réponse sur mesure : « J'ai pu observer un certain nombre de choses, dans cette ville de Marseille qui mérite d'avoir une sécurité à la hauteur de son rang. Il n'y a pas de fatalité. Il y a des solutions techniques à apporter aux problématiques que j'ai rencontrées. La police a le devoir d'être à l'écoute de la population. C'est le sens d'une police réfléchie, méthodique et organisée... »

Et le nouveau « sauveur » d'annoncer la mise en place d'un groupe spécialisé dans la lutte contre les vols à l'arraché, un dispositif contre les vols à main armée, une police « plus visible », l'expulsion de quelques campements roms... et une dose d'humilité.

Un photographe s'affaire, va et vient autour du fauteuil tandis que le préfet se prête au jeu des questions/réponses.

L'interview : rebondissement

23 septembre 2011. La rédaction en chef de *La Provence* a misé sur le second degré. Sur la photo qui illustre son entretien, le préfet arbore comme une auréole. Le halo lumineux qui surplombe le visage se passe de commentaires : Jésus-Christ est parmi nous ! Le Sauveur est arrivé à Marseille.

Enfin ! serait-on tenté de dire, mais la légende ne s'attarde pas sur ce phénomène extraordinaire.

Alain Gardère voudrait en rire, mais le déjeuner prévu avec le patron du journal en est tout chamboulé. Ce qui aurait pu être une chaleureuse prise de contact se présente sous un mauvais jour, si l'on ose dire.

« Je crains que ce ne soit la dernière fois que l'on se voit, commence le préfet.

– Pourquoi donc ? interroge innocemment le patron de presse.

– Vous m'avez pris pour un con. »

C'est effectivement la dernière fois que ces deux-là se croisent. Qu'on le moque parce que parisien, passe encore ; mais il se sent davantage au service de l'État qu'au service de Dieu, du moins dans sa vie professionnelle. Et n'a aucunement l'intention de marcher sur l'eau…

Baptême du feu

24 septembre 2011. Le préfet Gilles Leclair, son prédécesseur, avait pris ses fonctions après le raid mortel d'une bande de fous furieux sur la cité « sensible » du Clos La Rose, dans les quartiers nord, ainsi consigné par le capitaine de la brigade criminelle arrivé parmi les premiers sur les lieux :

> « Deux véhicules, un de marque AUDI de couleur grise, et un second de couleur rouge, arrivaient sur un carrefour situé à l'intérieur même de la cité,

face au numéro 37 et sur l'arrière du bâtiment 41.
À cette intersection, connue pour être un lieu de vente de produits stupéfiants, semble-t-il, se trouvaient un ou plusieurs individus.
Les occupants de ces véhicules faisaient usage d'armes longues de type Kalachnikov en direction de ces personnes. L'une d'elles – Jean-Michel GOMEZ, âgé de 16 ans – était atteinte et tombait au sol ; transporté par un particulier, il décédait lors de son arrivée à l'hôpital.
Les deux voitures prenaient alors la voie de gauche de l'intersection et contournaient l'immeuble dans lequel se trouve l'entrée "41". Au niveau de cette entrée, il ouvraient à nouveau le feu en direction des personnes qui se trouvaient soit devant cette entrée, soit dans le hall de l'immeuble ; le jeune Lenny MODOHA, âgé de 11 ans, était atteint de plusieurs projectiles. Après avoir été médicalisé sur place par le SMUR, il était évacué sur l'hôpital NORD à Marseille afin d'y subir en urgence une intervention chirurgicale.
Les deux véhicules prenaient ensuite la fuite par une voie inconnue.
Il y a donc en fait deux scènes de crime distantes entre elles de plusieurs dizaines de mètres, mais qui peuvent être très proches temporellement.
À notre arrivée, de nombreux habitants de la cité observent les événements de manière attentive, mais il n'y a absolument aucun sentiment d'hostilité manifesté à l'égard des services de police présents sur place. »

C'était le 19 novembre 2010. Rarement un règlement de comptes n'avait soulevé autant d'émotion dans le pays, en raison de l'âge des jeunes pris pour cibles. Au point que Gilles Leclair avait été prié de faire de la recherche des coupables une priorité.

Alain Gardère, fils de gendarme, ne débarque pas dans le même contexte. Voilà cependant qu'il hérite de son premier cadavre. Lieu du crime : la cité des Flamants, dans le 14e arrondissement. Nom de la victime : Rachid Bekkis, 30 ans, connu pour trafic de drogue et escroquerie. Fauché d'une rafale de kalachnikov devant son immeuble, il ne respirait plus quand les marins-pompiers sont arrivés. Une sorte de baptême du feu que le préfet commente en ces termes dans *La Provence* :

« J'ai vu les gens aux fenêtres, les enfants. Ceux qui habitent là se demandent pourquoi ils doivent vivre ces événements-là. C'est pour eux que je ferai quelque chose. Les citoyens, voilà ce qui m'intéresse. »

Les bons plans parisiens

Il faut des résultats, et vite. Des résultats qui se voient. Car, l'air de rien, l'élection présidentielle approche.

Comment les obtenir ? Alain Gardère n'a pas quitté Paris les mains vides : il est parti avec les plans de la préfecture de police, si l'on peut dire. La « PP » est l'élève doué de la police. Le plus réactif, surtout. Elle innove et s'adapte plus vite que les autres. Depuis plusieurs années déjà elle dispose de son « plan stups », destiné à déstabiliser les points de deal, mais aussi d'un plan anti-vols à main armée, ainsi que d'un plan anti-cambriolages. Une boîte à outils dans laquelle le nouveau préfet n'hésite pas à puiser, lui qui aurait rêvé de transposer, à Marseille, le modèle parisien, autrement dit d'accroître sa marge de manœuvre en ayant directement sous son contrôle le directeur de la Sécurité publique comme celui de la police judiciaire. Trop de freins pour le moment, même si le directeur général de la police, Frédéric Péchenard, n'est pas totalement opposé à ces transformations dans un avenir proche.

Deux approches possibles, à ce stade. La première, assez simple, consisterait à réclamer davantage d'effectifs – il en manque toujours. La seconde a en général la préférence des ministres : elle consiste à s'attaquer aux méthodes de travail des policiers sur le terrain. C'est la voie que privilégie Alain Gardère, au risque de bousculer les hommes en place, à commencer par le patron de la PJ, Roland Gauze, mais aussi les gendarmes et la douane.

« Mettez le nez dans les cités, insiste le préfet. Prenez les affaires de stups à bras-le-corps. C'est là que ça se passe ! »

Une liste est rapidement dressée, celle des vingt-cinq cités sur lesquelles l'effort doit se concentrer. Taper dans les quartiers, leur rentrer dedans, tout de suite : tel est le mot d'ordre. Quitte à froisser ceux qui ont l'habitude des enquêtes au long cours, celles qui, au bout de nombreux mois, permettent de fournir à la justice des dossiers de dix tomes avec condamnations à la clef. L'heure est à l'action rapide, pas aux « belles affaires » dont la presse fait ses unes. Pas plus de trois mois pour boucler une affaire de stups : c'est la consigne d'une politique qui mise sur le court terme. Avec pour objectif des résultats visibles de tous, en sorte que chacun sache que la police s'est réveillée.

Les patrons du cru jouent le jeu. Ils le joueront d'autant plus que le nouveau préfet cessera de se référer à Paris et de leur répéter qu'ils ne se bougent pas assez par rapport à leurs collègues de la capitale.

La dernière trouvaille – on peut se demander pourquoi elle n'avait pas été mise en œuvre plus tôt – est la création d'un groupe chargé d'agir en sorte que soient vraiment exécutées les peines infligées par la justice. Sa mission : retrouver dans la nature, où ils se font plus ou moins discrets, ces condamnés en liberté et les envoyer en prison purger leur peine. Effet garanti à très court terme, d'autant plus que le dispositif est mis en place à grand renfort de publicité, avec la volonté de miser sur l'exemplarité.

Course d'obstacles

Marseille est désordonnée, indisciplinée mais terriblement attachante. Quand on arrive de Paris, ce désordre peut paraître un peu désarmant, surtout pour un ardent défenseur de l'ordre.

Pas d'autre issue que de travailler sept jours sur sept. Et de modifier sans cesse le « dispo » pour éviter de verser dans l'ornière de la routine.

Fumée

28 septembre 2011, 7 heures du matin. Quartier de la Valbarelle, dans le 11e arrondissement. Un commando composé de sept personnes intercepte un fourgon chargé de cigarettes. L'un d'eux, un « petit gros avec un fort accent », selon les témoins, brandit une kalachnikov. Préjudice : deux cents cartons remplis de vingt-cinq cartouches chacun.

Pour ceux qui en doutaient, la preuve est faite que l'augmentation du prix du tabac renforce le marché parallèle. C'est en tout cas une nouvelle source de revenus pour le banditisme.

La chute du commissaire Michel Neyret

3 octobre 2011. Cela ne fait jamais plaisir aux flics de voir tomber un collègue plutôt doté d'une bonne réputation… Michel Neyret, numéro 2 de la PJ de Lyon, grand chasseur de bandits, reconnu par ses pairs, dort désormais en prison. Un coup de bambou sur la tête de la plupart des policiers qui voyaient en lui un commissaire prestigieux, doué d'un charisme certain.

Trafic d'influence, corruption, trafic de stupéfiants, association de malfaiteurs : le juge qui le met en examen place la barre très haut. Neyret aurait succombé à l'argent de grands escrocs internationaux. Vrai ? Faux ? Les gros dérapages sont l'apanage de services prestigieux. Les sans-grades tombent pour moins que ça : pour avoir abusé d'une prostituée, dérobé un billet dans les effets d'un gardé à vue, mis une « branlée » à un type menotté, plus rarement pour avoir encaissé des milliers d'euros. Des sanctions sont distribuées pour ça tous les mois dans les conseils de discipline. Mais, avec Michel Neyret, on est dans une tout autre dimension : la cour des grands.

Le prochain nid de frelons, est-ce à Marseille qu'on le découvrira ?

Évasion

4 octobre 2011. Un homme de 35 ans, « particulièrement dangereux », est transféré de la maison d'arrêt de Luynes à l'hôpital d'Aix-en-Provence. Alors que le fourgon cellulaire approche de sa destination, un complice monte à l'assaut, arme à la main, canon braqué à hauteur de la tête de l'un des deux surveillants. Au moment de tirer, l'assaillant vise la cuisse.

Dans le bref tumulte qui suit, le détenu parvient à s'enfuir à scooter avec son libérateur. Un peu plus loin, ils abandonnent le deux-roues pour poursuivre leur route à bord d'un monospace en direction de Nice.

La brigade de répression du banditisme est saisie de l'enquête : le fugitif, Raphaël Jimenez, alias « Tchum », connu pour appartenir au milieu gitan de la région, a été condamné à treize ans de réclusion criminelle pour braquage.

Pour les connaisseurs, le clin d'œil est appuyé : le policier blessé s'appelle Philippe Massoni, même prénom, même patronyme qu'un ancien directeur des Renseignements généraux devenu préfet de police de Paris. Pour les acteurs locaux, c'est une nouvelle tuile, car même si les faits se sont déroulés à Aix, nul doute que la presse titrera demain à nouveau sur les violences perpétrées à Marseille et l'impunité dont jouissent leurs auteurs.

Zorro

Sébastien Bennardo, alias Zorro, n'a pas que des amis dans la « maison ». On le dit « solitaire ». On dit qu'il n'aime pas travailler en équipe, ce qui, dans certains services, constitue un handicap. On dit que ce comportement lui a valu le rejet de ses collègues de la BAC. On le dit *borderline*, pour mieux le crucifier. On dit tellement de choses que le préfet souhaite en avoir le cœur net. Son attitude lors du conseil de discipline lui a laissé une impression favorable. Gilles Tachon, l'homme à la Porsche blanche, a insisté plusieurs fois pour qu'il le reçoive, mais c'est par un autre biais que l'homme vient frapper à la porte de la préfecture.

Le policier suspendu ronge son frein : il ne peut transmettre à ses supérieurs les renseignements dont il dispose au sujet du double flingage du Clos La Rose. Gilles Tachon lui a proposé de jouer les petits messagers, mais Sébastien Bennardo craint de se faire dérober la paternité du tuyau. Il prend contact avec un journaliste de *La Provence*, rencontré à propos de la BAC, pour lui demander si la PJ, à sa connaissance, sait qui se cache derrière le rodéo mortel du Clos. Négatif, lui répond le journaliste avant de lui suggérer d'appeler directement Alain Gardère.

Sitôt dit, sitôt fait. Le soir même, le préfet reçoit le « suspendu » dans son bureau, mais pas seul : il a convié le numéro 2 de la PJ, Christian Sivy, mieux à même de faire le tri dans les renseignements que le jeune policier a promis de livrer.

« Je n'aime pas beaucoup vos pratiques, le cueille à froid Alain Gardère. Me faire appeler par un journaliste, cela ne me convient pas, mais je sais que nous avons des choses à voir. Asseyez-vous…

– Je voudrais d'abord vous dire que je n'obtiens jamais de retour sur les renseignements qu'il m'arrive de transmettre. Je ne sais même pas si cela aboutit à quelque chose ou pas… Mon informatrice veut bien témoigner sous X dans l'affaire du Clos, mais elle voudrait certaines garanties… »

Le préfet se tourne vers le spécialiste de la PJ, non sans lui envoyer une pique de sa fabrication :

« Expliquez-moi comment ce jeune homme a des informations que vous n'avez pas ! »

Sourire gêné. Mais le visiteur met déjà d'autres affaires sur le tapis, notamment le braquage d'une station-service dont il affirme connaître les auteurs.

« Pourquoi ne l'avez-vous pas dit plus tôt ? l'interroge le préfet.

– J'ai transmis un rapport à ma direction.

– Vous avez eu ce rapport ? demande le préfet au commissaire de la PJ.

– Je vais me renseigner...

– Appelez maintenant : je voudrais savoir... »

La réponse tombe une minute plus tard : le rapport de Sébastien Bennardo s'est apparemment égaré en chemin.

Le sujet épuisé, le préfet passe au dossier suivant :

« Maintenant, vous allez me parler de la BAC Nord.

– Il ne s'agit pas que de quelques policiers..., commence Sébastien Bennardo, à son tour gêné. Je crois que je préférerais vous parler seul à seul.

– Peut-on considérer que ce qui va se dire restera entre nous ? demande le préfet au commissaire.

– Ce sera difficile, admet le représentant de la PJ qui se lève et fait aimablement comprendre que la suite de la conversation ne le regarde pas, puis s'éclipse.

– On me parle de vols de sacoches dans les cités, lance le préfet. Ce n'est pas la conception que j'ai de la police. Qu'avez-vous à me dire là-dessus ?

– Depuis 2009, je vis un enfer. Je suis en danger. Mes chefs veulent ma tête. Nous sommes trois à vivre ça… »

Dans les instants qui suivent, la première impression se confirme : ce jeune homme dégage une forme de sincérité. Important, la sincérité, quand il s'agit de faire le tri entre ce qui peut relever de la vengeance et ce qui doit être pris au pied de la lettre. Car le fonctionnaire, belle gueule, ne dit pas vraiment du bien de ses anciens collègues. Il les dépeint même comme une bande de malfrats plus noirs que noir.

Ils en croquent, explique-t-il en substance, et l'on ne peut s'empêcher de penser qu'il lui aurait suffi de tendre la main pour prélever lui aussi sa part.

« Ils ramassent du pognon, je vous assure.

– C'est la colère qui vous fait dire ça !

– Vous n'avez qu'à vérifier, vous verrez.

– C'est gravissime : vous vous en rendez bien compte ? »

Le jeune homme semble ne pas toujours faire la différence entre ce qui est important et ce qui l'est moins, mais ce qu'il raconte est proprement stupéfiant. Il n'est pas dans le convenu, ni dans le non-dit, ni dans les circonlocutions : il affirme sans détour.

Entré dans la police par la petite porte, celle des adjoints de sécurité, Sébastien Bennardo a vu son rêve s'accomplir : intégrer les BAC dans ces quartiers nord où il a grandi. Sauf que ce rêve qui devait le mener plus haut, vers cette PJ dont il s'estimait digne, s'est transformé en cauchemar lorsque ses collègues de travail ont tout fait pour le mettre sur la touche, et même encore un peu en deçà… Lui dire de passer son chemin ? Alors qu'il met le doigt sur ce qui ressemble à une affaire de corruption massive ?

« Attention, monsieur Bennardo, ce que vous me dites est très grave, lui répète le préfet à l'heure de le saluer. Si vous mentez, cela ne peut que se retourner contre vous.

– Je suis sûr de moi, répond le visiteur.

– Si on vous prie de témoigner, vous sentez-vous prêt à le faire ? Que demandez-vous en échange ?

– Je veux juste qu'on me rende mon honneur. »

Course à pied, suite

Rien de tel, pour résoudre les problèmes, que de réfléchir tout en courant.

Premier tour du parc Borély bouclé, au suivant. À ce rythme, terminer le semi-marathon de Marseille en une heure cinquante-deux minutes devrait être possible… Départ du Vieux-Port, traversée de la ville jusqu'à Castellane, le Prado, la Corniche, le tour du quartier du Panier, retour au port… vingt et un kilomètres !

Quand on aime les « poulets », on a du mal à croire qu'ils soient pourris, même quand on vous le répète. Ces vérifications dans lesquelles le préfet compte se lancer consistent d'abord à tenter de se prouver qu'ils ne le sont pas. Pas pour les accabler, mais pour éradiquer la mauvaise, la méchante rumeur. « Couper la tête aux canards », comme on dit.

Qu'un gardien de la paix commette une erreur, cela peut se comprendre à défaut de s'excuser. Le fonctionnaire a pu traverser une passe difficile, connaître un divorce pénible, ou sa femme se retrouver brutalement au chômage. Il n'est pas forcément malhonnête, à la différence de celui qui s'installe durablement dans le vol, la compromission.

Un vol dans un magasin, c'est encore du domaine de l'erreur ; des mecs qui piquent du shit à un dealer pour le revendre, là, ce sont de vrais voyous.

Une police n'est jamais complètement irréprochable, mais, en l'occurrence, il faut vérifier ces accusations, ne serait-ce que pour conjurer la fatalité qui semble coller à la peau de Marseille. Les collègues râleront, mais qu'importe : il faut sortir de cette zone grise où semble ici se complaire une partie de la police.

OM

10 octobre 2011. C'est dans les quartiers sud, entre la Soude et la Cayolle (9e arrondissement), que la brigade de répression du banditisme interpelle sept jeunes braqueurs soupçonnés d'avoir ciblé les joueurs stars de l'Olympique de Marseille. Les frères Ayew les ont vus surgir chez eux, le 29 mai 2011, peu avant Vitorino Hilton, agressé dans sa

villa, du côté de la Pointe-Rouge, le 13 juillet suivant. Bijoux, montres et bagages de luxe ont été raflés, mais c'est la rudesse de l'attaque qui a poussé les responsables du club de football à frapper à la porte du nouveau préfet. Braqué lui aussi au printemps dans sa maison, le milieu de terrain Lucho Gonzalez n'a-t-il pas décidé de quitter l'OM pour cause d'insécurité ?

À Marseille, une affaire d'État !

Smart

Une Smart se gare aux abords de la préfecture. C'est l'ancien policier Gilles Tachon qui semble avoir compris le message : la Porsche est une automobile un peu trop voyante.

Tachon sait maintenant qu'en s'adressant à Alain Gardère il ne parle pas dans l'oreille d'un sourd. Est-il en train de monnayer sa pérennité en ville, de s'offrir à bon compte la protection d'un puissant, quand sa hiérarchie lui cherche noise ? Possible, mais il arrive avec de nouveaux tuyaux. Comme il l'a fait au cours des années précédentes avec Roger Marion, Bernard Squarcini ou Gilles Leclair, les prédécesseurs. Il aime les belles voitures et les filles ? On lui passe ces caprices pourvu qu'il ouvre l'œil.

On l'écoute raconter à nouveau ce fait d'armes qui l'a propulsé en juin 1999 à la une des journaux : une intervention musclée à la prison des Baumettes d'où tentait de s'évader ce jour-là un homme fiché au grand banditisme, le Niçois Thierry Derlan (il s'en est fallu de peu qu'il le tue).

Le stade de l'apéro passé, Alain Gardère invite son visiteur à déjeuner. Il le sait capable d'aller dire partout qu'il est « pote avec le préfet », mais il prend le risque. Pied-noir (il est né à Bône, aujourd'hui Annaba, en Algérie), Gilles Tachon aime Marseille et cela le rend sympathique. Avec lui, pas de procès-verbal : il fonctionne aux « blancs », ces notes d'information sur papier libre. Avec lui, on est toujours sur le fil du rasoir.

Il n'est évidemment pas question de se vanter de ce genre de rencontre : certains collègues s'arracheraient les cheveux. Mais qui, mieux que ce personnage connu pour avoir longtemps circulé avec deux armes de service sur lui, pourrait lui présenter avec un tel luxe de détails les mauvais côtés de la ville ?

Gilles Tachon a été mis au placard par ses supérieurs au printemps 2010 : « Je savais trop de choses », lâche-t-il en guise d'explication. On l'a expédié à Lyon, mais il n'y est jamais allé. « Ils voulaient me mettre responsable de la barrière, moi, le grand Tachon ! J'aurais ouvert la barrière à [Michel] Neyret ! » Constatant son refus d'obtempérer, l'administration l'a poussé à la retraite d'office. Le commissaire Anthony de Freitas, adjoint au chef de la Sûreté départementale, l'a cherché partout pour qu'il rende son gilet pare-balles, sa carte tricolore et son arme de service… « Ma carte, je ne la leur ai pas rendue, fanfaronne-t-il. Je l'ai envoyée par la poste à Brice Hortefeux [alors ministre de l'Intérieur]. »

« J'ai un réseau de "tontons" qui fonctionne toujours très bien, glisse-t-il à un Alain Gardère un brin circonspect. C'est la police à l'ancienne, ça ! C'est comme ça que j'ai su que des dealers avaient tiré sur les flics. "Ils se comportent comme des voyous, on va les traiter comme des voyous : on va les fumer" : voilà ce qui se disait dans les cités. J'ai apporté mes infos au commissaire de Freitas avec qui j'avais sympathisé. Je lui ai dit que des policiers de la BAC voulaient se confier. À l'époque, il a entendu trois fonctionnaires sur procès-verbal. C'est remonté par la voie hiérarchique, puis on n'en a plus jamais reparlé. »

Et Tachon de se faire professeur : « Il y a trois polices en France : la police parisienne, la PJ et la police marseillaise. Ici, c'est le bordel. Les locaux sont insalubres et pourris. On n'a pas de quoi offrir des placards aux nouveaux arrivants. On nous a envoyé des patrons alcooliques, comme celui que j'ai failli tuer alors qu'il rentrait chez lui avec une mobylette de service. On a des "tafioles" [hommes manquant de virilité]. La police marseillaise manque de chefs qu'on respecte, pour qui on mettrait en avant sa poitrine. Pour s'en sortir, il faut être ou alcoolique ou voleur… Mais voler des Arabes comme ils le faisaient à la BAC, c'est pas une bonne idée : ils vont te balancer tout de suite. »

Rumeurs

Gilles Tachon l'assène haut et fort, Sébastien Bennardo enfonce le clou : les poulets de la BAC pilleraient les sacoches des dealers dans les quartiers nord. Régulièrement. Systématiquement. Scrupuleusement, pourrait-on même dire.

L'histoire fait froid dans le dos, mais ce n'est pas un frisson passager : Alain Gardère va devoir vivre avec.

Pourquoi écouter ces porteurs de mauvaises nouvelles quand la hiérarchie locale les écarte ? Pour quelles raisons Pascal Lalle, qui a tout pour réussir, s'est-il braqué contre Sébastien Bennardo ? Pourquoi les responsables de la PJ assurent-ils que le puni de la BAC raconte des sornettes ?

Face à ce genre de personnages, il n'y a pas trois attitudes : soit on les tient à distance, soit on se dit qu'il serait dommage de rater quelque chose d'important.

Alain Gardère opte pour la deuxième hypothèse. Question de sensibilité. D'expérience, aussi : dans un service de police, on ne peut impunément rester sourd à la rumeur. Elle recèle forcément quelque chose. Si elle s'amplifie, ce qui est précisément le cas, il faut y aller voir.

Son intuition pousse le préfet à agir. Une anomalie s'est glissée dans le logiciel « police nationale » : il faut ouvrir le moteur.

Dans la capitale, la présence de l'IGS (Inspection générale des services) permet d'en avoir rapidement le cœur net. C'est moins évident en province, les effectifs des antennes de l'Inspection générale étant plus minces. Mais, en l'occurrence, ce n'est pas dramatique, car les chances que cette enquête aboutisse sont proportionnellement inverses au nombre de fonctionnaires mis dans la confidence à Marseille…

Le préfet n'a jamais découvert de fonctionnaires sérieusement corrompus dans les services qu'il a dirigés. De petits véreux, oui, mais là, on atteint à une sorte de paroxysme – si les témoins disent vrai, évidemment. Car, à l'échelle d'une unité entière, de mémoire de flic on n'a jamais vu ça… Au surplus, il ne s'agit pas de n'importe quelle unité : les BAC forment une petite élite au sein de la police. Elles sont au-dessus du lot. La gauche a caressé l'idée de les supprimer à la fin des années 1990, quand Lionel Jospin était Premier ministre. Le ministre de l'Intérieur de l'époque, Jean-Pierre Chevènement, s'est finalement laissé convaincre, et les BAC ont été plus que conservées : elles ont été valorisées.

Ces brigades savent que l'on a besoin d'elles, c'est d'ailleurs ce qui fait leur force. Si le cercle vertueux fonctionne comme prévu, elles sont efficaces. Elles connaissent si bien leur territoire que leurs collègues de la PJ traitent souvent avec elles, quand ils ne puisent pas directement dans ce vivier pour étoffer leurs rangs. Leur sentiment de puissance est encore renforcé par le fait que les journalistes n'ont de cesse qu'ils ne veuillent « tourner » avec elles.

Vérifications

S'il n'y avait que Gilles Tachon et Sébastien Bennardo… Des cités parviennent des informations alarmantes. On rapporte au préfet que les policiers prennent de l'argent. On ne se contente pas de le lui dire : on lui transmet, à l'occasion, une immatriculation, celle d'une voiture transportant des flics plus avides de fraîche monnaie que de respect des lois, lui assure-t-on.

Alain Gardère tente de vérifier. Y a-t-il eu une opération policière ce soir-là dans la cité ? Le directeur de la Sécurité publique est formel : rien n'a été consigné concernant ce quartier précis.

« Passons cité de la Castellane… Contrôlons un individu… Reprenons notre patrouille » : voilà le genre de mention que l'on devrait trouver sur la main courante informatisée où l'on peut lire heure par heure le positionnement des patrouilles. Or il n'y a rien. Pas un mot. L'équipage en question est-il volontairement sorti des écrans radars ? S'est-il soustrait à toute vérification, le temps de se livrer au forfait signalé par le témoin ?

Trop d'anomalies pour qu'il s'agisse là d'un simple accident.

S'ils en « croquent », c'est le fondement même de l'action policière qui est ébranlé. Dans la capitale, l'Inspection générale des services se serait mise en branle depuis longtemps, habituée qu'elle est à vérifier la moindre dénonciation, le moindre courrier reçu. Pour éviter justement que la rumeur enfle et devienne incontrôlable. Et parce que tous ceux qui connaissent la police autrement que par le cinéma savent que la corruption peut vite faire boule de neige.

Le maire

« Allô ?

– Oui, bonjour, monsieur le maire.

– Alain, vous êtes libre à dîner, ce soir ? »

Le préfet fuit les dîners en ville, mais le courant passe bien avec Jean-Claude Gaudin. Régulièrement, l'élu UMP l'invite à dîner. Ce soir-là, le préfet lui « vend » son arrêté « Tranquillité » :

« Il y a une forte demande de la population, insiste-t-il. C'est une manière de changer rapidement le visage de l'hypercentre. Je suis un optimiste, je vous assure qu'il y a des solutions pour Marseille. »

Jean-Claude Gaudin ne lui demande pas combien de temps il compte rester à son poste, étant donné le turn-over, mais le préfet anticipe la question :

« Je sais que je ne suis pas là pour très longtemps, confie-t-il à l'élu UMP. Soit le président est réélu en mai et je poursuivrai ma carrière ailleurs. Soit il est battu et on me remplacera… enfin, j'espère pas trop vite. »

Le maire s'inquiète :

« Avec cet arrêté, on va encore avoir des ennuis avec l'Église, non ?

– J'expliquerai qu'il ne s'agit pas de lutter contre la mendicité, répond le préfet, mais de faire bouger ces bandes, enkystées avec leurs chiens. Aujourd'hui, on ne dispose pas de base légale pour les déloger. Avec cet arrêté, elles ne pourront plus s'installer de manière durable.

– Pourrez-vous expliquer à l'archevêque, Mgr Georges Pontier, qu'il ne s'agit pas de verbaliser les mendiants à la sortie des lieux de culte ? suggère l'édile.

– Je m'en charge. »

Bol d'air

Un samedi après-midi, le préfet roule avec son collaborateur-chauffeur jusqu'au bout de la ville, en direction du sud. Alors qu'ils se détendent, en tenue de ville, sur un parking donnant sur la mer, un car de CRS vient se garer non loin. Plusieurs policiers en sortent pour aller s'installer face à la Grande Bleue, dos contre le capot, le temps de « griller une clope » et de prendre un peu le soleil.

Au bout d'une vingtaine de minutes, le collaborateur prend une ou deux photos de cette scène de la vie quotidienne. Un CRS s'approche en protestant :

« De quel droit prenez-vous ces photos ? »

Le collaborateur sort sa carte de police tandis que le préfet se présente :

« Je vous observe depuis tout à l'heure. Vous viendrez m'expliquer demain ce que vous faisiez sur ce parking.

– De quoi vous vous mêlez ? On travaille ! » proteste le CRS.

La suite se déroule à la préfecture, le lendemain. La désinvolture disparaît dès la première seconde au profit d'une attitude plus conforme :

« Mes respects, monsieur le préfet.

– Je voulais vous dire que les CRS ne sont pas ici pour se promener. Je serai dehors tous les jours, sachez-le. »

Alain Gardère connaît trop bien l'institution policière pour ignorer que celui qui n'est pas dans la rue a peu de chances de voir ses consignes exécutées. Que rien, dans cette « maison », n'est parfaitement linéaire. Qu'il faut sans cesse aller vérifier, constater, sous peine de voir les fonctionnaires se tourner les pouces dans leurs véhicules du côté de la Porte d'Aix, au lieu de patrouiller.

« Les préfets qui, dans leur vie, n'ont pas été policiers n'ont pas la tâche facile », a-t-il coutume de dire.

En clair, le premier énarque venu court le risque de se faire proprement enfumer par les poulets. « L'affaire est en cours, on progresse », lui dira-t-on gentiment, s'il insiste, tout en lui faisant comprendre, toujours gentiment, que les détails doivent rester confidentiels…

À nouveau Zorro

Sans doute ses supérieurs ont-ils leurs raisons, mais faut-il pour autant fermer ses oreilles sur les anecdotes hallucinantes que Zorro rapporte à propos de ses anciens collègues ? Un indéfinissable pressentiment incite le préfet à prendre ce témoignage au sérieux.

Sébastien Bennardo n'est pas le premier à ne pas cautionner les dérapages de la BAC, mais il est le premier à en parler. Il a de surcroît convaincu deux de ses collègues d'adhérer à sa démarche : Éric G. et Leila A. l'accompagnent aujourd'hui jusque devant le préfet. À eux trois ils charrient des tonnes de malaise, de rancœur et de non-dits qu'il serait raisonnable de consigner quelque part.

« Tout ce que je puis vous garantir, c'est la confidentialité », précise le préfet.

Police des polices

Fin octobre 2011. Pour avancer, il n'y a qu'une solution : mobiliser le chef de l'antenne de l'Inspection générale de la police nationale (IGPN), le commissaire divisionnaire Didier Cristini. Cela tombe bien : ce commissaire de 53 ans passe pour un taiseux. Ce discret, on ne risque pas de le croiser avec un costume Smalto sur le dos ni avec une cravate Hermès autour du cou. C'est un fonctionnaire à l'ancienne, sérieux, un peu gris, à l'opposé de ces

« seigneurs » de la police qui rayonnent avant même d'avoir prononcé le moindre mot. Un « besogneux », au bon sens du terme. L'homme idéal, en somme, pour une enquête qui s'annonce à la fois longue et périlleuse. D'autant qu'il a consacré plusieurs années à traquer les voyous pour le compte de la PJ, de Lyon à Nancy en passant par Mulhouse, avant d'intégrer l'IGPN en janvier 2010. Et qu'il ne fréquente guère le Tout-Marseille.

Le commissaire divisionnaire Didier Cristini n'est pas loin, puisque son bureau est situé au troisième étage de la préfecture, au-dessus de celui du préfet. À l'usage, cette proximité géographique avec l'homme de l'ombre va se révéler bien pratique.

Alors que Sébastien Bennardo est assis pour la troisième fois en face de lui, le préfet compose le numéro de son voisin :

« Tu peux descendre ? J'ai quelqu'un pour toi dans mon bureau. »

Une minute plus tard, il s'adresse à lui de vive voix :

« Didier, tu connais ce jeune homme ?

– Oui.

– Il a des choses à te dire… Il va falloir le protéger. »

Le commissaire divisionnaire Didier Cristini note les coordonnées de ce fonctionnaire dont il a déjà sondé la résistance, et les deux hommes conviennent de se revoir rapidement. Si possible avec les deux collègues dont il assure qu'ils ont eux aussi des choses importantes à révéler.

« S'il y a un jour qu… pas par mon cabinet, insis… tion de Sébastien Bennardo, … M. Cristini. Vous pouvez avoir …

– Méfiez-vous de votre chau… térieusement le jeune policier à l'… avant de dévaler les escaliers de la …

Après la lettre anonyme qui ébra… …ne politique marseillais, voici le témoin …s X qui veut assainir la police : les frêles équilibres de la cité phocéenne implosent sous les coups de boutoir des déçus de l'intérieur.

Deux mois…

Déjà deux mois qu'Alain Gardère a été installé par Claude Guéant à Marseille. Deux mois passés à rendre *visible* (le mot magique) l'action de la police. Les directeurs locaux lèvent parfois les yeux au ciel, mais ils jouent le jeu.

Combien de temps tiendra-t-il encore avant de repartir comme il est arrivé ? Impossible à dire, mais le fait est que le sol sous ses pieds lui semble parfois aussi peu sûr que de la glaise humide.

Comment expliquer que les chefs n'aient pas senti ces anomalies qui lui sautent au visage ? Est-ce qu'aucun n'est descendu assez bas dans la hiérarchie pour les percevoir ? Peut-être fallait-il un œil novice pour s'étonner de ce que l'on était habitué à voir…

L'histoire ne fait que commencer, et le nouveau venu doit bien constater que certains n'ont pas encore compris son mode de fonctionnement, eux qui tentent parfois de régler les choses dans son dos – par exemple avec sa directrice de cabinet avec laquelle ils travaillent depuis si longtemps…

Course à pied, encore

L'État a-t-il abandonné Marseille ? Ou est-ce Marseille qui repousse l'action de l'État ?

Le résultat est le même, et la consigne du président de la République, elle, est claire : l'État doit reprendre sa place et son rôle à Marseille. Il doit revenir au centre de la vie locale, avec la sécurité en guise de sésame.

Comment ? Il n'existe pas de livre de recettes, mais la technique aura son rôle à jouer. Claude Guéant s'est déplacé, l'été précédent, pour convaincre le maire UMP, Jean-Claude Gaudin, que la rue Saint-Ferréol, l'artère commerçante de la ville, ne pouvait plus se passer de caméras de surveillance. Il l'a apparemment converti aux bienfaits de la vidéo, avant de proposer que l'État participe financièrement, pour moitié, à la création d'un réseau avec, à la clef, un centre de supervision urbaine digne de celui de la capitale.

Ces caméras ne sont-elles pas le seul moyen de limiter les braquages dans le centre-ville ? Pour les enquêteurs, un visage, une voiture, tout est exploitable. Pour les commerçants, un vol à main armée non résolu est toujours dramatique.

D'aucuns pensent que ces caméras sont là pour surveiller leurs allées et venues. Il faudra les convaincre que c'est un outil performant plus que liberticide. Un outil de prévention dont l'absence est un des points faibles de cette cité…

Il en coûtera plusieurs millions d'euros, mais c'est le prix à payer si l'on veut hisser Marseille au niveau de la première ville de France. La couverture est telle, à Paris, qu'en cas de besoin il est envisageable de suivre une voiture à la trace. Ici les caïds peuvent s'entretuer comme ils le veulent, y compris même sur les grands axes de circulation : il n'en restera aucune image. Ils se déplacent la nuit au volant de puissants 4 × 4 sans que personne le sache. Ils se poursuivent en faisant vrombir de monstrueux moteurs sous l'œil éberlué et inquiet des riverains, mais loin du regard de l'État, grand absent de l'histoire.

Même chose pour les policiers : quand ils ne se sentent pas observés, tout devient possible. Ils sillonnent les quartiers nord, ni vus ni connus. De personne.

Évidemment, il se trouvera toujours quelqu'un pour détruire une caméra trop gênante, mais l'administration a déjà prouvé qu'elle avait de la ressource. La dalle des Olympiades, dans le 13e arrondissement parisien, est là pour en attester : la première caméra a été cassée ; elle a été remplacée et doublée d'une caméra pour surveiller la caméra. Les deux ont été détruites ? On a installé une caméra pour surveiller la caméra qui surveille la caméra. À un moment donné, s'il s'accroche, l'État finit bien entendu par l'emporter…

Le directeur général

Peu de personnes sont dans la confidence. Le moins possible, en fait, tant la moindre indiscrétion pourrait mettre en péril toute investigation. Frédéric Péchenard, directeur général de la police nationale, fait partie de ceux-là. Alain Gardère le voit seul, dans son bureau de la rue des Saussaies, pour lui faire part de ses intentions à propos de Marseille.

« Combien de temps l'enquête peut-elle durer, à ton avis ? interroge Péchenard, en pleine tempête médiatique après la chute du commissaire Neyret.

– Je sens que cela peut concerner du monde, explique le préfet.

– On y va. Je t'aiderai, s'il le faut. On mettra les moyens nécessaires.

– C'est pas gagné, en fait. Ça ne va pas être facile. Si ça se trouve, on ne débouchera sur rien.

– Aboutira-t-on avant l'élection présidentielle ? Après ?

– Plutôt après, à mon avis. Ça risque en effet d'être long. Les mecs ne parlent pas. Tu sais que cela peut faire autant de bruit que l'affaire Neyret ?

– Quand les affaires s'accumulent…

– Je ne comprends pas pourquoi ça n'a pas transpiré plus tôt. Normalement, ces affaires, ça doit suer, forcément. Ils sont passés à côté. Ou ils ont essuyé les gouttes de sueur sans y prêter attention. »

Alain Gardère repart de Paris avec la certitude que la place Beauvau ne le lâchera pas en chemin. Claude Guéant, ministre de l'Intérieur, est également informé, de même que le préfet de la Région PACA, Hugues Parant.

Pour le reste, tous en conviennent : l'enquête sera clandestine ou ne sera pas.

« Pratiques suspectes »

Le commissaire divisionnaire Didier Cristini prend la plume, le 7 novembre 2011, pour rendre compte au procureur de la République de Marseille, Jacques Dallest, des premiers éléments recueillis sur les « pratiques suspectes » des policiers de la BAC Nord.

> « Ces renseignements proviennent de plusieurs sources distinctes, concordantes et crédibles, écrit-il. La volonté, affichée depuis quelques semaines, des autorités de prendre à bras-le-corps la délinquance à Marseille a conduit un certain nombre de personnes, victimes ou témoins de ces agissements policiers, jusqu'à présent silencieuses, à les signaler, mais, vu le recours fréquent à Marseille à l'élimination des concurrents et des témoins, sous le couvert de l'anonymat.
>
> Le service concerné est la brigade anticriminalité Nord de Marseille. L'une (seulement) de ses composantes, la BAC de jour, compterait en son sein

environ une dizaine de fonctionnaires, anciens et cyniques pour la plupart, qui, depuis plusieurs années, seraient les leaders de pratiques crapuleuses mettant en œuvre leurs propres équipiers comme complices plus ou moins consentants, plus ou moins intéressés financièrement, au préjudice de populations marginales ou délinquantes qui rechignent la plupart du temps à signaler ces faits aux autorités. »

Le commissaire divisionnaire Didier Cristini entrevoit le mode opératoire des fonctionnaires de la BAC Nord :

> « Sur l'ordre d'un des anciens, écrit-il, l'un des jeunes policiers de l'équipe de jour récemment arrivé, et donc non ou peu connu du milieu des dealers, se présenterait comme toxicomane, et, lors de la transaction, assisté de ses collègues, interpellerait le dealer. Une partie de l'équipe prendrait en compte l'individu, tandis que les anciens récupéreraient les produits et l'argent et les ramèneraient à la Division Nord.
> Sur place, en fonction des quantités, ils présenteraient l'individu à un OPJ [officier de police judiciaire], mais toujours délesté de tout ou partie des numéraires et souvent d'une partie des produits. Le fait, pour un présumé dealer, d'être présenté sans argent ou de voir les quantités réduites devant l'OPJ leur étant favorable, beaucoup tolèrent le système, et, pour les rares qui le contestent lors de leur présentation, ils en retirent l'impression de ne pas être crus.
> La drogue serait utilisée, selon les équipes, en rétribution d'informateurs pour permettre de nouvelles

"affaires", ou en échange de biens ou de services dans et hors des cités (au restaurant *Quick* du 15e notamment).
Le mode d'opérer, tout aussi systématique, pour les cartouches de cigarettes, est plus simpliste. L'équipage contrôle un revendeur connu et lui demande comme un service une ou plusieurs cartouche(s). Pour pouvoir continuer à "exercer", beaucoup se taisent, mais un très petit nombre de ces "vendeurs" ne supportent plus ce racket. Les cartouches sont par la suite, elles aussi, échangées contre des biens et des services. »

Course à pied, toujours

Avec les caïds des cités, on ne plaisante pas. Il y en a un, on le surnomme « le Cube ». Un Gitan aussi large que haut...

Drôle de ville à laquelle ses habitants pardonnent même sa saleté. Où l'on se balade plus facilement en tongs et bermuda, sacoche en bandoulière, qu'en costume cravate. Où les types en costume cravate sont même parfois regardés comme des spécimens à part.

L'erreur serait sans doute d'essayer de les convaincre de changer...

Il faut être un peu dingue pour aimer à ce point la course, surtout quand souffle un mistral de tous les diables comme ce matin-là...

Un homme se hisse à la hauteur du coureur de fond. Plutôt en forme, il lance la discussion, luxe que seuls peuvent se permettre les individus entraînés.

« Vous y allez !

– Je prépare le marathon de New York. Je me mets avec vous ?

– Me lâchez pas, je suis perdu.

– Vous venez d'arriver, ou quoi ?

– Oui, je suis le nouveau préfet. Et vous ?

– Je suis carreleur. Si vous avez besoin, n'hésitez pas ! »

Une vingtaine de foulées plus loin, le carreleur glisse quelques informations pas forcément farfelues à l'oreille du préfet. Il le met sur la piste d'une équipe de receleurs qui sévit dans sa cité…

Puis chacun retourne à sa solitude.

Combien gagne ce carreleur ? Les policiers, eux, sont plutôt bien payés. En région parisienne, un gardien de la paix arrive vite à 2 000 euros, un officier à 3 000 euros, un commissaire à 4 000 euros. Ces dernières années, les responsables de la place Beauvau ont même notablement fait progresser le salaire de la base. Ils ont tiré la police vers le haut en espérant aussi, par là, la rendre plus « propre »…

Curieux qu'aucun des trafiquants de drogue rançonnés dans les quartiers nord n'ait songé à porter plainte contre ces représentants de l'État qui, à leur façon, prélèvent l'impôt à la source. Sont-ils aussi terrorisés que cela ? Tandis que leurs collègues s'échinent à traquer les trafiquants, ils ramassent la monnaie. Lutter contre le trafic, dans ces conditions, revient à pédaler dans le vide.

Le procureur

Après avoir laissé le commissaire Cristini ouvrir la voie, Alain Gardère prend le chemin du palais de justice pour faire part de ses soupçons au procureur de la République, Jacques Dallest. Une visite de courtoisie, car le préfet ne dispose pas de pouvoirs judiciaires.

« Il faut crever l'abcès et aller au bout de cette affaire, plaide-t-il. Cette accumulation d'anomalies dans le "film" de la main courante me laisse penser que ces fonctionnaires agissent en marge de la légalité. »

Le magistrat laisse transparaître son scepticisme. Des allégations de ce genre, il en a déjà entendu à plusieurs reprises. Il n'y croit pas vraiment. Le préfet l'invite à regarder de plus près le témoignage des trois anciens de la BAC mis sur la touche par ceux de leurs collègues dont ils ne cautionnaient pas les méthodes.

« Ce qui me dérange le plus, poursuit-il, ce sont tous ces gens qui me répètent qu'à Marseille c'est quelque chose d'établi. Tout le monde est au courant qu'il y a de la corruption, et on dirait que cela ne dérange personne ! »

Spécialiste de la criminalité organisée, le procureur écoute en connaisseur. Le sujet ne lui est pas étranger, mais il s'est surtout penché, depuis son arrivée dans cette ville, sur la corruption dans les services de pointe de la PJ.

Les premiers éléments incitent néanmoins le magistrat à ouvrir une enquête préliminaire le 23 novembre 2011. Même si aucun citoyen n'a dénoncé la moindre exaction, il fournit ainsi un cadre légal aux premières écoutes téléphoniques.

Leur royaume

Marseille est un royaume où les dealers tiennent les quartiers. Où certains points de vente rapportent jusqu'à 130 000 euros par semaine à ceux qui les gèrent. Où l'on se tue pour faire main basse sur ces montagnes de fric. Où les caïds n'ont plus vraiment aucune notion du prix de la vie humaine. Mais les policiers ne l'ont pas pour autant déserté : certains y vont même faire leurs courses « à l'arrache », selon toute vraisemblance ! Qu'ils piquent 1 000 euros par-ci, 1 000 euros par-là, à des types qui enfarinent le nez des jeunes à la cocaïne ne choquera pas tout le monde. Mais ce qui révolte Alain Gardère, c'est qu'en détroussant les dealers ces fonctionnaires alimentent le trafic. À leur décharge, ils ne sont certainement pas les seuls à profiter de la manne des stupéfiants : certains, du côté du port, feraient bien de se « regarder eux aussi le nombril ». Les douaniers, par exemple, mais chaque chose en son temps… Toujours est-il que ce n'est pas une excuse.

S'il ne se sent pas l'âme d'un « chevalier blanc », le préfet est en empathie avec cette population qui, dans les quartiers, subit la loi de quelques

« connards », comme on dit crûment dans les commissariats. À leur contact, il apprend. Il comprend comment les caïds amadouent les plus jeunes, de préférence ceux dont les pères ont déguerpi, ils se font aimer d'eux avant de les embrigader dans leur système, leur faisant miroiter le fait qu'un jour eux aussi paraderont au volant d'une Ferrari, une ligne de coke à portée de narine… Il note sur son carnet les noms des familles qui comptent. Il les transmettra à l'occasion à ses collègues de la PJ, convaincu que ces tuyaux ne peuvent rester lettre morte. Sans prétendre, ce faisant, leur apprendre leur métier, bien sûr…

Premiers contrôles positifs

Les « bœufs-carottes », comme on appelle à Paris la police des polices, ont l'habitude de faire longuement mijoter leurs cibles. Le commissaire divisionnaire Didier Cristini ne déroge pas à la règle : il commence un long, très long débriefing, d'abord à bâtons rompus, au fond d'un bistrot proche de la préfecture.

Les fonctionnaires prêts à témoigner sont là. Crayon en main, Sébastien Bennardo dessine un plan du commissariat central de la Division Nord, précisant les endroits qui servent de planque à ses anciens collègues. « C'est ici qu'ils préparent leurs coups… C'est là qu'ils partagent le butin, dans le vestiaire… On aura aussi une affaire de meurtre d'indics à vous raconter. »

Sébastien Bennardo et ses collègues sont loquaces, précis, à tel point que le patron de l'Inspection générale songe déjà à la suite. La phase opérationnelle pourrait commencer par la récupération des numéros de téléphone personnels de tous les fonctionnaires de la BAC Nord en vue d'un dépouillage en règle de leurs fadettes (relevés de communication détaillés). Et peut-être par quelques écoutes.

« Je pense qu'on tient une ficelle, glisse ce soir-là le commissaire divisionnaire à l'oreille du préfet. En tirant, on devrait pouvoir aboutir. N'oublions pas que Sébastien Bennardo ne veut pas seulement recouvrer son honneur, comme il dit. Il demande aussi sa mutation. »

Combien de temps cela prendra-t-il ? Le plus longtemps sera le mieux, car enquêter sur la police n'est pas la chose la plus facile au monde. Et puis, si elle avait l'habitude de bâcler ses « affaires », la police des polices ne serait pas aussi redoutée.

Gang à la disqueuse

On l'appelle le gang à la disqueuse. Toutes les semaines ils remettent ça. Composé de manouches, selon les informations dont disposent les enquêteurs, ses membres font la tournée des grandes surfaces et des entrepôts des Bouches-du-Rhône. Des raids nocturnes, en voiture, au cours desquels ils accumulent des marchandises de toutes sortes, occasionnant de lourdes pertes pour les commerçants. Armés jusqu'aux dents, de la cocaïne plein les narines, équipés de ces disqueuses qui explosent serrures, chaînes et cadenas.

Et si l'évadé de la prison de Luynes, le fameux « Tchum », en était ? L'hypothèse est prise très au sérieux par la police.

III

Tac, tac, tac, tac !

James Bond

Calé derrière le volant de sa voiture, il remonte vers la gare Saint-Charles en passant par la Canebière. Jeune, bien charpenté, le cheveu court, il a le profil type de ceux qui choisissent d'exercer à la BAC. Conduite sportive, des yeux partout, on sent l'expérience du chasseur. Les quartiers nord, c'est son territoire. L'uniforme, cela fait des années que ce policier ne l'a pas porté.

« Ceux qui rentrent à la BAC sont des mecs volontaires, commence-t-il, alignant les phrases brèves, percutantes. Des pros. Pas des petits policiers. Ils savent très bien ce qu'ils font. Le stress, on n'en a plus. C'est ce qui me plaît. On est là pour ça. L'appât du gain ? les véhicules de luxe ? Les types boivent des bouteilles à 250 euros dans les boîtes, le soir. Pour nous, il n'y a rien à gagner, que l'intérêt du travail. On n'a pas de prime. Quand on est à la BAC, c'est pour se faire plaisir. Un jour à la BAC, c'est comme regarder un *James Bond* à la télé. »

La voiture ralentit à l'approche du carrefour Sainte-Marthe, point de passage obligatoire.

« La BAC Nord, c'est un travail de cité, reprend le pilote. Les nouveaux, on les met à l'épreuve. Ceux qui ont peur, on les renvoie vers le centre-ville. On doit connaître les techniques des voyous. Une bouteille en plastique découpée, c'est pour ouvrir une porte blindée… »

Guide incollable, le garçon connaît par cœur « le plus vaste territoire de Marseille » :

« À gauche, c'est armes et cannabis ; à droite, c'est plutôt cocaïne, reprend-il. La sortie du MIN (marché d'intérêt national), c'est là où ils attaquent les camions. Ici, on est au rond-point du *McDo*. Les *go-fast* [les voitures qui vont chercher du cannabis en Espagne] sont obligées de passer par là… »

Plusieurs berlines de luxe garées sur le côté attirent son attention :

« Soi-disant ils sont pauvres, mais ils sont plus riches que nous, lâche-t-il. Une voiture comme celle que vous voyez là, c'est 30 000 euros. Pour les courses-poursuites, ils ont 140 CV minimum. Nous, on est à 120 CV, à quatre dans la voiture… on fait pas le poids ! »

Les cités défilent, à chacune sa spécialité :

« Les Cèdres, c'est gitan. Ils se mélangent pas avec les autres, sauf si le bifsteck est trop gros. Généralement, ils se bouffent le foie entre eux… Voilà les Oliviers. La tour A, c'est dix halls d'immeuble mal famés. Dès qu'ils voient une voiture de police, ils caillassent, alors on y va moins… La Renaude, c'est une entrée, une sortie…

La Busserine, c'est un point de deal qui tourne à 50 000 euros par jour. On peut facilement tomber sur cent kilos de shit dans un coffre… »

Les fleurs sur le feu rouge, à droite ?

« Il y a eu un mitraillage à la kalach à cet endroit : trois morts. Ça dégénère vite. L'autre jour, un type se fait voler sa sacoche. Il veut tirer. Son arme s'enraye. Ils le descendent à la cave. Ils lui pètent les doigts. Et puis, c'est le coup de barre à mine de trop : le type meurt. Pour le dernier règlement de comptes, ils ont tiré vingt-neuf cartouches ! »

La voiture s'enfonce dans une cité. Quinze secondes plus tard, les guetteurs passent le mot : « Arha ! Arha ! Arha ! »

« C'est toujours ce qu'ils crient quand ils nous repèrent, explique le conducteur qui accélère en direction de la sortie. Le point de vente est ici, au pied de ce hall. Ça ne servirait à rien de les arrêter : ils ont déjà jeté tout ce qu'ils avaient sur eux. »

Quelques centaines de mètres plus loin, nouvelle cité :

« Ici, on a saisi huit kalachnikovs, deux lanceurs avec les roquettes, des cartouches. Les armes, ça remonte le niveau d'un quartier… La Castellane est celle que redoutent les policiers comme les voyous. Avec le nombre d'entrées et de sorties, c'est du gruyère… »

Après un silence, le guide reprend :

« Les avocats ont accès aux procédures, alors ils finissent par nous appeler par nos prénoms… Un jour, un collègue croise le "patron" des Iris en train d'acheter du poisson avec sa femme. Il le regarde en face et lui dit : “Tu viens à la cité et je te tue.” Il y est allé, l'a arrêté et l'a fait pleurer. »

La voiture glisse vers le centre commercial voisin dont la station-service est le repaire des voleurs de cartes bancaires :

« Ils font un carnage, ici. Ils attendent les personnes âgées sur leurs TMAX [puissants scooters], arrachent les cartes et foncent retirer 300 euros au distributeur. Ils sont moins costauds que ceux qui sont dans le shit : c'est plus cérébral. »

Les chefs se manifestent parfois, de loin, plutôt virtuellement, par exemple sous forme d'une lettre de félicitations après une affaire réussie.

« Ça frustre, dit le fonctionnaire en redescendant vers le Vieux-Port. On fait une super affaire ? On arrête un gars recherché pour cinq meurtres ? On nous donne 100 euros pour quatre fonctionnaires. C'est pas de l'argent qu'on attend : c'est une poignée de main. Une porte ouverte vers la PJ, ça nous motive ; 25 euros, ça revient à se foutre de notre gueule. Si on sort le flash-ball au cours d'une course-poursuite, là oui, le commissaire arrive : “Vous avez tiré, les mecs, il va falloir vous expliquer !” On a beau lui expliquer que c'était pas des voleurs de carambars, il veut rien entendre ! »

Quatre jours de travail, deux jours de repos, avec deux tranches horaires possibles : 7 heures à 15 heures ou 12 heures à 20 heures. Ainsi va la vie d'un « baqueux » dans les quartiers nord, le plus souvent sur la route, puisqu'un équipage peut parcourir jusqu'à cent kilomètres par jour. Mais le « guide » ne se plaint pas : « On a les dents qui rayent le parquet », dit-il.

En l'occurrence, il laisse plutôt des traces de pneus sur le bitume.

Course à pied

On ne refuse pas un poste à Marseille, surtout lorsque l'idée émane du président de la République en personne. Il n'y a rien à gagner, mais le fait est que l'on se prend vite au jeu.

Au début, quand on ne connaît pas les Marseillais, on reste sur ses gardes. Sont-ils aussi sincères que peuvent l'être les Bretons ou les Bordelais ? Le doute s'est vite dissipé dans l'esprit du nouvel arrivant. La méfiance des premiers jours s'est évanouie.

Cette ville, l'« envoyé spécial » de l'Élysée et de la place Beauvau ne l'avait même jamais survolée ; voilà qu'il s'y lance à corps perdu. Qu'il l'apprécie aussi, brouhaha compris, zones d'ombre incluses. De nuit comme de jour.

Est-il légitime de faire un peu de renseignement quand on est un homme de sécurité publique ? La question se pose tous les jours. Elle demeure pour le moment sans réponse, mais le fait est que la passerelle est jetée entre le préfet et les Marseillais, et qu'elle ne désemplit plus. Comme si on cherchait à oublier des années de contact difficile, voire impossible, avec les représentants de l'État.

L'archevêque

L'arrêté « Tranquillité », aussitôt rebaptisé « anti-mendicité » par ses opposants, ne passe décidément pas. Les associations catholiques sont vent debout contre ce qu'elles considèrent comme un « nettoyage » inapproprié des rues de la cité. Va-t-on embarquer dans le panier à salade les indigents qui tendent la main à la sortie des églises ? La presse cogne, elle aussi, contre une mesure qui heurte l'esprit de solidarité marseillais.

Pour tenter d'apaiser la grogne, comme le maire l'en a par avance prié, le préfet a demandé à être reçu par l'archevêque, Mgr Georges Pontier. Pendant une heure, il lui explique ce qu'il attend de cet arrêté : un moyen d'écarter les personnes agressives.

« Si vous voulez comprendre un peu mieux le métier que j'exerce, allez voir le film *Police*, conseille le policier à l'homme d'Église. On y voit bien l'interaction entre le métier et la vie. Je ne sais pas si vous apprécierez Joe Starr comme acteur, mais c'est vraiment un film formidable ! »

L'archevêque qui respire la bonté promet d'aller au cinéma et se laisse convaincre, après le maire, de l'utilité de cet arrêté « spécial SDF ».

« Et votre famille ?, demande l'homme d'Église

– Je n'ai que ma mère.

– Vous la voyez souvent ?

– Avec le travail, ce n'est pas facile.

– Allez la voir plus souvent ! »

Béchir et Moustafa : retour

Nouvelle rencontre informelle entre ces témoins inespérés et le préfet dans une brasserie du centre-ville. Où l'on comprend un peu mieux pourquoi les jeunes des quartiers ne conçoivent pas un policier autrement que ripou :

« L'histoire commence toujours par une arrestation en apparence normale, raconte Béchir. Ils passent les menottes au suspect et l'embarquent. Quelques kilomètres plus loin, à l'écart de la cité, ils s'arrangent avec lui et le libèrent. Le gars est soulagé de ce qu'il avait sur lui, mais ils sont sûrs qu'il ne dira jamais rien.

– J'en ai rencontré un à qui c'est arrivé alors qu'il avait 16 ans, enchaîne Moustafa. C'était sa première arrestation. Ils l'ont emmené, lui ont confisqué sa sacoche avant de se garer le long de l'autoroute. Là, un des policiers a gueulé : “Casse-toi !” Les flics font un peu de boulot, mais ne déclarent pas tout. Il manque toujours quelques milliers d'euros, mais les dealers n'iront jamais se plaindre au tribunal !

– Il ne faut pas vous étonner que le bizness prospère, monsieur le préfet. La drogue est en train de tuer Marseille. Tout le monde consomme, les élèves comme les profs !

– J'ai demandé qu'on accroisse la pression sur la drogue, intervient le préfet. Il ne faut pas laisser s'enkyster le deal, sinon ça pourrit. Ceux qui disent qu'on laisse faire pour acheter la paix sociale se trompent. »

Mais les deux hommes d'attirer l'attention de l'« étranger » sur une spécificité des cités marseillaises : ces « bars associatifs » installés de façon pirate dans les immeubles, où l'on vend de l'alcool sans licence, où tournent parfois des filles, où s'organisent des parties de poker sauvages et où prennent forme bien des conflits.

« Ce sont souvent des voyous qui sont à la tête de ces bars, insiste Moustafa. Ils se revendent des parts entre eux. En plus, cela salit forcément le vrai tissu associatif. »

Le député

Renaud Muselier frappe à la porte du préfet en voisin et ami : il habite en face de la villa préfectorale et il a connu Alain Gardère au cabinet du ministre de l'Intérieur. Médecin, patron d'une clinique privée, le député UMP achève la rédaction d'un livre dont il compte bien faire une arme politique : un manuscrit entièrement consacré à son rival socialiste dans la course à la mairie, Jean-Noël Guérini, qu'il classerait volontiers à mi-chemin entre Al Capone et Francis Le Belge si les lois sur la diffamation le lui permettaient.

« Marseille a les élus qu'elle mérite ! » lâche-t-il à l'heure de l'apéro, sans savoir qu'un an plus tard il tournera complètement la page politique pour se consacrer aux affaires.

En attendant, les deux hommes se croisent souvent, en général sur un mode goguenard : autant le préfet plaisante facilement, autant il respecte la loi du silence qu'il s'est imposée concernant les enquêtes sensibles en cours.

Mitraillage élucidé ?

Une fois n'est pas coutume, la PJ pense avoir identifié, un an après, les protagonistes du raid sanglant perpétré à la cité du Clos La Rose, au cours duquel un guetteur de 16 ans est mort, atteint de sept projectiles, tandis qu'un jeune de 11 ans a pris quatre balles à la volée.

Cette nuit-là, une Alfa-Romeo, volée une semaine plus tôt à Meyreuil (Bouches-du-Rhône), et une Audi TT dérobée le lendemain à Trets, toujours dans le département, ont été découvertes non loin de Marseille, entièrement carbonisées. Sur le siège arrière de l'Alfa-Romeo, trois carcasses de fusils-mitrailleurs Kalachnikov, dont l'un a été utilisé lors de la fusillade, selon les experts, mais ce n'est pas le seul indice : les propriétaires des deux véhicules croient avoir remis les deux hommes qui les avaient braqués, les frères Nicolas et François Bengler, connus pour se livrer au trafic de stupéfiants et incarcérés depuis le 14 décembre 2010 dans une affaire d'enlèvement.

Les deux suspects nient farouchement toute implication dans l'expédition punitive menée au Clos, mais les enquêteurs ont la conviction que c'est bien le lieu de vente de stupéfiants qui était visé : le hall d'immeuble devant lequel le jeune de 11 ans a été pris pour cible abrite en général les revendeurs. Une expédition menée, croient-ils savoir, dans le cadre d'un conflit opposant le clan Bengler à une bande rivale à l'origine de l'assassinat de l'un de leurs fidèles, perpétré le 11 novembre 2010 à Marseille.

Les preuves sont-elles assez solides pour convaincre les jurés d'une cour d'assises ?

« Je suis victime de ma réputation, affirme François Bengler, l'aîné de la famille. Je ne suis mêlé en rien à cette affaire, contrairement à ce qui est marqué dans les journaux et autres médias. »

Son emploi du temps le soir de la fusillade, il ne s'en souvient pas : « Ma vie est faite de séjours en prison, de procès et de cavales, explique-t-il. J'aimerais bien savoir ce qui fait dire à tous les juges que je fais partie du milieu du banditisme. Chaque fois qu'il y a un règlement de comptes à Marseille, on dit que c'est moi, même si je suis en prison.

– Trois kalachnikovs AK47 et un pistolet automatique ont été utilisés par les auteurs de la fusillade, relance le fonctionnaire de police qui l'interroge. Or si, pour l'honnête citoyen, il est difficile et onéreux de se procurer ce genre d'arme de guerre, ce n'est pas le cas de l'équipe Bengler. Qu'en pensez-vous ?

– Je pense que les kalachnikovs sont en vente libre à Marseille : n'importe qui peut s'en procurer, ironise le suspect. Lors de mon interpellation, je n'avais en ma possession que des armes de poing, aucune kalachnikov. Plusieurs kalachnikovs ont été découvertes dans des caves de Marseille lors des descentes de police. Tout cela pour dire qu'en acheter est on ne peut plus facile. »

Et François Bengler de fournir une piste à l'enquêteur : si le petit de 11 ans visé cette nuit-là au Clos La Rose le reconnaît, c'est parce qu'il s'est embrouillé avec son oncle à la prison des Baumettes en 2002…

Danger

« Maintenant, on fait attention. »

Le préfet sait qu'il n'a pas besoin d'en dire davantage. Ces mots sibyllins sont aussitôt mis en pratique par son « collaborateur » : Gérard, qui n'est pas policier pour rien, sait qu'il faudra désormais éviter les horaires trop réguliers, voire changer d'itinéraire entre préfecture et domicile.

Alain Gardère ne voit pas précisément d'où pourrait venir la menace, mais il a conscience d'avoir plongé la main dans le nid de frelons. Il s'attend à tout, y compris à un face-à-face viril avec un fonctionnaire qui n'apprécierait pas sa démarche.

Ces policiers, si ce qu'on lui dit se vérifie, ont franchi la ligne de la plus mauvaise manière. Dans la « maison », on pardonne facilement à un fonctionnaire d'avoir flanqué une trempe à un pédophile, même si cela ne se fait pas. On peut même fermer les yeux sur un policier qui pique 1 000 euros à un dealer encaissant 10 000 euros par semaine, s'il ne le fait qu'une fois.

Mais ces vols systématiques, cette appropriation répétée du produit du deal – shit en général – en même temps que des bénéfices, ça ne passe pas ! Étant donné le nombre de gens qui semblent être au courant dans les quartiers, cela décrédibilise même sérieusement l'action et l'image de l'État. Cela contribue à dégrader une ville qui n'en avait vraiment pas besoin. Où s'arrêteront-ils, si on ne parvient pas à démontrer ces accusations ? Ont-ils déjà franchi le cap du braquage ? Sont-ils pour quelque chose dans les règlements de comptes à répétition qui endeuillent les familles ?

Autant avoir des yeux dans le dos, mais pas d'arme pour le préfet : ça déforme les costumes. Et celle du « collaborateur » suffit amplement.

Jean-Noël Guérini

Embrasser Jean-Noël Guérini, ou à tout le moins le saluer, c'est la moindre des choses quand on représente l'État sur ce territoire : son poste est sans doute moins honorifique que celui de maire de Marseille, mais le président socialiste du conseil général règne sur le département. Il aura cependant fallu plus de trois mois à Alain Gardère pour franchir le pas et aller rendre visite à cet homme qui sent le soufre depuis qu'un juge d'instruction s'est mis en tête d'éplucher ses agendas et ses comptes.

Pas un élu local ne peut dire qu'il connaît bien le successeur de Gilles Leclair, mais, avec « Jean-Noël », la situation est particulière. Ce sont en effet les gendarmes qui mènent l'enquête : la PJ a été délibérément laissée de côté, l'auteur de la fameuse lettre anonyme ayant dit le plus grand mal des policiers. Les gendarmes informent normalement le préfet des perquisitions à venir dans ce dossier brûlant, mais lui-même reste à distance. Prudence oblige : moins il en sait, mieux il se porte…

La prise de contact se déroule dans le bureau de l'aîné des Guérini dont rien ne dit que la justice l'épinglera vraiment un jour dans l'affaire en cours.

« Notre ami commun me dit que vous êtes quelqu'un de bien, dit l'élu sans même avoir besoin de nommer celui qui leur sert aujourd'hui de trait d'union, l'ancien préfet délégué Bernard Squarcini. Je comprends que vous ne soyez pas venu me voir avant », ajoute le vice-roi de Marseille dont les chances de succéder un jour à Jean-Claude Gaudin ont fondu comme neige au col de Vizzavona, en Corse, seconde patrie des Guérini.

CIQ

Les CIQ – comités d'intérêt de quartiers, pour les novices – sont une institution marseillaise à laquelle aucun préfet ne peut échapper. Jalousement indépendantes, présidées par des retraités ou des commerçants, ces associations rassemblent les « forces vives » des quartiers. On y parle de tout lors d'assemblées générales souvent épiques, notamment d'insécurité, ce qui en fait un thermomètre précieux pour les responsables de l'administration. Suivant le conseil de Bernard Squarcini, Alain Gardère y prend goût. Il s'y était d'ailleurs déjà frotté au printemps précédent, lorsque Claude Guéant lui avait demandé de recevoir la présidente de la confédération générale des comités d'intérêts de quartiers, Monique Cordier, mandatée pour porter les doléances des Marseillais au cabinet du ministre de l'Intérieur.

C'est l'occasion de se familiariser avec cet esprit villageois si typique, mais surtout de prendre des notes au ras des pâquerettes, là où sévit le sentiment d'insécurité. Dans les cages d'escalier occupées de la cité Félix-Piat, sur les parkings du 10ᵉ arrondissement, ou dans ce 16ᵉ arrondissement où le préfet se déplace en compagnie de l'élu du secteur, à l'écoute du blues de l'électeur, cette colère dont ne rend compte aucune statistique, la peur silencieuse…

Sans oublier cette rencontre impromptue à la sortie d'une de ces réunions, quand deux personnes s'approchent du préfet pour lui glisser quelques mots au sujet de la police :

« Il vous faut regarder le comportement des policiers dans certains quartiers, monsieur. »

Inutile de chercher à en savoir plus : l'interlocuteur a l'air de ceux qui en ont déjà trop dit. Et embraye déjà sur un autre sujet :

« On a un mal fou avec Police secours. Quand ils finissent par répondre au téléphone, c'est toujours pour dire qu'ils n'ont pas de véhicule disponible. Vous trouvez ça normal ?

– Je vais faire en sorte qu'ils vous répondent autrement, répond le préfet sur un ton rassurant. J'en parle dès ce soir au directeur. Je ne peux pas admettre ce genre de réponse. Je sais que cela contribue à aggraver la situation. Vous pouvez compter sur moi. »

SMS

L'archevêque a vu le film *Police*, comme le lui conseillait le préfet. Bref commentaire par texto : « Vous faites un métier très difficile ! »

Réponse : « Monseigneur, vous êtes la bonté même. Dans mon métier, on a un cœur, mais ça n'est pas toujours la bonté qui commande notre action, ni la générosité. »

Roger Marion

Au sein de la police, Roger Marion jouit d'un statut à part. La PJ, au sein de laquelle il a fait l'essentiel de sa carrière, conserve la mémoire de ses fantastiques coups de gueule. Mais aussi de l'incessante pression qu'il mettait sur les troupes. Alain Gardère sait tout cela, aussi s'amuse-t-il d'entendre un jour qu'un policier en poste Marseille a dressé de lui ce portrait a priori peu flatteur :

« Gardère, il est pire que Marion ! »

Le principal intéressé téléphone aussitôt à son ami qui ronge son frein depuis le retour de la droite au pouvoir. Et lui lance, goguenard :

« Tu veux connaître la dernière, Roger ? On m'a fait un compliment ! On m'a dit qu'on se ressemblait ! »

Des flics trop discrets

Les premiers éléments de l'enquête sur les présumés ripoux laissent dubitatifs Alain Gardère et Didier Cristini. Les gars sont d'une absolue discrétion. Ils utilisent très peu leurs portables professionnels. C'en serait presque décourageant. Il y a forcément un fond de vérité derrière tous les témoignages recueillis, mais ces premières investigations vont-elles aboutir ?

L'hypothèse la plus folle serait que les policiers virés se comportent d'un bout à l'autre comme des voyous. Autrement dit, qu'ils se servent le moins possible de leurs téléphones, sachant qu'on peut les écouter. Le signe qu'ils maîtriseraient vraiment la situation.

Selon les éléments en possession du commissaire divisionnaire, une dizaine de fonctionnaires seraient concernés. Gardiens de la paix, brigadiers, brigadiers-chefs ou brigadiers-majors, ils appartiennent tous à la BAC ou l'ont récemment quittée, peut-être en raison des soupçons qui pesaient sur eux. L'un d'eux consommerait régulièrement du cannabis, un autre aurait un cousin connu pour receler des cigarettes, un troisième revendrait des moto-cross confisquées dans les cités.

Sanglant face-à-face nocturne

Dans la nuit du 27 au 28 novembre 2011, le gang à la disqueuse frappe par trois fois dans les Bouches-du-Rhône, ciblant au cours du même raid un Intermarché à Saint-Martin-de-Crau, un magasin Cabesto à Aubagne et un Picard à Venelles.

Vers 2 h 30, les policiers de la BAC d'Aix-en-Provence repèrent une Audi break RS4 suspecte. Plusieurs équipes convergent vers le secteur où l'on parvient à immobiliser la voiture en pleine route à l'aide de petites herses rapidement déployées.

Gyrophare en marche et deux-tons en action, un équipage se rapproche. Le face-à-face se produit en plein brouillard dans la zone industrielle des Estroublans, à Vitrolles. Une rafale de kalachnikov cueille les policiers au vol. Capot, pare-brise, plafond : de bas en haut. Le fonctionnaire qui conduit la Peugeot 308 baisse la tête et accélère avant de s'apercevoir que son collègue, Éric Lalès, 37 ans, est blessé : une balle l'a touché à la tête, deux autres à l'épaule. Il se met à l'abri dans la zone industrielle et appelle du renfort.

Parvenus sur les lieux quelques instants plus tard, les équipages des BAC de Vitrolles et de Marignane aperçoivent un homme qui traverse la route à quatre voies dans la nuit. Un autre gît sur le sol, du côté droit de l'Audi : mort d'une balle dans la tempe. A-t-il été touché accidentellement dans la folle confusion de cet instant meurtrier ? Un policier présent émet rapidement une autre hypothèse : celle d'un meurtre commis de sang-froid. Peut-être ce garçon désapprouvait-il que l'on tire sur les « condés » (les policiers) ? Peut-être… Car une chose est sûre : les fonctionnaires n'ont pas eu le temps de faire usage de leurs armes.

Il est 3 heures du matin lorsque le directeur de la PJ, Roland Gauze, téléphone au préfet qui se fait aussitôt conduire sur les lieux. Probablement n'y avait-il pas une voiture, mais deux, suggère un fonctionnaire, à moins que les types ne soient encore tapis quelque part dans la nuit et observent leur manège : un camion spécial de la police éclaire puissamment la scène de crime.

Vingt-sept étuis de calibre 7,62 mm sont ramassés alentour. Une balle a touché l'aile gauche de la voiture de la BAC, trois ont perforé le capot, sept ont atteint le pare-brise.

Combien étaient-ils ? Au moins trois dans la voiture d'où est sorti le tireur. « Tchum », l'évadé de Luynes, était-il sur les lieux ? Cela fournirait le début d'une explication à la violence de l'attaque, mais rien ne le prouve. En revanche, il semble bien que l'on ait affaire au gang à la disqueuse : la malle arrière de l'Audi A4 break est remplie de… poisson congelé. Apparemment, ils étaient en train de faire leurs courses. À leur manière !

Cinglés par un mistral glaçant, les « officiels » palabrent pendant plus de deux heures sur ce bord de voie rapide où l'un de leurs hommes a été piégé par un ennemi encore invisible.

Enquête prioritaire

27 novembre 2011. Le préfet reçoit dans son bureau plusieurs collègues du blessé, dont celui qui pilotait la voiture.

Retrouver l'homme qui a vidé son chargeur sur le véhicule de la BAC est désormais l'enquête prioritaire de la PJ marseillaise.

Le profil du mort offre une piste sérieuse : né à Marseille en 1982, membre de la communauté des gens du voyage, arrêté une quarantaine de fois par la police pour violences volontaires, violences à agent de la force publique, refus d'obtempérer, vols à main armée, séquestrations, évasion ou délit de fuite, Patrick Lombard est un habitué du vol à la disqueuse. Au terme d'un long périple sur les routes, le gang venait de faire escale, pour le piller, dans un troisième magasin. Pistolet-mitrailleur sur les genoux, talkie-walkie branché, il était, selon toute vraisemblance, missionné pour remplir les frigos en vue d'une soirée de fête – peut-être un mariage…

Une rafale pour un dîner de gala ? Autour de la table, les visages se font lugubres.

« On se fait tirer comme des lapins », résume l'un des policiers.

Une information est ouverte pour « homicide volontaire, tentative de meurtre sur personne détenant l'autorité publique et meurtre sur personne détenant l'autorité publique ». Quelques pistes de travail s'ouvrent devant la PJ. L'Audi RS4 a été volée dans la nuit du 27 au 28 octobre précédent, armes à la main, au domicile de son propriétaire. À l'intérieur ont été abandonnés une trousse à outils contenant deux chargeurs de kalachnikov approvisionnés, un pistolet automatique muni d'un chargeur vide, quinze munitions de 9 mm en vrac, une sacoche contenant deux talkie-walkies. Dans le coffre, au milieu des produits congelés, une disqueuse, des disques de rechange, six litres d'essence, un pied-de-biche et une pince coupante. Sur un gyrophare, des traces d'ADN. Dans l'habitacle, quelques poils et cheveux exploitables. Enfin, les caméras de surveillance de l'Intermarché de Saint-Martin-de-Crau ont filmé au moins quatre individus à l'heure du braquage, et deux véhicules : l'Audi et une BMW retrouvée brûlée à Fuveau (Bouches-du-Rhône), dont il appert qu'elle avait été volée dans la soirée à Grans, dans le même département. Probablement la voiture avec laquelle les membres du gang ont pris la fuite.

Rassemblement

Ils sont venus de toute l'agglomération pour dire leur colère sous les fenêtres de la préfecture entre midi et 14 heures, flanqués de quelques leaders syndicaux. Ni banderole ni slogan, c'est la consigne.

Comme il s'y est engagé, Alain Gardère accueille en compagnie de Pascal Lalle, directeur départemental de la Sécurité publique, une délégation de ces policiers en colère.

« Je comprends votre désarroi, leur dit-il. Comme l'a promis le ministre, on va tout mettre en œuvre pour retrouver les auteurs. »

L'ambiance est tendue. Les fonctionnaires crachent leur bile. Se plaignent de leur matériel défectueux devant ce préfet dont ils savent parfaitement qu'il a été poulet, comme eux.

Ceux de la BAC Nord sont certainement tous là parmi leurs collègues, affichant leur solidarité avec ceux d'Aix-en-Provence ; peut-être même s'en trouve-t-il, dans le bureau du préfet, qui font actuellement l'objet de la curiosité de l'Inspection générale.

« On manque de considération, poursuit le porte-parole. On voudrait un armement qui nous permette de résister aux kalachnikovs... »

Le Figaro

Extrait d'un article (flatteur) paru dans *Le Figaro* daté du 8 décembre 2011 sous la plume du spécialiste « police », Jean-Marc Leclerc :

> « À l'heure où les armes de guerre crépitent dans la cité phocéenne, avec trois fusillades en l'espace de quatre jours la semaine dernière, le préfet de police Alain Gardère, dépêché sur place depuis

août, sait que l'Élysée a les yeux braqués sur sa ville. À l'occasion de sa venue aujourd'hui au Congrès du Parti populaire européen (PPE), près du Stade Vélodrome, Nicolas Sarkozy veut en tout cas renouveler son soutien aux policiers locaux, dont l'un a été grièvement blessé par un tir de fusil d'assaut, à Vitrolles, le 28 novembre. Le président de la République devrait donc se rendre à l'"Évêché", l'hôtel de police local, pour y encourager les méthodes de son préfet. Car les forces de l'ordre à Marseille sont engagées dans un dur combat pour endiguer la violence.

Mardi matin, dans les quartiers nord, au chant du coq, des dizaines de véhicules bondés de policiers investissaient ainsi la cité de la Paternelle. Le site, dans la pénombre, aurait presque des allures de village Pierre & Vacances, avec ses constructions colorées à deux étages bordées de cyprès. Il représente pourtant un haut lieu du trafic de drogue.

Quand l'hélicoptère des gendarmes a braqué son projecteur sur les bâtiments, des portes ont sauté. Un dealer fuyant par un balcon a été cueilli par les Robocop du GIPN [Groupe d'intervention de la police nationale]. Bilan de cette opération : 15 000 euros saisis, un pistolet et quelques pains de haschich. "Il faut trois mois d'investigations et de surveillances avant de réaliser ce genre d'opération. Nous en menons en moyenne deux par mois. Et le rythme va s'intensifier", prévient Alain Gardère, présent aux côtés de ses troupes depuis l'aurore. »

Décès

Éric Lalès est encore vivant, ce 8 décembre 2011, lorsque Nicolas Sarkozy se rend à son chevet. Ses proches, ses amis, tous sont encore persuadés qu'il va « revenir », sortir d'un coma qui dure depuis douze jours.

Le président de la République entre seul dans l'établissement hospitalier où il s'entretient avec les professeurs. Quand il en sort, il se tourne vers Claude Guéant, ministre de l'Intérieur :

« D'après eux, il ne passera pas la journée. »

Le fonctionnaire décède officiellement à cet instant, mais ni le ministre ni le président de la République ne le savent. Ils entament déjà la réunion suivante à l'Évêché, quartier général de la police marseillaise, avec l'ensemble des directeurs, les chefs de service et les représentants syndicaux. On s'engage à redoubler d'efforts pour identifier les complices du truand retrouvé mort sur les lieux de la fusillade. Sur le terrain, promet le président, les policiers marseillais vont avoir droit à un arrivage de fusils à pompe. Tout le monde n'est pas d'accord avec ce surarmement, mais au moins auront-ils plus de répondant face aux kalachnikovs. Il y aura aussi quelques voitures plus puissantes.

La réunion terminée, un message apprend à Nicolas Sarkozy la mort d'Éric Lalès. Il descend dans la cour et annonce la nouvelle aux journalistes présents pour un point de presse.

Sur le chemin du retour, Nicolas Sarkozy se tourne vers le préfet de région Hugues Parant et glisse :

« Alain Gardère, c'est comme si c'était moi. »

Une petite phrase qui vaut bien des sésames et qui en dit long, accessoirement, sur la proximité du président avec ceux qu'il considère comme « ses » flics.

Dans la soirée prend corps une rumeur qui rend furieux Claude Guéant, selon laquelle on savait le policier décédé depuis le matin, le reste relevant de la mise en scène politico-policière... L'information, qui se révélera fausse, fait le tour de la France.

En attendant, la police serre les rangs autour de la compagne du défunt qui demande le mariage à titre posthume.

Préfet, mais...

Préfet, mais préfet délégué...

Comment demander des comptes aux directeurs en place quand on n'est pas statutairement leur supérieur ? Alain Gardère connaissait les règles avant de venir, et n'a pu les changer : il avance un peu en territoire ennemi. Soit on perd tous ensemble, soit on gagne tous ensemble, a-t-il l'habitude de leur dire.

Si Marseille « avale » les fonctionnaires qui s'y hasardent, certains font cependant de la résistance. Le préfet se protège, se barricade parfois, dresse des barrières autour de sa vie privée afin de ne pas appartenir aux autres et de ne donner prise à personne. Son « collaborateur » est là pour ça.

Peu importe que ce soit la gauche ou la droite qui opère la transformation, mais Alain Gardère tentera de convaincre la place Beauvau de mettre en place dans cette ville un préfet à part entière sur le modèle parisien.

En attendant, même si on n'est pas dans la capitale où la police est la plus richement dotée en hommes et en matériel, le préfet consigne dans ses carnets les informations glanées sur le terrain. Et les exploite.

On lui glisse le nom d'un cabaret de l'Estaque tenu en sous-main par des trafiquants de drogue de la Castellane ? La PJ y fait une descente et le lieu est fermé. Tout n'est pas fiable, mais quand le renseignement semble crédible, Alain Gardère demande des vérifications. N'est-ce pas le meilleur moyen de convaincre ceux qui brisent la loi du silence qu'ils ont raison de le faire ?

Zorro, encore

Le doute est encore permis, il le sera jusqu'au bout.

Sébastien Bennardo a été épinglé pour manque de fiabilité. Il a tendance à mélanger le personnel et le professionnel. Il souffre de ne pas avoir été reconnu comme un « bon poulet »...

À l'en croire, les jeunes qui étaient affectés à la BAC n'avaient pas trop le choix. Ils commençaient par prendre leurs fonctions avec la boule au ventre, parce que les quartiers nord de Marseille ont leur petite réputation. À partir de là, soit ils demandaient rapidement leur mutation, soit ils restaient. Et, s'ils restaient, ils « mangeaient » avec les autres.

La troisième voie, celle de la dénonciation, était étroite et périlleuse. Celui qui passait au stade de l'écrit, couchant sur le papier les scènes dont il avait été le témoin, était automatiquement exclu du cercle. Marginalisé. Broyé. Excommunié. Et accusé des pires turpitudes.

Armes à feu

Un renseignement mérite toujours qu'on s'y attarde, quitte à le passer au broyeur s'il ne vaut rien. En matière de trafic d'armes, ils sont assez rares. Et pourtant les armes prennent souvent la parole, à Marseille. On se fume, on se charcle, on se la donne, on se tronche comme nulle part ailleurs dans l'Hexagone. Et cela ne date pas d'hier : entre 1987 et 2007, soit sur deux décennies, la PJ a comptabilisé deux cent quatre-vingts cadavres. Six la « meilleure » année. Vingt-quatre, la pire. Pratiquement jamais avec la même arme…

C'est pourquoi tout renseignement concernant les armes utilisées est bon à prendre. Comme celui qui vient de parvenir à l'oreille du préfet au sujet d'un trafiquant d'armes originaire du Monténégro

(Balkans). L'homme, la quarantaine, se ferait appeler Z. Il serait en cheville avec un (ou plusieurs) vétéran(s) de la Légion étrangère, elle aussi une pépinière pour le banditisme.

Rien de plus précis, mais de quoi occuper les fonctionnaires de la Direction centrale du renseignement intérieur, s'ils daignent accorder une quelconque importance à un tuyau émanant de la Sécurité publique. (Ce tuyau était-il percé ? Il n'aura en tout cas aucune suite connue.)

Retour à Béchir et Moustafa

Un café proche de la préfecture. Béchir et Moustafa reviennent à la charge auprès de ce préfet qui semble donner crédit à leurs propos.

Béchir raconte l'histoire d'un jeune dont la moitié du collège se moquait à cause de sa toute petite voix.

« Aujourd'hui, c'est le roi du pétrole. Il a l'argent, il a les femmes, il a les armes, et en plus il a acheté la police ! On ne se moque plus du tout de lui !

– Qu'est-ce que vous savez de la façon dont il a acheté la police, comme vous dites ?

– Il leur a proposé des enveloppes, mais ils préfèrent piquer quand ça leur chante. C'est fini, monsieur le préfet : vous avez perdu la guerre. Ceux sur qui vous pouvez compter pour lutter ne sont pas nombreux ! Tant qu'il n'y a pas un chef au-dessus, tant qu'ils ne craignent pas, ils ne font rien.

– Ce sont des brebis galeuses, intervient le préfet. On va s'en occuper.

– Ça tue l'espoir, insiste Moustafa. On essaie de lutter au quotidien, mais on a peur de tout le monde. On a peur pour nous. Ça devient dangereux. Il y a des gens qui veulent parler, mais on leur demande leur nom, alors ça n'est pas possible. Le climat est électrique. Les Micocouliers, Bassens, Castellas, c'est le triangle de la mort !

– Vous savez ce qu'il faudrait pour les quartiers ? On aurait besoin d'un numéro Vert où on puisse parler sans donner son nom. Cela permettrait de rétablir un lien. Les gens ne voient que la BAC dans ces quartiers où la police municipale ne met pas un pied. Et quand ils composent le “17”, vous le savez bien, on les envoie balader. »

Le jardinier

Le jardinier de la villa préfectorale est un homme « pittoresque », comme on dit des personnages attachants. Pur produit de Marseille, il en parle la langue comme dans les films. Il a copiné avec ceux de ses « patrons » qui savaient écouter le petit peuple, comme Roger Marion ou Bernard Squarcini. Alain Gardère prend l'habitude de boire un café avec lui tous les matins ou presque, sur le coup de 8 heures, dans la cabine qui lui tient lieu d'abri, à l'entrée de la propriété.

Sans doute ce spécialiste des fleurs et du gazon, doublé d'un as de la pétanque, perçoit-il chez son interlocuteur un fond d'inquiétude, car il n'a de cesse qu'il ne se déride.

« L'été, quand il fait chaud, vous verrez, je mets la clim ! lance Tony du haut de sa cinquantaine d'années.

– La clim ? »

Joignant le geste à la parole, l'astucieux jardinier ouvre grande la porte de son… réfrigérateur.

Le point commun entre ces trois préfets ? Ils sont d'abord poulets et plutôt fiers de l'être. Le premier, Marion, a fait carrière sous la gauche ; les deux autres, Squarcini et Gardère, parce que Nicolas Sarkozy l'a voulu. Le résultat est le même : ils sont moins distants, moins froids que la plupart des énarques et autres administrateurs civils, même s'il doit s'en trouver, parmi ceux-là, pour jouer à l'occasion à la pétanque. Et même pour aller bavarder avec un simple gardien de la paix. Comment, autrement, prendre le pouls d'une cité ?

Braquage

Les plans anti-hold-up ont du bon, mais ne sont pas sans conséquences, surtout dans leur phase de mise en place. Mobilisés pour intervenir au plus vite sur un braquage en cours dans un Bricomarché du 13e arrondissement, les motards de la compagnie de sécurisation essuient des tirs en arrivant à proximité de lieux. Un fonctionnaire prend une balle dans l'épaule tandis qu'un autre riposte et tue l'un des malfaiteurs.

Rapidement sur place, le préfet délégué tente de mettre un peu de légèreté dans le drame alors que quatorze balles ont été tirées.

« On ne peut pas se réjouir de la mort d'un jeune, mais notre dispositif fonctionne », dit-il aux fonctionnaires présents.

Le policier blessé aurait pu y rester, ils ne vont tout de même pas pleurer sur le sort de son agresseur…

« Quatorze bastos, c'est beaucoup, quand même, mais c'est bien », lâche un officier en forme de boutade.

L'auteur des tirs mortels a une requête ; il profite de la présence du patron pour se lancer :

« Monsieur le préfet, je peux vous demander quelque chose ?

– Oui.

– Je voudrais être muté à Narbonne.

– Je m'en occupe. »

La police a l'habitude de muter ses agents lorsqu'ils sont confrontés à des traumatismes de ce genre ; autant jouer l'apaisement plutôt que semer le doute et la suspicion. Il sera toujours temps de se retourner, si la justice écarte la légitime défense, mais, en attendant, le chef apporte un soutien entier à ses troupes. S'il pouvait, il lui glisserait à l'oreille quelque chose du genre :

« La prochaine fois, mettez-lui-en deux de ma part. »

Mais ça ne se fait pas, même pour détendre l'atmosphère.

Halal

1er décembre 2011. L'avenue Saint-Antoine, dans le 15e arrondissement, est le théâtre d'un nouveau règlement de comptes. La victime gît sur le sol du *Cèdre*, un petit snack.

Le sourire des mauvais jours aux lèvres, un fonctionnaire s'offre le cliché le moins drôle de l'année : une photo de la victime derrière l'enseigne qui proclame fièrement : « Ici, viande halal ».

On se détend comme on peut, devant un cadavre.

Les télégrammes annoncent déjà le nom de la victime : Ali Attia.

Course à pied, toujours

Courir…

Pour eux, la vie ne vaut rien… C'est pour cela qu'ils s'entretuent. Et, à force, les habitants de ces quartiers s'accoutument.

« Tiens, c'est le petit Noredine qu'est mort ! »

« Tiens, c'est Kamel, ça m'étonne pas de lui ! »

Avant, la mort était loin ; aujourd'hui, elle est au pied de l'immeuble. Avant, les jeunes risquaient la prison ; aujourd'hui, ils risquent de perdre la vie.

Un jour de 2010, parce qu'il n'en dormait plus, un père s'est fait justicier. Il est parti venger son fils, Kader, tué par ses associés alors qu'il plafonnait à la tête d'un réseau de revente de résine. Il est allé aux Micocouliers, la cité où les assassins avaient pignon sur rue, son parapluie à la main pour avoir l'air naturel. Il a visé, tiré, et s'en est allé calmement, laissant un mort sur le trottoir.

Pendant une semaine, les amis de la victime ont disparu de la circulation. Puis ils sont allés à sa rencontre, du côté des Arnavaux, kalachnikovs au poignet, une ligne de cocaïne dans le nez.

« C'est ça que tu cherches ? a hurlé l'un d'eux avant de décharger son fusil-mitrailleur en direction du pater qui avait osé se mêler de ce qui ne le regardait que trop.

« T'es content, maintenant ? » a-t-il encore demandé, mais le vieil homme ne répondait plus.

L'enquête est restée en l'état. Qui allait prendre le risque de parler et de voir son nom figurer dans la procédure, à portée de la partie adverse ?

Doutes

A-t-on eu raison de saisir la police des polices ? Pascal Lalle, qui a plutôt la carrure d'un chef, n'a pas enterré les soupçons ; il a ouvert une enquête administrative réalisée au sein même de la Direction de la sécurité publique, mais dont les conclusions ne l'ont guère incité à mobiliser les grands moyens. RAS, du moins rien de palpable.

Les représentants locaux des syndicats de police, Joël Gasparini (Unité SGP Police FO), Jean-Marie Allemand (Alliance) et Yves Robert (Syndicat des cadres de la sécurité intérieure), plutôt bien implantés à Marseille, semblent eux aussi sceptiques. Ils ne sont pas dans le déni, du moins lorsqu'ils en parlent avec le préfet, mais ne confirment rien non plus. Ces accusations reviennent régulièrement à leurs oreilles, mais ils ne croient pas vraiment à leur bien-fondé !

Lorsqu'il finit par rencontrer le chef de la Division Nord, Christophe Groult, en tête à tête, un samedi, Alain Gardère lui pose la question piège :

« S'il y avait quelque chose, vous le sauriez ?

– Oui », répond le fonctionnaire.

Lucide, clairvoyant, depuis longtemps sur le terrain, cet homme ne peut pas avoir laissé ses troupes livrées à elles-mêmes… Car tous les chefs le savent : il faut tenir les BAC les « rênes courtes », d'autant plus qu'elles ont acquis la réputation d'être le « fer de lance » de la lutte contre la criminalité. Et il convient en même temps de leur laisser une certaine liberté…

Pourtant, les premiers indices montrent que dans les quartiers nord les trafiquants de stupéfiants craignent davantage le racket, de leurs concurrents comme des policiers, que la loi. Laisser cette gangrène s'installer revient à courir le risque d'annihiler l'action de l'État…

Re-Béchir

Béchir est à nouveau descendu des quartiers nord pour s'entretenir avec son préfet préféré.

« Vous savez, ils parlent de vous jusqu'à Alger ! » lui lance-t-il.

La nouvelle a apparemment traversé la Méditerranée.

« Ils disent que vous êtes un Chaoui. C'est des durs, les Chaouis ! »

Les Chaouis ? Des Berbères de la région des Aurès, dans l'Est algérien. Dans sa bouche, le mot a valeur de compliment.

« Le Chaoui est brave et têtu, lui explique-t-il. C'est un montagnard. Ils vous attendent, là-bas ! »

La bonne nouvelle, c'est que l'« étranger » ne l'est pas pour tout le monde. Un peu moins de quatre mois après sa nomination, le préfet peut considérer qu'il a été adopté par une partie des Marseillais. Juste parce qu'il est né dans l'Est algérien où son père était militaire, qu'il y a grandi jusqu'à l'âge de 6 ans et qu'il en conserve forcément quelques souvenirs.

Passée la pommade, Béchir n'en revient que plus fort à la charge :

« Vous avez beau faire, vous êtes trop seul. Avec les gars que vous avez sur le terrain, vous n'arriverez à rien. »

En retour, le préfet redit sa confiance en l'institution policière :

« Vous me dites que ce n'est pas soluble, Béchir, mais on va y arriver ! Il faut juste se retrousser les manches.

– Monsieur le préfet, laissez, c'est pas grave. C'est comme ça… »

Un Chaoui ne saurait douter, n'est-ce pas ?

Nora Preziosi les a mis en confiance. « C'est un ami », leur a-t-elle dit. Le préfet ne fait pas dans les simagrées.

« On va éviter les faux-semblants, insiste-t-il. Vous allez me dire ce que vous savez. Je veux comprendre ce bordel dans les quartiers nord !

– Ils s'entraînent à la kalachnikov dans les collines du Pic de l'Étoile, derrière Saint-Joseph. Il suffit que vous mettiez quelqu'un, et vous les verrez. Ils ne se cachent même pas. Ils arrivent avec leurs sacs, déballent et tirent. On peut les voir des fenêtres des immeubles. »

Le préfet prend des notes qu'ils transmettra à la PJ.

« À la Paternelle, ils trafiquent la cocaïne en gros, on pourra vous donner des noms…, poursuit son interlocuteur.

– Et à part ça, il se passe quoi, à Marseille ? » interrompt le préfet délégué.

Rires.

« Ils font quand même pas que dealer ?

– Si ! J'entends d'ailleurs dire qu'ils en ont marre des opérations de police dans les cités. Il paraît que vous en faites jusqu'à deux par semaine…

– Dites-leur que je suis juste en période de rodage ! »

Carbonisé

19 décembre 2012. Le corps carbonisé d'un homme est retrouvé dans une voiture garée sur un parking de Septèmes-les-Vallons, commune d'Aix-en-Provence. Si le médecin légiste dit vrai, la victime s'appellerait Jonathan Pham Van.

Dans l'univers du défunt, on est juge et partie à la fois : on ne fait pas appel à la police en cas de litige. Ou alors, pour régler ses comptes autrement, en se faisant informateur.

La Castellane

22 décembre 2012, 5 h 30. La série continue. Cette fois, le feu parle à la cité de la Castellane, toujours dans le 15e arrondissement de Marseille. Nom de la victime : Kamel El Melhi.

Les enquêteurs disposent d'une piste : ils soupçonnent un certain Eddy Tir d'être à l'origine de l'élimination. La famille a déjà payé un lourd tribut au crime avec l'exécution de Saïd Tir, le 27 avril 2011.

Braqueurs à la disqueuse, suite

24 décembre 2011. Le jour n'est pas encore levé lorsque deux hommes s'aventurent, à bord d'une voiture un peu cabossée, dans les dédales

d'un camp de Gitans sédentarisés proche de l'étang de Berre, au Ruisseau Mirabeau (15e arrondissement). Accoutrés à l'instar des manouches, ils tâtonnent comme s'ils s'étaient égarés après une nuit arrosée. Tous deux sont policiers.

Des chiens aboient dans la lueur des phares.

Les deux « infiltrés » repèrent le véhicule qu'ils recherchent : celui de Jean-Baptiste Dominici. Un mandat d'arrêt sur le dos, lancé après une condamnation à quinze ans de réclusion criminelle par la cour d'assises de Nîmes pour récidive de vol avec arme, recherché par la Sûreté départementale des Bouches-du-Rhône pour association de malfaiteurs et vol à main armée, l'homme, âgé de 36 ans, a passé la nuit dans ce « quartier » aux allures de bidonville – aux allures seulement, car les intérieurs sont des plus coquets, entre salons dernier cri et salles de bains à l'italienne.

Les policiers frappent à plusieurs portes et finissent par dénicher celui qu'un « renseignement sérieux » implique dans la fusillade qui a coûté la vie à leur collègue Éric Lalès.

Les deux faux manouches ne sont pas montés seuls au front. Des hommes du GIPN ont pris position autour du camp. Ceux de la BRI, la brigade antigang locale, n'attendaient que le top départ pour investir les lieux.

Le suspect est écroué.

Trois d'un coup

25 décembre 2011. Ce n'est pas Noël pour tout le monde. En tout cas, pas pour Nouri Oualan, Sonny Albarello et Mohamed Bouhembel, qui, sur la longue liste des règlements de comptes de l'année 2011, tentatives comprises, occupent désormais les places numéros 25, 26 et 27. Des « minots », comme on dit en Provence, respectivement âgés de 19 ans, 20 ans et 19 ans.

Apparemment peu au fait des saisons, le (ou les) auteur(s) se sont offert un « barbecue » en hiver : les trois cadavres finissent de se calciner à bord de la voiture lorsque les secours arrivent. Pas n'importe où, puisque le véhicule et ses trois occupants ont été abandonnés sur le bucolique Chemin des Fraises, dans le quartier des Pennes-Mirabeau…

Techniquement, le (triple) crime est presque parfait. Un bidon d'essence et une boîte d'allumettes suffisent à faire disparaître la totalité des traces, empreintes digitales ou ADN. C'est tout l'intérêt de cette technique popularisée à la fin des années 1990 par un bandit marseillais d'origine algérienne. Les experts ont beau s'acharner, ils ne récupèrent rien d'exploitable. Juste la certitude, en l'occurrence, que les trois hommes ont été tués par balles de 9 mm avant l'incendie de la voiture.

Il ne reste plus qu'à miser sur le renseignement. Pas forcément impossible qu'un policier finisse par connaître les dessous de ce drame, Alain Gardère y compte bien, lui qui a compris que l'omerta avait ses limites, même à Marseille.

« On saura. Ils parlent à tort et à travers », glisse-t-il ce soir-là à un collègue.

Il n'est plus tout à fait l'« étranger » qu'il était quatre mois plus tôt. Le préfet connaît le mélange de professionnalisme et d'amateurisme qui caractérise ces jeunes délinquants. Tous ne sont pas aussi inconscients que l'était Youssouf Fofana, le chef du « gang des barbares », arrêté et condamné pour avoir torturé et tué Ilan Halimi, présumé riche parce que juif. Fofana le caïd qui aurait été tout à fait capable, alors qu'il avait sur le dos l'intégralité ou presque des effectifs de la PJ parisienne, de braquer un magasin en plein milieu de la capitale.

Feu

30 décembre 2011. C'est encore par le feu que deux gangs ont décidé de solder leur contentieux. Deux garçons, Yassine Benabdelkader et Hakim Habene, sont pris pour cibles à la cité de la Rouguière, dans le 11ᵉ arrondissement. Les enquêteurs croient savoir de quelles mains sont partis les tirs ; il leur reste à le démontrer.

Mais les dossiers s'amoncellent sur les bureaux de la brigade criminelle.

Réunion des chefs

Nouvelle réunion dans le bureau du préfet délégué :

« Je discute avec des gens et je vois qu'ils en savent plus long que nous tous réunis, lance-t-il sous forme de boutade.

– Qu'est-ce qu'on t'a dit ? demande l'un des directeurs présents.

– Qu'ils s'entraînent à la kalachnikov du côté du Pic de l'Étoile.

– On va vérifier, il suffit de poser quelques micros, on le saura vite », tranche le représentant de la PJ.

Cela peut surprendre, mais c'est la ligne fixée dès le départ par le ministre en personne : le préfet délégué n'est pas là pour inaugurer les bâtiments officiels, mais pour mettre les mains dans le cambouis. Cela ne plaît certainement pas à tous, mais puisque ça vient d'en haut, il est de mise d'accepter. Même si, dans la police, on aime bien que chacun reste à sa place, avec ses réflexes, sa culture : l'homme de sécurité publique n'est pas censé empiéter sur le terrain de l'investigation, laquelle n'a pas à se mêler d'ordre public…

En attendant, les petits réseaux de stups tombent l'un après l'autre. Tous les services sont sur le créneau, en particulier les effectifs de la Sûreté départementale qui travaillent comme la PJ, mais à moindre échelle. Les dealers incarcérés sont aussitôt remplacés par d'autres ? On le dit, mais le préfet s'en moque : le court terme empêche-t-il les investigations à plus long terme ? Gilles Leclair, son prédécesseur, ne caressait-il pas déjà l'idée de voir toutes les enquêtes locales confiées à la Sécurité publique, laissant œuvrer au sommet, pour le reste, une sorte de FBI à la française ? C'était compter sans la persistance, au sein de la « maison », de fratries rivales s'ignorant ostensiblement.

Nora

Un dimanche soir, dîner chez Nora Preziosi qui intègre quasiment le préfet à sa famille. Leur relation fait d'ailleurs des jaloux, ou plutôt des jalouses : élue elle aussi des quartiers nord, mais empêtrée dans ses ennuis judiciaires, la socialiste Sylvie Andrieux voit le mal partout. Elle n'est pas la seule à se méfier de cette « beurette » aux prétentions électorales affichées. Dans cette classe politique au sein de laquelle on est admis de père en fils (ou fille), ils sont nombreux à la considérer avec une forme de dédain.

Nora la Marseillaise, Nora la sarkozyste n'en continue pas moins à pousser des portes devant Alain Gardère. Elle l'invite à se rendre encore et encore dans les quartiers, à discuter avec les habitants. Ceux qu'elle lui présente lui sont d'une fidélité remarquable, il a eu l'occasion de s'en rendre compte.

« Écoute-les », insiste-t-elle.

L'élue aime sa cité, tellement que ça va sans dire. Née dans les bidonvilles de Font-Vert d'un père algérien, mort d'un cancer à 48 ans, elle a connu la cité d'urgence, puis l'école catholique. Elle a perdu la moitié de ses amis dans les années 1970, emportés par l'héroïne, entre overdose et sida. Elle a vécu en direct l'explosion du marché du shit dans les années 1990 : « Des femmes très chics venaient se fournir dans le quartier, tout Marseille défilait au pied de l'immeuble. » Elle a vu des familles entières s'enrichir, et les jeunes découvrir les boîtes de nuit, les belles fringues. Elle a découvert la corruption des politiques…

Mais elle est là, « Française et républicaine ».

« Tu sais, Alain, les jeunes me parlent souvent de la police. "Nora, me disent-ils, on en a marre. On deale pour nous, les flics arrivent et ils nous piquent tout." Personne ne les croit, mais, l'autre jour, une mère m'a raconté que les policiers avaient tapé son fils parce qu'il n'avait pas d'argent à leur donner. Les gens ont très peur de la police. La police a forcément raison. Mais tu trouves ça normal, toi, que les jeunes se fassent fracasser par des policiers ? »

Autour de la table, ce soir-là, il y a aussi Karim. D'origine algérienne, il a grandi dans ces quartiers nord auxquels il reste attaché, comme on garde la nostalgie du pays, même s'il s'est installé en centre-ville.

« C'est comme chez les Chtis, dit-il. On pleure quand on arrive et on pleure quand on part. J'en ai presque fait une dépression. »

Et de dresser à l'intention du préfet un tableau plutôt inhabituel, compliments à l'appui :

« Au moins, quand vous êtes arrivé, vous n'avez pas dénigré la population des quartiers. Il ne faut pas tout mettre sur le dos de la pauvreté. La plupart des habitants sont d'honnêtes citoyens qui se battent plutôt plus que les autres. Dans ma famille, on a vécu à quatorze dans trente mètres carrés et certains sont aujourd'hui professeurs. Il faut valoriser cette majorité qui vit un calvaire quotidien. Ils essaient d'éduquer leur progéniture, mais subissent le joug d'une minorité qui se sent indestructible et maîtrise ces quartiers. On se moque de ceux qui travaillent bien à l'école. Certains parents y arrivent, les enfants décrochent leur diplôme, mais avec le délit de faciès on les renvoie dans les quartiers. Certains se retrouvent comme Mohamed Merah sans le savoir, parce qu'on ne les considère pas comme des citoyens. Les lois de la République ne les intéressent plus.

– Il faut nous traiter de “sales Français” pour qu'on prenne conscience de la République, ironise Nora. On nous parachute la gauche caviar, mais ils détruisent la République, avec leur clientélisme ! On subventionne des coquilles vides !

– On aime la République, mais est-ce que la République nous aime ? demande Karim. Ils donnent 100 euros par jour au jeune qui accepte de faire le guetteur. On lui fait sniffer un rail de coke à 14 ans. On finit par lui remettre une arme, et la République en subit les conséquences. Je croyais le Moyen Âge et la guerre de Cent Ans finis, mais nous sommes revenus au temps des seigneurs. Avant, le monde entier était dans les quartiers nord, il y avait les Juifs, les Arméniens, on n'avait pas besoin de voyager ! Aujourd'hui, c'est le bled : on ne fête plus que l'Aïd !

– Il y a quelque chose qui m'intrigue, intervient Alain Gardère. Pourquoi les pères sont-ils aussi absents ?

– Les femmes se sentent supérieures à eux ; alors, plutôt que de se mettre hors la loi, ils préfèrent quitter le domicile conjugal, affirme Karim. Ils se sentent inutiles. Ils sont perdus. Ils n'ont plus de rôle à jouer ; du coup, ils lâchent prise... Un jour, mon père a amené un de mes frères à l'Évêché avec des menottes. Ils l'ont pris pour un flic. "Qu'est-ce que vous voulez ?" ont-ils fini par lui demander. "Vous lui donnez un an de prison et c'est moi qui paie", a-t-il répondu. Avant, les parents travaillaient avec la police, puis ils ont cessé. Les mères subissent. Elles deviennent complices, par la force des choses. Elles ne peuvent pas dénoncer leurs propres fils. Vous devez trouver des solutions, pour cette belle ville cosmopolite. »

Peinture

L'année 2011 s'achève sur un lourd bilan humain. Pour la seule ville de Marseille, on dénombre quatorze règlements de comptes ayant fait dix morts et dix blessés. En élargissant à tout le département des Bouches-du-Rhône, on recense seize morts...

Pour la nouvelle année, des peintres s'attellent à rafraîchir la villa préfectorale. Les vieilles tentures jaunes disparaissent. Avec un peu de chance, les femmes de ménage cesseront de voir des fantômes entre ses murs…

Course à pied, encore

Pourquoi dérape-t-on ? Par quelle sombre alchimie, quand on est policier, passe-t-on dans l'autre camp ? Qu'est-ce que signifie « protéger » les citoyens ? Peut-on à la fois prétendre protéger des citoyens et en racketter d'autres ?

Le malaise grandit au fur et à mesure que s'accumulent les témoignages. Plus possible d'imaginer la moindre visite officielle auprès des membres de cette BAC Nord, objet de tous les soupçons…

Les « baqueux » sont le plus souvent des fonctionnaires expérimentés et courageux qui connaissent la population des secteurs où ils interviennent. Tellement bien que la brigade criminelle, la brigade des stups comme la brigade de répression du banditisme ont régulièrement recours à eux pour affiner un profil ou vérifier une piste. Ce ne sont pas des enquêteurs, mais, sur la voie publique, ils sont souverains. Ils ont la maîtrise de l'espace, sont le bras armé de la Sécurité publique, son principal levier. Ce sont eux qui livrent le plus de « viande » : braqueurs, voleurs à la roulotte, dealers, aux officiers de police judiciaire… Ils ne vivent que pour ça. Ils ont la passion de la BAC. Leur dévouement et leur disponibilité sont rares…

A-t-on laissé trop de liberté à ceux qui opéraient dans les quartiers nord ? Les officiers et les commissaires chargés de les « manager » ont-ils manqué de clairvoyance ? Il ne faut pas les lâcher : non par défiance, mais parce qu'ils sont au contraire pleins d'allant, d'enthousiasme. Il faut les remercier, faire une bouffe avec eux, entretenir le lien. Il n'est pas nécessaire, en revanche, d'en faire des héros ; sinon, on les met au-dessus du lot et on ne peut plus jamais les réintégrer dans les services qui assurent le quotidien. Quelqu'un a-t-il fermé les yeux ?

Une équipe de quatre-vingts mecs, c'est une armée. Ceux qui ont dévié ont-ils considéré que l'État n'était pas assez présent à leurs côtés face à un univers pourri ? Ont-ils décidé que tout étant tordu autour d'eux, ils le seraient eux aussi ? Se sont-ils, par commodité, coulés dans le moule du quartier ?

On les a mis en avant. On a raconté comment ils allaient tous les jours au charbon, dans des quartiers difficiles d'où ils ramenaient de bons résultats. On en a fait les « cadors » de la police marseillaise. On a clamé qu'ils étaient vaillants, qu'ils ne comptaient pas leurs heures, qu'ils inspiraient la crainte, qu'ils avaient de bons tuyaux, qu'ils étaient parfaitement inscrits dans le paysage urbain, qu'ils mettaient les pieds dans toutes les cages d'escalier…

Ils se sont sentis aimés des chefs, eux qui carburent à l'affectif, jusqu'au jour où le cercle vertueux s'est inversé. Leur torse a fini par trop se bomber, et s'est installé dans leurs rangs un sentiment de toute-puissance ou quelque chose y ressemblant. Leur hiérarchie directe a pour le moins fait preuve d'un manque de vigilance. On leur a lâché la bride. Ils ont pris des habitudes, ont glissé vers une forme d'impunité.

Mais ce ne sont toujours que de simples supputations, à ce stade…

Tuyau

Au cabinet du directeur général de la police nationale, Michel Gaudin, quand toutes les polices pistaient le fugitif Yvan Colonna, assassin présumé du préfet Claude Érignac, on achetait des cartes de la Corse à l'Institut géographique national. Au fur et à mesure que les tuyaux arrivaient on y cochait l'emplacement des bergeries susceptibles de servir de planques à l'ancien berger.

C'est dans le détail que la police marque des points. Tuyau du jour : il faudra s'intéresser à un bar et à une épicerie dont les tenanciers ne sont jamais présents, et pour cause : ils se la coulent douce en Thaïlande où ils sont en vacances quasi perpétuelles. Apparemment, ils ne vendent pas que de l'huile et du café, dans leur échoppe, et ne servent pas que du pastis dans leur estaminet.

Stups

La drogue, mère de toutes les embrouilles depuis tant d'années ! Les dealers se partagent le territoire, mais les frontières sont parfois vagues. Ils sont capables de se « carotter » en permanence, avec, à la clef, la certitude de la vengeance. Leurs aînés de la French Connection se flinguaient pour cinquante kilos d'héroïne impayés ; eux se pourchassent jusqu'à ce que mort s'ensuive pour vingt kilos de cannabis.

Leurs aînés étaient prévisibles, eux le sont nettement moins. Ça peut les prendre d'un seul coup. Sans le moindre signe avant-coureur, ils partent à l'improviste pour Barcelone et en reviennent, dans la nuit, avec plusieurs kilos dans le coffre de leur voiture. Ils sont comme ça, pas toujours rationnels, très mobiles, jamais là où on les attend.

Avec le grand banditisme corso-marseillais, au moins la police sait sur quel pied danser. Ses membres ont leurs codes, un patrimoine auquel on peut s'attaquer, alors que la nouvelle génération, elle, file entre les doigts. Les jeunes tueurs sans foi ni loi ont remplacé les « seigneurs » qui en paraîtraient presque sympathiques. L'absence de règles les rend inattaquables, ou presque. Désarmants, aussi, quand on voit un garçon aller tuer un rival dont la mère l'a parfois hébergé quand il était enfant…

La police doit revoir ses schémas, s'adapter. Rapidement, si elle ne veut pas perdre complètement la main.

Tac, tac, tac, tac !

Dans les statistiques de la police, on écrit « RC » pour règlement de comptes. Dans le langage courant, les policiers parlent de « réglo ». Cette fois, il ne s'agit que d'une « tentative », puisque l'auteur a raté son coup. La victime s'est réfugiée dans une librairie, et les livres, pour une fois, l'ont apparemment sauvée ! Il est assez taiseux, alors que des policiers s'affairent alentour à la recherche de balles.

Sur les lieux, Roland Gauze, patron de la PJ, tente d'arracher une information auprès d'une passante qui ne parle apparemment pas un mot de français.

« Elle est ukrainienne, tranche Alain Gardère.

– *What was the noise of the weapon* (quel bruit a fait l'arme) *?* insiste Roland Gauze. *Tac, tac, tac, tac* ou *tacatacatac* ? »

Soit elle ne comprend rien, soit elle ne veut rien comprendre, mais le résultat est le même : la jeune femme ne l'aidera pas à savoir si c'est une arme automatique ou une arme de poing qui a été utilisée ce soir-là.

Appel de Beauvau

Claude Guéant au téléphone :

« Vous savez, Alain, les règlements de comptes, ça commence à bien faire !

– Je suis d'accord avec vous, monsieur le ministre, mais on a beaucoup de mal à anticiper.

– Ça serait bien que ça s'arrête, quand même… »

Le préfet délégué partage si bien cet avis qu'il peste publiquement après chaque nouvelle victime. Il en veut à la PJ de ne pas changer son fusil d'épaule, si l'on peut formuler les choses ainsi, pour se positionner en amont, avant que les faits ne se produisent. Il voudrait la voir, cette PJ, prendre davantage de risques, bien sûr sous l'autorité d'un magistrat, mais sans être pour autant en mesure de lui fournir le mode d'emploi.

Et voilà que le comique Nicolas Canteloup s'en mêle sur TF1, sur le mode : « Il paraît que le kalachnikov se vend 250 euros. Balivernes : si vous m'en prenez cinq, je vous le fais à 200 euros… Marseille, la mer, le soleil, les cigales… Tacatacatac… ça, c'est une cigale femelle, je l'ai reconnue ! Tacatac… ça c'est un gros mâle… Pin-pon, pin-pon… tiens, les libellules ! »

Course à pied, suite

Une heure minimum pour évacuer la pression. Le dos le plus droit possible. Veiller, à chaque foulée, à ne pas consommer trop d'oxygène. Respirer par le ventre. Résister à l'envie de se tasser…

Les règlements de comptes ne paraissent pas déranger outre mesure la population. Il n'y a pourtant rien de plus désarmant, pour un flic, que de dénombrer les morts. Il faut les arrêter, ces imbéciles ! Les Hollandais y réussissent bien, à interpeller les types avant qu'ils ne se tuent. Pourquoi pas les Français ?

Toujours Zorro

Sébastien Bennardo montre lui aussi des signes d'impatience. Le préfet lui a promis de le protéger, mais, en attendant, il vient de purger son mois de suspension et guette en vain des nouvelles de la mutation qu'il a réclamée.

Il témoigne, c'est un fait, il a revu le commissaire divisionnaire Didier Cristini, et doit le revoir bientôt. Mais si le silence persiste, il va rendre l'affaire publique d'une façon ou d'une autre.

La « daronne »

Il y a les victimes, très jeunes pour la plupart, fauchées dans cette guerre des cités qui revêt parfois des airs de vendetta. Et puis il y a les mères, souvent seules à bord du vaisseau familial, un peu perdues face à cette progéniture qu'elles ne comprennent plus. Comme cette femme dont le lecteur comprendra que l'on taise la véritable identité, qui s'épanche un jour à l'oreille de Béchir, lequel la prend par la main pour la mener jusqu'au préfet.

Oui, si invraisemblable que cela puisse paraître à ses yeux, elle qui n'a des policiers qu'une image lointaine, elle qui n'a jamais vu les élites de la ville qu'à la télévision, voici qu'elle se retrouve assise face au préfet, dans son bureau de préfet, un soir ; et elle parle. Un peu intimidée au début, mais elle parle.

Cette femme n'a plus de mari à la maison depuis longtemps. Il est rentré en Algérie, comme tant d'autres. En Algérie où elle-même a décidé d'enterrer son fils mort, comme un retour naturel à la case départ. Et pourtant, là-bas aussi elle s'est sentie seule : la famille ne s'est même pas déplacée pour la cérémonie. Pas un mot, pas un coup de téléphone, comme si ce jeune Marseillais n'était pas des leurs.

« J'ai un autre fils plus jeune, explique cette dame dont la voix trahit l'appel à l'aide. Les dealers sont déjà venus le voir. "Maintenant, on va s'occuper de toi, lui ont-ils dit. Tu vas travailler pour nous. Tu ne manqueras de rien. De quoi as-tu besoin ?" »

C'est le procureur de Marseille, Jacques Dallest, qui a un jour effectué le rapprochement entre les cités de Marseille et les favelas de Rio de Janeiro. Sans doute faisait-il allusion à cette capacité qu'ont les organisations criminelles de se substituer à toutes les autres formes de contrôle social, de prendre par la main les plus jeunes, de les gâter, de les pourrir, plutôt, pour s'en faire de fidèles affidés…

La mère ne pleure pas, mais parle avec émotion : « Aidez-moi, finit-elle par lâcher. Aidez-moi à sauver mon fils. Il travaille bien à l'école, je ne veux pas qu'il suive le chemin de son frère. »

Alain Gardère a beau être préfet, il n'en est pas moins flic. Il questionne, veut savoir comment on vit vraiment, dans ces cités que la plupart des responsables politiques ne connaissent que de très loin. Et cette mère coopère, probablement surprise que la mort d'un fils l'ait propulsée dans cet antre d'une République dont elle n'attendait pas tant. Elle jette une passerelle entre deux mondes, dans cette ville où les critères habituels sont bouleversés, puisque la richesse est au sud et la misère au nord. Et, par ses mots, par ses confidences, abolit une distance qui empêchait toute aide concrète de se mettre en place au-delà du clientélisme et du saupoudrage, les deux mamelles de la politique de la ville.

Confiance : c'est le mot clef. Filière courte : c'est la seule méthode qui vaille, mais Alain Gardère n'a rien théorisé. Par cette mère, les quartiers sont venus à lui, probablement parce qu'il a fait le premier pas… Il ne la « traite » pas – comme dirait de son indicateur un flic de PJ –, il l'écoute, simplement, et lui promet de se démener pour elle.

« Faites attention à vous, lui glisse-t-il. Protégez-vous. N'allez pas gratter des choses là où vous ne pouvez rien faire. Et revenez me voir quand vous voudrez. »

La démarche de cette femme est très personnelle. Elle cherche égoïstement à fuir ce quartier dont elle ne supporte plus les tensions. Elle veut se mettre à couvert avec ses « petits ». Elle exige l'arrestation de ceux qui lui ont rendu son aîné sous forme de charbon de bois. Mais on ne peut pas ne pas entrevoir le mince message d'espoir dont elle est porteuse. Celui de voir une partie de la population, cette majorité trop silencieuse, renoncer à l'omerta des cages d'escalier, à cette fausse solidarité communautaire qui revient à couvrir la petite minorité qui s'engraisse avec le deal.

Chefs

Les pratiques condamnables de la BAC n'étaient-elles que balbutiantes à l'époque où le madré Bernard Squarcini occupait le poste ? Pourquoi un chef de la trempe de Pascal Lalle, directeur départemental depuis le 24 novembre 2008, loué pour sa manière de diriger, passé par le Burundi, Madagascar, Bobigny, Nîmes et Strasbourg, n'a-t-il pas perçu plus tôt le bruit de la corruption ? Une chose est certaine, à ce stade, ce haut fonctionnaire que Manuel Valls, nommé ministre de l'Intérieur par François Hollande, choisira dans quelques mois pour prendre la direction centrale de la Sécurité publique, ne comprend pas pourquoi Alain Gardère prête attention à un personnage aussi sulfureux que Gilles Tachon. Pas plus qu'il n'aurait accepté de boire un café avec Sébastien Bennardo… Il n'en est pas moins soulagé d'apprendre qu'une enquête est en cours pour mesurer l'ampleur des dégâts.

En attendant, cette affaire de ripoux n'emballe pas outre mesure Alain Gardère. Quel policier se réjouirait de déterrer un scandale qui va jeter une ombre sur toute la police ? Ça n'est pas tout : le préfet s'est attaché à cette ville, et elle n'a vraiment pas besoin de ça.

Nouri, Sonny et Mohamed (suite)

Il les appellerait presque par leur prénom, tant les trois morts du 25 décembre lui sont devenus familiers. Le préfet croit désormais savoir pourquoi ils ont fini carbonisés dans une voiture. Le scénario qui se dessine est tragiquement simple : Nouri, Sonny et Mohamed se sont mis en tête, un beau jour, de s'approprier le point de vente de drogue de la cité des Micocouliers, leur cité.

D'emblée, cela s'est très mal passé, le « propriétaire » des lieux n'acceptant pas cette intrusion sur ses plates-bandes, d'autant qu'elle était le fait de jeunes jusque-là à son service. Ils n'ont pourtant pas lésiné sur les moyens, allant même jusqu'à laisser un blessé derrière eux, un certain Samy Ati, lequel avait, quelques semaines plus tôt, tiré sur l'un d'eux : l'étui de ses lunettes avait par chance bloqué la balle.

Une passe d'armes dont les conséquences n'allaient pas tarder à se faire sentir : question d'orgueil, de suprématie et d'argent. Samy Ati l'a annoncé haut et fort : s'il ne réglait pas lui-même le contentieux, d'autres le feraient à sa place, et des amis il n'en manquait pas ; le caïd des Micocouliers passe pour être très proche d'un ponte du trafic dans les quartiers nord, Mohamed Lamine Laribi, garçon dont la rumeur veut qu'il ne possède pas de téléphone portable, mais utilise ceux des autres au gré de ses rencontres, la meilleure façon d'échapper aux écoutes. Et qu'il ait pour habitude d'enterrer son argent à la mode manouche. On ne le voit d'ailleurs presque jamais dans son fief, le quartier Bassens, dont il aurait confié la « gérance » à un jeune aux dents longues, 16 ans à peine et déjà aux affaires. Avec un chiffre d'affaires quotidien avoisinant les 15 000 euros.

Difficile de prendre cette version pour argent comptant, du moins, pour le moment, mais les trois jeunes auraient bel et bien été attirés du côté de Bassens. Le ventre plein, à l'issue du repas de Noël, ils ont emprunté la voiture de la sœur de Sonny. Pas plus inquiets que ça, ils ont glissé à leur mère qu'ils reviendraient vite : « On va voir Mohamed à Bassens », a glissé l'un d'eux. Mohamed Lamine Laribi, peut-être, ce copain d'enfance qui dormait à la maison quand il était petit, un garçon aussi timide et réservé, à l'époque, qu'il fait aujourd'hui figure de « boss ».

Une fois sur place, Laribi serait monté dans l'Audi A3 à la « place du mort », comme on désigne parfois le siège du passager avant, pour une discussion dont on ignore autant le contenu que la longueur. Que s'est-il passé ensuite ? La scène a beau s'être déroulée en plein milieu de la cité, aucun témoin ne parle. Chape de plomb à tous les étages ! Les enquêteurs en sont réduits aux hypothèses, la principale voulant que Mohamed Lamine Laribi se soit absenté un court instant, qu'il soit revenu vers ses anciens camarades de bac à sable avec une arme de poing, qu'il se soit assis dans la voiture et les ait abattus tous trois en jouant de l'effet de surprise. Certes, à la tombée de la nuit, mais en plein quartier, ces huit déflagrations n'ont officiellement éveillé la suspicion de personne.

Ce projet criminel était-il écrit d'avance ? Est-on au contraire dans l'improvisation ? Le présumé coupable avait-il prévu du renfort pour conduire les victimes en direction des Pennes-Mirabeau et du Chemin des Fraises ? Seule certitude, pour l'heure : c'est avec le même pistolet automatique (difficile d'utiliser un fusil-mitrailleur à l'intérieur d'une voiture) que les trois garçons ont été exécutés. Celui qui a pris le volant de l'Audi A3 a par ailleurs pris soin de faire basculer le corps du chauffeur vers la banquette arrière. Quant à l'incendiaire, il avait bien prévu une petite réserve d'essence…

Reste à déterminer le mobile de ce tueur à la présence d'esprit incontestable. Ces trois garçons ont-ils vu trop grand ? Ont-ils cherché, comme le dit la rumeur, à intimider celui qui passait pour le patron dans leur quartier ? On parle d'une bagarre, de ce jour où l'un d'eux, plutôt sportif, serait tombé, en descendant de chez lui, sur le dos de Samy Ati à qui il reprochait de corriger un petit, accusé de chapardage. Il aurait eu le tort, ce jour-là, d'avoir eu publiquement le dessus sur son aîné, humiliation impardonnable qui lui aurait valu cette menace : « Toi, je vais te tuer. »

Cette bagarre de trop suffit-elle à expliquer qu'ils aient eu rendez-vous avec la mort au lendemain du réveillon de Noël ? Les aînés ont-ils éprouvé le besoin d'affirmer aux yeux de tous qu'ils étaient les inamovibles patrons du bizness de Bassens aux Micocouliers ? Ce scénario est presque trop parfait pour être vrai et les convictions de quelques proches ne suffisent pas à asseoir un dossier criminel. L'enquête avance...

Le commissariat

La nuit, tous les commissariats de police se ressemblent. Entre la tentative de suicide de la fille qui a raté son examen, le biturin, le « journaleux » qui s'est raté à scooter après un bouclage un peu arrosé, on oscille entre le pathétique et le glauque, parfois ponctués d'un éclat de rire.

Il faut aimer les gens quand on est policier, savoir les écouter, partager leurs soucis. Le flic n'est pas une bonne sœur, il n'est pas prêtre non plus, pas davantage médecin, mais il est un peu tout cela à la fois. Ces problèmes qui échouent devant le bat-flanc du commissariat, nul ne peut les résoudre, sauf lui qui porte sur ses épaules un peu toutes les misères du monde.

Mieux vaut, dans ces conditions, aimer les flics pour les diriger, ce que revendique l'ex-commissaire Alain Gardère qui a pour lui d'être issu d'un milieu modeste. Cela ne l'empêche pas, à l'occasion, de dire haut et fort ce qu'il pense. Comme ce samedi où, passant devant le commissariat Noailles, sur la Canebière, il se met une nouvelle fois à compter les voitures de police en stationnement. Pas surprenant qu'aucune patrouille ne circule en ville, puisqu'elles sont toutes là ! Il entre. La machine à café est chaude, quelques agents pianotent sur leur clavier, et, pendant ce temps, personne dans la rue !

Le préfet n'aime pas ça. Il le fait savoir, comme la fois précédente. Il recommencera, s'il le faut.

En poussant plus avant sa visite, Alain Gardère aurait été impressionné de voir le soin avec lequel les agents des BAC marseillaises entretiennent leur musculature. Ce sont les clients les plus assidus de la salle de gym. Il faut dire que leurs interventions se passent rarement dans la douceur. Et que, parmi leur clientèle, figurent quelques garçons plus fous que raisonnables.

Le temps des poulets ripailleurs et picoleurs est révolu. Les flics d'aujourd'hui sont opérationnels. Ils courent comme des lapins, au moins jusqu'à la cinquantaine...

Course à pied, encore

Marseille est une grande ville qui fonctionne parfois comme un village : les policiers sont connus dans leur quartier. Ça n'est pas mauvais pour la proximité, mais ça peut l'être pour la déontologie. Je te rends un service, tu me rends un service. Ça finit par déteindre sur le comportement des uns et des autres. Le fait d'aller déjeuner gratuitement dans un restaurant, c'est de la corruption ; à Marseille, c'est de l'amitié. Où est le juste milieu ? Le fait, pour les policiers, de rester longtemps en poste finit par créer un climat de familiarité avec des individus pas forcément recommandables. Tout peut facilement basculer.

De Michel Neyret, ancien numéro 2 de la PJ lyonnaise, ses collègues disent que c'est « un type bien ». Il a apparemment mis le doigt dans le pot de confitures parce qu'on l'a appâté. On lui a tendu un piège à l'âge (la cinquantaine passée) où on veut encore séduire. On a trouvé sa faille. On lui a fait miroiter des filles, de l'alcool, de l'argent.

Les « frelons » marseillais répondent à un autre registre. Ils n'ont pas eu besoin qu'on leur tende un piège pour déraper. Ils sont seulement soupçonnés d'arrondir leurs fins de mois sur le dos de types qui vendent des stups. Personne ne les a achetés, peut-être même obéissent-ils, au fond, à une espèce de morale : ils chassent les biens mal acquis…

IV

Sur écoute

L'interview

26 janvier 2012 : c'est l'article que l'on n'attendait pas. Sous le titre « L'indic trahi par la police », l'hebdomadaire *Le Point* publie un témoignage montrant comment la police marseillaise est en train de pourrir par les quartiers nord. Celui qui se met à table garde l'anonymat, mais ceux qui le fréquentent croient reconnaître Sébastien Bennardo, s'exprimant par le truchement de Gilles Tachon, son protecteur. Le jeune fonctionnaire aurait toutes les raisons de prendre la parole ou de demander à ce qu'on la prenne pour lui : les investigations traînent en longueur – trop, à ses yeux. Surtout, il supporte de plus en plus mal la double menace qui pèse sur ses épaules : celle de l'enquête en cours sur ses anciens collègues, celle qui le placardise chaque jour davantage au sein de cette police nationale qui l'a tant fait rêver.

Coup de fil/1

Alain Gardère téléphone au directeur du *Point*, Franz-Olivier Giesbert, dont il sait qu'il connaît bien Marseille pour y venir régulièrement. Il s'emporte contre cette publication, sur un ton qui ne laisse planer aucun doute sur son degré d'irritation.

« Vous auriez dû m'appeler avant ! lance le préfet au patron de presse.

– Vous nous auriez dit de ne rien publier : c'est bien ça ?

– Non, j'aurais simplement dit au journaliste de patienter. »

Coup de fil/2

« Allô ? Salut, Sébastien, c'est Gilles Tachon. On a fait très fort, là ! »

Et l'ancien d'éclater d'un rire franc, visiblement réjoui par le retentissement du fracassant article paru dans *Le Point*.

Coup de fil/3

Le téléphone de Sébastien Bennardo sonne à nouveau. Ce n'est pas le camarade Tachon, mais le préfet Alain Gardère qui, lui, ne rit pas, mais alors pas du tout !

« C'est Alain Gardère. Soyez ce soir dans mon bureau à 18 heures.

– Je ne peux pas...

– Je suis très mécontent, vous savez !

– Mais ce n'est pas moi !

– Vous en avez parlé à Tachon ?

– Oui, un peu, mais regardez : ça ne correspond pas tout à fait à la réalité.

– Qu'est-ce qu'on fait, maintenant ? »

Rappel à l'ordre

27 janvier 2012. Pascal Lalle convoque les cadres de la police en poste dans les quartiers nord pour une mise au point cinglante. Une « remontée de bretelles », comme on dit dans le jargon, qui se déroule à l'hôtel de police, salle Biancardini, du nom d'un commissaire mort en service. En l'absence du préfet qui a estimé plus judicieux de se tenir à l'écart.

« Je vous ai réunis à la suite de cet article, leur déclare-t-il solennellement. Je vous ai toujours couverts. À partir de maintenant, je ne couvre plus. Si des têtes doivent tomber, ce seront les vôtres, pas la mienne. Le premier qui fait un faux pas, je le fous dehors. Je ne vais pas mettre ma carrière en jeu pour des fonctionnaires qui ne respectent pas les règles ! »

Le grand chef en profite-t-il pour mettre en garde contre l'homme à la Porsche blanche, Gilles Tachon ? Lui, l'affirme, mais ses sources sont-elles sûres ?

Témoin anonyme

28 janvier 2012. Le paysage marseillais vacille sous les coups des témoignages anonymes. Après la lettre visant le président du conseil général et son frère, après les dépositions sous X qui secouent la police, c'est au tour de l'omerta des cités de voler en éclats.

Un témoin est entendu ce jour-là par la brigade criminelle dans le cadre du triple assassinat du 25 décembre 2011. Comme tous les témoignages de ce type, le sien est à prendre avec des pincettes, sachant qu'il ne remplacera jamais, dans un dossier, les preuves matérielles. Mais le moins que l'on puisse dire est que l'homme providentiel corrobore la version reconstituée par le préfet :

> « Je souhaite témoigner aujourd'hui de manière anonyme, car je crains pour ma vie si mon identité était révélée, commence cette personne qui s'est présentée spontanément aux services de police.
> J'ai connaissance d'éléments concernant les auteurs du triple homicide qui a eu lieu le 25 décembre 2011 aux Pennes-Mirabeau.
> Malgré ma crainte, ce que je sais est trop grave pour ne pas être porté à votre connaissance, et ces crimes ne devraient pas rester impunis.
> Je connais les gens dont je vais citer les noms, parce que j'évolue dans le même quartier qu'eux. Dans les cités, les choses se savent, se racontent, mais personne n'ose parler à la police de peur de se faire tuer.

> Ces trois meurtres sont la conséquence d'une guerre que se livrent les trafiquants de stupéfiants dans les cités des Micocouliers et de Bassens, à Marseille.
> D'ailleurs, les trois victimes, Sonny, Nouri et Mohamed, faisaient partie du même réseau de stupéfiants dans la cité des Micocouliers, à Marseille.
> Ce trafic rapporte beaucoup d'argent et, par conséquent, attise les convoitises. »

Et la source de pointer du doigt le fameux Samy Ati qui aurait, à l'en croire, « mis un contrat sur la tête de Sonny et Nouri pour un montant de 150 000 euros, avec en prime le partage du réseau » :

> « Cela fait suite à un différend qui a opposé Samy à Sonny. En effet, quelques mois auparavant, Samy Ati a tiré sur Sonny qui n'avait pas été blessé, uniquement par chance. Sonny s'est défendu et a pu lui prendre son arme. Il lui a tiré dessus, le blessant aux jambes.
> À la suite de ces faits, Sonny et Nouri avaient assis leur position dans le trafic de shit, sur la cité, en prenant la part de Samy Ati. Ce dernier voulait se venger et reprendre le réseau à son compte. »

Pour le témoin, aucun doute : les jeunes sont morts parce qu'ils « voulaient prendre le réseau sans avoir personne au-dessus d'eux ». Ils ne voulaient rien payer aux gros trafiquants et ne donner d'enveloppes à personne, dit-il encore. Ils ne souhaitaient pas vendre de coke et ne voulaient pas que K., le beau-frère de Gros Dédé, soit associé à eux dans le réseau, ni rajouter de points [favoriser] aux frères Laribi ».

Mohamed Lamine et Mehdi Laribi ont le dos large, sans doute un peu trop à leur goût, mais le témoin sous « x » est formel : ils sont pour quelque chose dans l'élimination des trois jeunes, derrière le commissariat de Bassens, près de cette école désaffectée qui sert de « stand de tir » aux ados de la cité.

Pas sûr que tout cela suffise à emporter la conviction des jurés devant une cour d'assises.

Premier blessé

6 février 2012. Premier règlement de comptes de l'année.

Lieu : la cité des Micocouliers, dans le 14e arrondissement.

Victime : un homme de 34 ans, membre d'un réseau de trafic de stupéfiants.

Circonstances : atteint de plusieurs balles par un tireur armé d'un pistolet de 9 mm, il devrait survivre à ses blessures.

Les filets retombent

Les fonctionnaires de la BAC Nord ne sont pas idiots. Certes, l'intervention de leur grand chef, Pascal Lalle, les a un peu rassurés, mais ceux qui se sentent directement visés par les accusations rapportées par l'hebdomadaire *Le Point* font profil bas. Comme le ferait n'importe quel bandit un tant soit peu réfléchi, ils ne se servent plus de leurs téléphones que pour des échanges de banalités.

L'enquête va-t-elle capoter ? Le procureur de la République et le chef de l'Inspection générale ne sont pas loin de le penser, mais ils ont une certaine expérience en matière de « coups de chaud », comme on appelle ce genre de mauvaise passe. La meilleure technique consiste à laisser retomber les filets, autrement dit à relâcher les surveillances. L'adversaire reprend confiance et renoue avec le sentiment d'impunité qui l'habitait avant l'alerte. L'appât du gain, plus fort que tout, remonte à la surface. Comme l'alcoolique revient au verre, le ripou revient au billet. L'embellie est pour demain – ou après-demain…

En attendant, le commissaire divisionnaire Didier Cristini a un souci connexe à régler : le témoin a abordé dans son interview des faits anciens, qu'il comptait traiter plus tard, en rapport avec une affaire de meurtre suivie par la PJ de Marseille : l'exécution du jeune Lyès Gouasmia en septembre 2008. Pour dissiper toute ambiguïté et lui résumer la situation, le policier rédige une lettre au procureur de la République d'Aix-en-Provence, territorialement compétent, le 8 février 2012 :

> « Il s'agit de la divulgation hors du milieu policier de l'identité d'un informateur de la BAC Nord qui s'avérerait être Lyès Gouasmia, ayant préalablement dénoncé l'auteur d'un incendie de bus

très médiatisé [l'affaire Mama Galledou, en 2006]. Cette divulgation serait le fait d'éléments de la BAC Nord auprès du milieu des dealers, dans un contexte de "protection" policière imposée, faisant suite au service rendu. Un petit groupe de policiers directement intéressés au dynamisme du marché de la drogue dans lequel ils pratiquaient (et pratiqueraient toujours) des extorsions auraient considéré cette protection policière comme contraire à leurs intérêts, et auraient pris Gouasmia "en grippe". Par ailleurs, le meurtre de Gouasmia serait survenu très peu de temps après son passage éclair au siège de la BAC Nord. »

Et le commissaire d'évoquer ses sources qui, sans ouvrir la voie à un quelconque flagrant délit dans le volet « extorsions de fonds », lui semblent « de bonne foi » et souhaiteraient déposer, sans apparaître nominativement, si l'information judiciaire était rouverte.

L'IGPN, conclut-il, serait prête à reprendre l'enquête à partir des liens entre le défunt et la BAC Nord.

Les « daronnes », suite

La « daronne » revient frapper à la porte du préfet. Signe qu'elle a décidé de faire confiance à cet homme qui leur ouvre les portes de la République, elle est cette fois accompagnée de deux autres mères des quartiers nord. Elles ont à peine 50 ans, rient volontiers, mais portent sur leurs visages les traces de la douleur, celle d'avoir porté seules leur chagrin : toutes trois ont perdu un fils dont elles glissent la photo sous les yeux du préfet. Toutes trois racontent une histoire similaire : les pères ne se sont pas manifestés après la mort de leur enfant, comme s'ils avaient eu peur d'être rattrapés par la honte. Ils n'ont pas téléphoné, n'ont pas fait un geste, soucieux sans doute de ne pas endosser la moindre parcelle de responsabilité dans le parcours mortel de leur progéniture. Pour être tout à fait exact, précisons que l'un d'eux s'est réveillé, mais pour tenter de voir comment il pourrait être indemnisé après la perte de cet être « cher »...

Elles se débrouillent, les « daronnes », portent leur foyer avec les moyens du bord qui oscillent entre 100 et 900 euros par mois. Elles rêvent de quitter ces quartiers dont elles ne connaissent que trop les secrets. Les guetteurs qui interrogent tous les visiteurs qu'ils ne reconnaissent pas quand ceux-ci franchissent les frontières invisibles du quartier, elles ne les supportent plus. Mais c'est surtout habitées du fol espoir de faire reculer l'impunité dont semblent jouir les assassins de leurs fils, qu'elles se sont de nouveau présentées devant « Monsieur le Préfet ». Ceux-ci voguent à l'air libre sous leurs fenêtres, dans les allées de la cité, arrogants comme s'ils se sentaient invincibles. Elles ne veulent plus garder pour elles ce qu'elles savent. Et déposent en vrac leur fardeau sur les tapis de l'État.

Leurs fils n'étaient pas des anges, elles en conviennent, mais est-ce une raison pour laisser libres ceux qui leur ont tendu un piège avant de les tuer par balles et de les réduire en cendres ? Est-ce une raison pour ne pas tenter d'enrayer cette effroyable mécanique qui veut que les caïds recrutent les garçons dès l'âge de 13 ans, leurs offrent vêtements de marque et vacances aux sports d'hiver pour en faire des affidés, avant de leur proposer 100 euros par jour pour faire le guet ? Comment vivre en paix avec cet insupportable ballet sous leurs fenêtres ? Beaucoup se taisent ; pas elles : après la mort d'un fils, ces trois Marseillaises issues de l'immigration algérienne ne craignent plus rien, pas même les balles. Elles n'ont plus rien à perdre. Elles sont blindées. Et puis, elles forment une grande famille aux ramifications qui s'étendent dans plusieurs cités des quartiers nord.

« À Bassens, monsieur le préfet, il y a un policier qui peut tout arranger, attaque l'une des femmes. On l'appelle Patrick. Il avertit les jeunes dès qu'une opération policière se prépare, confie l'une des femmes.

– Ne vous occupez pas de ça, lui conseille le préfet ; c'est une autre histoire.

– On n'a plus confiance dans la police, monsieur le préfet. Les policiers parlent trop. Tout le monde sait ce que vous faites.

– Mais c'est moi qui commande la police ! Vous devez nous dire tout ce que vous savez ! »

Et les trois mères de dresser alors le portrait d'un des assassins présumés : un garçon qui passait pour « un peu instable », quand il était petit, « un peu pervers », aussi, pas toujours franc du regard…

L'enquête monte en puissance

Le commissaire divisionnaire Didier Cristini ne lâche pas, au contraire : il passe à la vitesse supérieure. Puisque les suspects font les malins, il va employer les grands moyens. L'idée, qu'il soumet au préfet, serait de sonoriser les véhicules administratifs. Pour commencer.

« Tu y vas un peu fort, non ? »

Passé l'effet de surprise, le préfet admet que c'est bien la seule solution, sauf à renoncer.

« D'accord, finit-il par dire. On va le faire. On va mettre Eddie Boutera dans la confidence et faire appel à des équipes venues de l'extérieur. Je m'en occupe. Pour les voitures, ça n'est pas très compliqué : elles sont régulièrement en révision. »

Eddie Boutera est l'un des responsables du Secrétariat général pour l'administration de la police (SGAP), chargé de l'intendance. Administrateur civil passé par l'ENA, il est à même de comprendre rapidement les enjeux de l'enquête en cours. Dès le lendemain, il est dans le bureau du préfet que baigne ce soleil qui perturbe les Parisiens habitués aux saisons plus tranchées.

« Voici, Eddie : j'ai besoin de votre discrétion. On pense que des policiers se livrent à des exactions dans les quartiers nord, mais j'insiste : personne n'est au courant. On doit passer à l'étape supérieure. On va faire de la technique. On va attendre que les voitures arrivent en révision et on va les équiper.

– Cela concerne combien de voitures ?

– On a ciblé des équipes, mais les véhicules tournent, alors elles y passeront toutes. On va aussi devoir sonoriser les bureaux, les vestiaires. »

Côté justice, le procureur de la République Jacques Dallest suit le mouvement : l'enquête préliminaire cède le pas à une information judiciaire en bonne et due forme avec désignation d'un juge d'instruction qui a déjà eu des ripoux en ligne de mire, Patricia Krummenacker, laquelle recevra bientôt le renfort de Caroline Charpentier, elle aussi connue pour sa pondération.

Zorro, l'homme à peine masqué qui rêvait d'une accélération des investigations sur ses anciens collègues, obtient satisfaction après avoir frôlé la catastrophe. Il tient une petite revanche, après tout le mépris dont il a souffert, lui dont ses collègues ont laissé entendre qu'il ne serait jamais qu'un demi-flic, un « baqueux » mi-portion. Un raté.

Dix kalachnikovs fleurissent

29 janvier 2012 vers 18 h 40. Scène de poursuite dans les quartiers nord, un dimanche après-midi. L'Audi A3 refuse le contrôle d'une équipe de la BAC à proximité de la cité du Vieux-Moulin (14e arrondissement). Seul à bord, le conducteur accélère, percute volontairement à plusieurs reprises le véhicule de la BAC, rate un virage, fracasse une roue contre un trottoir avant de finir sa course à l'entrée de la cité de la Paternelle. Il parvient à

s'enfuir à pied, semant les policiers à hauteur du bâtiment « Q ». Sauf que ceux-ci croient l'avoir reconnu. S'ils ne se trompent pas, il s'agit de Driss Oualane, né en 1987 à Marseille, fiché pour usage de stupéfiants, refus d'obtempérer, menaces d'atteintes aux personnes, outrage et violences à agent de la force publique. Le même qui leur a foncé dessus, quinze jours auparavant, au volant du même véhicule, toujours à proximité de la Paternelle.

Dans le coffre de la voiture faussement immatriculée, trois sacs en toile plastique tressée, bien rangés, dont le contenu était encore censé remplir les cimetières : dix kalachnikovs de type AK47, neuves pour certaines, dix chargeurs approvisionnés et dix chargeurs vides.

Après les revers, le succès. LA saisie. L'occasion, pour Pascal Lalle, Roland Gauze et Alain Gardère, de se réjouir, pour une fois.

Le préfet insiste auprès du directeur régional de la PJ pour que ces armes soient présentées à la presse. On hésite, parce qu'elles sont sous scellés, mais les réticences tombent : les occasions de se « faire du bien » sont trop rares pour qu'on les gâche.

Congratulations à l'Évêché

Presque trop beau pour y croire, et pourtant elles sont là, ces kalachnikovs, trophée pris à l'ennemi, que l'on expose sous les yeux de la presse ébahie, dans l'enceinte de l'Évêché, quartier général de la police judiciaire marseillaise.

Le procureur Jacques Dallest est de la cérémonie, flanqué du directeur de la PJ, Roland Gauze, de celui de la Sécurité publique, Pascal Lalle, et bien sûr du préfet.

Les fonctionnaires de la BAC sont présents pour recevoir les félicitations publiques de leurs supérieurs, satisfaits de célébrer « la plus grosse saisie faite en France depuis cinq ans ».

Mais, très vite, l'opérationnel reprend le dessus. Mission : loger le fugitif, un athlète qui a déjà filé entre les doigts de la PJ. Il faudra aussi élucider un mystère : *à qui* étaient destinées ces armes ? Arrivaient-elles à Marseille ? En partaient-elles ?

Lendemain de victoire

Comme par enchantement, donc, les équipes de la BAC Nord servent à leurs chefs une dizaine de kalachnikovs sur un plateau. L'occasion, pour ces équipes montrées du doigt, de se refaire une virginité à moindres frais ? De se montrer indispensables, en permettant à leurs chefs de briller, vieux stratagème qui ne vaut pas seulement dans la police ?

Depuis quand avaient-ils ce renseignement entre les mains ? L'ont-ils gardé sous le coude pour le déterrer en cas de coup dur ? Font-ils éclater l'affaire pour montrer ce dont ils sont capables ? Sont-ils à ce point machiavéliques ?

La concomitance entre le rappel à l'ordre et cette impressionnante saisie est trop visible pour ne pas inciter au moins à s'interroger…

Poignardé

12 février 2012. Premier mort de l'année.

Lieu : la cité Frais Vallon, dans le 13e arrondissement.

Victime : un homme de 31 ans sorti de prison le jour même, connu pour trafic de stupéfiants.

Circonstances : poignardé à huit reprises par plusieurs individus.

Course à pied, toujours

La hiérarchie attend des résultats. Parfois, elle ne regarde pas de très près comment ils ont été acquis. Il faut des arrestations, du ramassage, pour nourrir les statistiques. Les gars des BAC sont formidables pour ça. Ils ont une telle connaissance des quartiers qu'ils sont capables de fournir à la demande, ce qui, en passant, les met probablement à l'abri de toute inspection, voire de toute suspicion.

La hiérarchie a-t-elle une demande pressante ? Ils s'en vont secouer un indic, et ça tombe. Ils ont de bons résultats, donc ils sont bons.

Ils ont cependant commis une erreur, à la BAC jour : ils ont sous-estimé Sébastien Bennardo. Ils l'ont mis à l'écart en pensant qu'il allait exploser en vol après son premier conseil de discipline. Ils l'ont pris pour un « ADS », un adjoint de sécurité, autrement dit un « bleu »... Mais quand le cave se rebiffe, en général, ça saigne !

PJ

Alain Gardère a présenté en toute confiance plusieurs de ses « sources » aux investigateurs de la PJ, mais la manière dont sont menées les enquêtes criminelles le chiffonne.

« Si tu es là pour compter les morts, c'est pas la peine », l'entend-on dire au patron de la PJ marseillaise, en marge d'une réunion.

Comme son interlocuteur proteste, le préfet, un brin obsessionnel sur ce thème, précise sa pensée :

« La PJ est engluée dans ses méthodes de travail. Elle ne va pas assez vite. C'est un bel outil, mais vos méthodes ne correspondent pas à ce type de voyous. Mohamed, c'est pas Jacky Le Mat. Ils sont dans l'instant. Ils vont très vite. C'est ça, la nouveauté. Avant, il y avait des signes de préparatifs, mais là, quand ils vont buter un mec, il n'y a parfois plus aucun repérage. Il n'y a pas de signes avant-coureurs. On ne pourrait pas convoquer les mecs par anticipation avant qu'ils ne passent à l'acte ? »

Son interlocuteur lève les yeux au ciel, l'air de dire : À chacun son métier, et les voyous seront bien gardés...

« Ces enquêtes sur les règlements de comptes sont longues et compliquées, finit-il pas dire. On est dessus, mais ça bouge sans arrêt. »

Tour de magie ?

Les statistiques de la délinquance sont orientées à la baisse. Tour de magie en vue de l'élection présidentielle ?

Pour une part, cette nouvelle orientation est certainement due à la pression exercée par le chef sur les chefs, qui eux-mêmes la mettent sur les sous-chefs. Rien de tel qu'un bon coup de gueule pour colorer les tableaux de bord en vert.

Pour autant, certains chiffres sont difficilement compressibles, et la présence policière accrue dans le centre-ville produit un indéniable effet sur les courbes des vols à main armée, des agressions et des cambriolages. Difficile, en effet, de dissuader les victimes dans de tels cas, même en faisant en sorte qu'elles attendent trois heures avant d'être reçues au commissariat, comme c'est parfois le cas.

Le préfet a beau jeu de rappeler qu'il a été envoyé auprès des Marseillais pour infléchir la courbe des cambriolages et des vols à main armée, pas pour empêcher que des types se tuent pour une « carotte » (un vol) de shit.

Saint-Valentin

14 février 2012. Cela fait près d'un mois et demi que les marins de la SNCM (Société nationale maritime Corse Méditerranée) occupent ce navire que la compagnie veut dédier au fret. Alors que les CRS montent à bord pour procéder à leur expulsion, un porte-parole des grévistes s'avance :

« Ça n'est pas correct, monsieur le préfet !

– Dépêchez vous, sortez de là ! réplique le haut fonctionnaire d'une voix déterminée. C'est la Saint-Valentin, aujourd'hui. Je vais appeler ma femme et je vais vous la passer. Vous allez lui expliquer pourquoi je ne suis pas avec elle à Paris, ce soir !

– Non, non, c'est bon, monsieur le préfet ! »

Et les marins d'abandonner le bord, non parce qu'ils craignaient les cris de Madame, mais parce que ces quelque quarante-cinq jours d'occupation les ont mis à genoux, et qu'il était temps pour eux de décrocher.

L'enquête

14 février 2012. Le commissaire Cristini rend compte des premières investigations au procureur de la République, et le moins qu'on puisse dire est que la pêche est difficile :

> « Aucune information opérationnelle n'a permis, dans le temps des écoutes, de déboucher sur la

révélation d'une infraction précise en cours de commission, écrit-il. L'écoute a subi la perturbation imputable à la diffusion, le 26 janvier 2012, d'un article paru dans le journal *Le Point*. (...) Cette diffusion, vite connue des policiers de la BAC Nord, a encore accru la méfiance qu'ils avaient vis-à-vis du téléphone. (...) À ce stade, il apparaît un certain nombre d'échanges téléphoniques qui, sans établir formellement des pratiques illicites, tendent à en accréditer la possibilité (gratuité imposée chez certains petits commerçants, allusions ou marques d'inquiétude en lien avec ce qui semble bien être des retenues partielles du contenu de “sacoches” de drogue et d'argent issu de la vente). »

Côté alimentaire, il semble que les équipes de la BAC jouent des coudes à la boulangerie où les pains au chocolat sont « gratuits ». Le vendeur de pizzas est lui aussi très sollicité, à entendre ce policier furieux : « Y a les îlotiers qui se sont gavés ! »

Les équipes se font également concurrence pour se fournir auprès du *Quick* et d'un autre établissement appelé *Le Bon Passeur*.

« Il lui avait dit : là c'est le plan du groupe B, personne y va, et l'autre il y va dès qu'il est seul !

– *Le Bon Passeur ?*

– Ouais, c'est le mien !

– Cet après-midi, je peux aller voir mon collègue du *Quick* ?

– Demande-lui les bouteilles de vin, le chocolat, les bonbons et les places de karting. »

L'arrivée d'une nouvelle collègue venant de Seine-Saint-Denis, un mois auparavant, a suscité une certaine méfiance dans les rangs de la BAC, à entendre cette réflexion captée au vol : « Ils ont intérêt à faire gaffe à tout ce qui se dit et compagnie, hein ! »

Pour autant, quelques jours plus tard, un bref échange laisse imaginer qu'ils ne ramènent pas, chaque fois, « tout le pognon » au service : « En plus, tu ramènes le pognon, comme ça il est content, lâche un policier.

– Hé oui, de temps en temps », répond son collègue avant d'éclater de rire.

Une conversation du 16 janvier laisse la même curieuse impression :

« Y a l'opération, mais le mec il a jeté la sacoche derrière, on ne sait pas qui l'a trouvée. (...) Les collègue de la CS [compagnie de sécurisation], ouais, apparemment (...). Alors qu'on aurait pu se caler tranquille, dit un fonctionnaire.

– Il y avait beaucoup dans la sacoche ? » demande son interlocuteur.

Ce même mois de janvier, les gradés ont manifestement évoqué au cours d'une réunion les « conneries » des fonctionnaires que l'un d'eux mentionne lors d'une discussion avec un gardien :

« J'y ai dit : toutes ces histoires de magouilles dans la cité, ça suffit !

– Je pense qu'ils y avaient pris goût, moi je m'en passe », répond le gardien qui, visiblement, n'en croque pas.

Le 27 janvier, deux autres policiers commentent brièvement l'article paru dans *Le Point* :

« T'es au courant d'un article... les ripoux de la BAC Nord ?

– Il dit quoi ?

– Des généralités.

– Ça a fini par transpirer ? »

La conversation s'arrête brusquement, comme si les deux hommes avaient décidé de la poursuivre autrement.

Alors que les effectifs sont convoqués par le directeur départemental, Pascal Lalle, à la suite du fameux article, l'un des fonctionnaires écoutés formule un délicieux pronostic :

« On va se faire démonter le cul... J'espère qu'il y a pas eu des transpirations ! »

Dans son rapport, le commissaire divisionnaire Didier Cristini mentionne également une nouvelle dénonciation parvenue au commissariat d'Aubagne par le biais de la voisine d'un des policiers de la BAC Nord, mise au courant de « vols » par la mère de l'ex-femme du fonctionnaire. À entendre ce bref échange, toujours en date du 27 janvier, certains sont déjà au courant :

« La femme qui a déposé à Aubagne, elle incrimine un fonctionnaire de la BAC qui, systématiquement, envoie les mains dans les sacoches et qui ramène du produit chez lui, dit l'un.

– Ah, et comment elle le connaît ? demande son interlocuteur pour qui le reste du propos ne semble pas poser de problème majeur. Elle désigne pas son nom ? Elle est allée au commissariat, alors ? »

L'affaire de l'indicateur assassiné, Lyès Gouasmia, surgit au détour d'une conversation, le 1er février, lorsqu'un ancien de la BAC vient aux nouvelles :

« C'est drôle que les anciens, on soit pas convoqués, hein, tu vois ce que je veux dire ? On parle des années où y avait Sandra, alors tu vois ce que je veux dire ? »

L'autre voit très bien : Sandra n'est autre que la fonctionnaire qui a reçu l'information sur l'agression subie par la jeune Mama Galedou.

« Dépôt de plainte pour diffamation ! réplique-t-il en éclatant de rire.

– Ça parlait que de l'autre, des Oliviers, ce qui fait que la BAC Nord l'a balancé à des caïds de la cité : c'est pour ça qu'il a été tué, ma foi.

– Bien sûr, eh ouais, ma foi, écoute, ça va : bon, on verra, je te dirai. »

Dernières cartouches à verser au dossier : cette conversation où la quantité de shit saisie à la cité de la Solidarité semble passer, en quelques heures, de huit à trois kilos, ou encore cette autre où le nombre de barrettes récupérées à la cité Bassens fond comme la calotte glaciaire sous l'effet du réchauffement climatique ; ou encore ce SMS envoyé à un fonctionnaire de la BAC par son amoureuse :

« Flic pourri... après tous tes vols et tes coups tordus ! »

Le RAID en renfort

Le directeur général de la police, Frédéric Péchenard, a tranché : la police des polices disposera des moyens de mener à bien son enquête. Le RAID est mobilisé, quelques-uns de ses techniciens seront envoyés discrètement à Marseille pour poser des micros dans les voitures de la BAC, mais aussi dans leurs bureaux, vestiaires compris. Cela fait partie de leur métier au même titre que la neutralisation des forcenés ou des terroristes.

Les premiers ne tardent pas à faire le déplacement. Ils se glissent dans les garages de la police à la faveur de la nuit pour ne croiser personne.

L'une après l'autre, les Ford Focus, Ford Mondeo et autres Mégane de la BAC font halte dans les ateliers du SGAP. Le matériel utilisé a déjà fait ses preuves dans le cadre des enquêtes les plus pointues de la PJ, passée depuis longtemps de l'ère des bandes magnétiques à l'informatique. Des heures de conversation tiennent désormais en quelques octets.

Les voitures, tous les flics le savent, c'est l'endroit où on se lâche. On se croit à l'abri des oreilles indiscrètes, alors on dit tout le mal que l'on pense des chefs, on se confie, on tombe le masque, on partage son intimité, sa vie quotidienne, ses histoires de famille ou de couple.

Merlan mitraillé

24 février 2012. Cité du Mail, dans le quartier du Merlan (14e). Le pistolet-mitrailleur est de retour, avec une vingtaine de coups de feu tirés. Bilan : un mort et un blessé, respectivement âgés de 21 ans et 19 ans.

Sur la scène de crime, on s'affaire. Les rôles sont bien répartis, les gestes rodés. Comme pour mieux tenir à distance les sentiments et enfouir au fond de soi toute manifestation de dégoût ou d'horreur, chacun assume sa tâche avec le plus de professionnalisme possible. Les pompiers font de leur mieux pour ranimer le blessé ; Roland Gauze soutient ses enquêteurs ; Pascal Lalle s'emploie avec ses effectifs à tenir la foule à distance, surtout quand l'ambiance s'électrise ; Alain Gardère se veut le visage de l'État.

En l'occurrence, il tente le dialogue :

« Je vous serre la main si vous me dites ce qui s'est passé, lance-t-il à un jeune planté non loin de la scène de crime.

– J'ai rien vu.

– Quel âge vous avez ?

– 19 ans. On a vu un mec arriver en scooter, on a eu peur.

– Chaque fois que vous voyez un mec arriver en scooter, vous avez peur ? Mon fils, quand il voit un scooter, il ne part pas en courant.

– (Silence.)

– Écoutez, jeune homme, vous avez 19 ans, mais je suis au regret de vous dire que vous allez mourir bientôt ! »

Fin de l'échange que le jeune protagoniste résume ainsi à un fonctionnaire présent sur les lieux : « Il m'a parlé sévèrement. »

Sévèrement, peut-être, mais l'a-t-il vraiment convaincu ?

Déjà Alain Gardère se tourne vers un autre garçon assis par terre, dont on lui dit qu'il a réchappé lui aussi à la mort.

« Il ne fait pas bon être de vos amis ! lui lance-t-il.

– Hein ?

– Vous ne trouvez pas que c'est bizarre ? Il y a quelques jours déjà, un de vos amis se fait tuer. Et aujourd'hui, un autre… »

Le jeune ne répond pas.

Course à pied, encore et encore

Franchir la ligne jaune, pour un poulet, n'est pas si facile. Un flic, par définition, est respectueux de l'ordre. Ceux de la BAC l'ont (apparemment) franchie en groupe. Les résultats des premiers audits internes les ont confortés : ils ont une confiance aveugle dans leur système, leur organisation. Ils ont appris à donner le change, à montrer le visage de la normalité pour dissiper les soupçons. C'est pourquoi cette enquête sera si difficile. Ces hommes-là ont trop de « cadavres » en commun pour présenter la moindre faille. Ils sont capables de vivre en totale autarcie…

Les idiots !

Moralement, cette affaire est poisseuse.

On doit résister à la tentation. C'est dans les gènes ; sinon, on n'est pas poulet. On est voyou. Cette rigueur, on l'a ou on ne l'a pas en soi. En « judiciaire » comme dans l'activité quotidienne, cette ligne-là est infranchissable. Elle fait partie du policier, de sa vie. On peut se retrouver dans son bureau avec des millions d'euros – putain, ça en fait, du pognon !!! – et appeler la Banque de France pour qu'elle vienne le récupérer.

Vie de chien

Contrôle banal dans les quartiers nord, aux alentours de Bassens, où l'œil avisé mesure la grandeur et la misère de ceux qui règnent sur le trafic de stupéfiants.

Le jeune homme sur lequel les policiers ont jeté leur dévolu porte un gilet pare-balles. Frère de l'un des caïds du quartier, il semble vivre dans la peur permanente de se faire tirer dessus, et pas par les « condés ». Certes, il arbore des vêtements de marque, mais, à part ça, il ne donne pas l'impression de jouir pleinement des supposés bénéfices du shit.

Une vie de chien ?

Caisse noire

L'histoire est racontée par Sébastien Bennardo, l'exclu de la BAC.

Une quinzaine de jours après son arrivée dans le service, avec son équipier il rate un dealer, mais ramasse par terre 200 euros.

De retour au service, le petit nouveau commence à rédiger un procès-verbal lorsque le chef pénètre dans la pièce :

« Vous faites quoi, là ?

– Un P-V.

– Vous avez trouvé quoi ?

– 200 euros.

– Mais vous êtes fou, ou quoi ? Ce qui est trouvé est trouvé. Allez, on met ça dans la caisse noire, et on n'en parle plus. »

À l'époque, raconte-t-il, Zorro n'avait pas encore remarqué que certains de ses collègues étaient abonnés aux fringues de luxe. Il ne se demandait pas si ces mêmes collègues se vantaient ou pas, lorsqu'ils disaient avoir attendu à la sortie du boulot, cagoules sur la tête, un collègue maghrébin qui leur avait « mal parlé à la radio ». Il ne savait pas que des policiers pouvaient eux aussi accéder à l'argent facile, vendre des barrettes de shit, favoriser un point de deal au détriment d'un autre en interpellant systématiquement les consommateurs et en leur donnant la « bonne » adresse…

Non, Sébastien Bennardo croyait naïvement que la BAC Nord, c'était le nec plus ultra de la police nationale.

Cocaïne et beaux quartiers

Ce n'est pas le printemps pour tout le monde. L'homme que surveille depuis plusieurs jours la brigade des stupéfiants n'a pas le profil des dealers des cités, mais c'est en enquêtant dans les quartiers nord que les enquêteurs l'ont détecté.

Il a une cinquantaine d'années et vit dans les beaux quartiers de la ville, du côté du Prado. Il passe partout, mais ne s'écarte jamais longtemps d'un garçon qui pourrait bien être son garde du corps. On le soupçonne de fournir de la cocaïne en grosses quantités au milieu maghrébin.

Ce jour-là, alors qu'ils sont plusieurs à lui tomber dessus dans la rue, le grossiste esquisse un petit sprint. Pas forcément son sport favori, au vu de sa silhouette un peu épaisse. Et puis, avec des tongs aux pieds, on ne peut pas battre des records de vitesse, même avec la peur au ventre.

« Je suis fait ! » concède l'homme dont le visage ne va cesser de s'assombrir au fur et à mesure qu'avancera la garde à vue : il y a en effet un risque certain que la justice fasse saisir sa maison.

La dame aux cigarettes

Responsable d'une petite association locale dans le centre de Marseille, Mme M., 45 ans, se passionne pour la prévention de la délinquance. C'est avec cette idée en tête qu'elle se permet, un jour, d'aborder le préfet délégué dans la rue alors qu'il semble se plaindre de voir les trottoirs envahis par des vendeurs à la sauvette.

« Mais ils ne font rien de mal, vous savez, dit la dame, prenant la défense de ce commerce sans patente.

– Ils vendent de la contrefaçon. »

Très vite, l'entreprenante citoyenne en vient au fait : elle voudrait bien toucher une petite subvention. Combien ? Avec 25 000 euros, elle serait aux anges et s'engagerait avec toute l'énergie dont elle est capable dans la prévention…

« Est-ce que je peux venir un jour vous en parler, monsieur le préfet ?

– Venez quand vous voulez. »

Est-ce la manière directe qu'elle a eue de l'aborder ? Alain Gardère ouvre ses portes à cette femme qui débarque dès le lendemain à la préfecture.

« C'est la première fois que j'entre dans le bureau d'un préfet…

– Asseyez-vous, vous boirez un café ? »

Le préfet délégué n'en est pas à faire raccompagner sa visiteuse en voiture jusque dans son quartier, mais on n'en est pas loin. Car la dame n'est pas seulement sympathique : elle se propose de mettre du carburant dans le moteur de la police.

Ainsi, elle fournit des détails très précis sur un trafic de cigarettes, du côté du port, orchestré par des marins, sur quoi ne tardent pas à travailler les Douanes.

« Si vous voulez, je vais aller acheter des cigarettes au port pour vous montrer comment ça fonctionne.

– Ne faites pas ça, madame. Vous m'apportez l'information, c'est bien ; mais le reste n'est pas votre job. Revenez me voir quand vous voudrez. »

Cercle des nageurs

Le Cercle des nageurs, c'est « *the place to be* » à Marseille. Quand ils cherchent à s'inscrire, on fait même attendre les préfets, dit-on.

Toujours animé par le désir de n'être jamais entraîné sur une pente qu'il n'a pas choisie, Alain Gardère se tient à l'écart de ce bassin à la mode situé au bout du Vieux-Port. Pour nager, il a un plan B : la mer, du côté de Cassis.

Police pas si secrète

À Marseille plus qu'ailleurs, la police multiplie les précautions quand elle prépare une « descente » dans tel ou tel quartier. À Marseille plus qu'ailleurs, elle « cloisonne » pour tenter de conserver un minimum de discrétion. Est-ce intentionnellement que les fonctionnaires parlent ? Pas forcément, mais l'« effet village » est visible tous les jours : à peine lâchée, une information rebondit de foyer en foyer jusqu'à tomber dans l'oreille de celui qui ne devrait pas savoir.

Tous les chefs de la police ont intégré cette porosité. Ils vivent avec. Ils ont définitivement admis que leur « maison » n'était pas étanche. C'est pourquoi, lorsque l'Inspection générale de la police nationale envoie des renforts depuis la capitale pour boucler une enquête, pas un policier local n'est en général dans la confidence…

Le cerveau

1er mars 2012. Règlement de comptes à la cité Air Bel, dans le 11e arrondissement.

Il fait sombre lorsque Alain Gardère arrive sur les lieux. La tension est palpable. Des cris fusent. Des policiers en tenue forment un cordon pour empêcher les gens d'emprunter l'escalier qui permet d'accéder au premier étage où se trouve la scène de crime, un « local associatif ». On indique un passage au préfet : un couloir à peine éclairé.

À l'intérieur du « local », les tables recouvertes de feutrine verte évoquent un cercle de jeux. Clandestin, bien sûr. Un comptoir en bois. Quelques chaises.

Kalachnikov ? Oui, à en juger par les dégâts. Un homme a fait irruption dans les lieux, lui explique-t-on. Il a immédiatement tiré sur le « blackos » qui gît sur le sol. La balle l'a traversé pour aller toucher au thorax une femme de 42 ans qui se trouvait derrière lui. Avant de partir, le tireur a achevé sa cible d'une balle en pleine tête pour être sûr qu'elle ne se relève jamais ; d'où cette matière cervicale répandue sur le sol, autour de lui.

Un fonctionnaire tente une mince diversion, histoire de remettre tout le monde d'équerre :

« Tu vois, on dit qu'ils n'ont rien dans la tête : maintenant, on est au moins sûr d'une chose, c'est qu'ils ont un cerveau.

– Il va lui falloir un Efferalgan », lâche un de ses collègues.

Le mobile ? La victime, âgée de 25 ans, aurait « carotté » un complice lors d'une transaction.

Le spectacle étant en réalité insoutenable, un policier rappelle une anecdote tirée d'un dossier récent. Évoquant au téléphone le meurtre qu'il venait de commettre, un tueur glisse à son ami : « On a été gentil avec lui, on lui a fait boire un verre de Coca avant de le tuer. » Sympas, les garçons !

Zinelabedine : tel était le prénom de la victime du jour. Connu pour vol à main armée.

Devenu préfet, Alain Gardère avait dit à sa femme : « Enfin, je ne vais plus voir de cadavres. » De toute évidence, c'est raté. Il ne s'en demande pas moins ce qui peut motiver une telle haine. Le tireur était-il sous l'empire de produits stupéfiants ? La vie humaine est-elle le cadet de leurs valeurs, très loin derrière l'argent ?

Le préfet redescend dans la rue où la tension est à son comble. Les policiers retiennent un jeune plus virulent que les autres. Un père de famille s'approche, la cinquantaine, il refuse de fournir la moindre explication, mais demande que l'on fasse cesser cette tuerie.

« Passez me voir à la préfecture », suggère le préfet, toujours prompt à nouer des liens avec ceux qui semblent avoir des choses à dire.

Le ministre

5 mars 2012. Trois morts en deux jours à moins d'un mois du premier tour de l'élection pré-

sidentielle : le ministre de l'Intérieur est de retour dans la capitale du Sud.

« 71 % des homicides ont abouti l'an dernier à l'interpellation de leurs auteurs, affirme Claude Guéant. Le sentiment de sécurité est revenu à Marseille pour la délinquance quotidienne. »

Une réunion de comité d'intérêts de quartiers dans un secteur pas trop ravagé, suivi d'une incursion à la cité Font-Vert (14e) : le ministre est sur le terrain. « Il n'y a pas de territoire interdit à la police ! » s'exclame-t-il, encadré par les forces de l'ordre.

« Claude Guéant adore Marseille », ironisera le lendemain *La Provence*.

Re-Zorro

Sébastien Bennardo avait rejoint ce qu'il considérait comme la plus belle unité : la BAC. Il a vu ce qu'il n'aurait pas dû voir. Il a cru comprendre que ses collègues avaient bifurqué, et s'est refusé à les suivre. Il a été rejeté parce qu'il était trop indépendant à leurs yeux. À l'entendre, il a été humilié, parce qu'il représentait un danger pour eux. Ils auraient mieux fait de l'amadouer, car, aujourd'hui, il est le meilleur allié des enquêteurs. Celui par qui le scandale se dessine depuis que le préfet l'a mis dans les bras du commissaire divisionnaire Didier Cristini.

Alain Gardère a pris ses distances pour qu'il ne soit pas dit dans tout Marseille qu'il a travaillé avec ce fonctionnaire sanctionné par un premier conseil de discipline. Dans quelques jours, il va en effet peut-être devoir signer la révocation de ce jeune fonctionnaire qui concentre sur lui tout ce que les gars de la BAC ont de haine en réserve. Car une nouvelle affaire disciplinaire pend au cou de Sébastien Bennardo.

La version officielle n'est pas à son avantage. Il aurait mis ses jeunes collègues en danger en allant arrêter un dealer hors de ses heures de service, sans en référer à ses chefs. Pour compliquer la chose, il s'est trompé de cible, son indic n'ayant pas été assez précis. Une fois la proie ramenée au commissariat, il s'est aperçu de sa bévue. Il a raccompagné le gars jusqu'à sa cité, sans s'embarrasser du moindre formulaire. En chemin, pour ne pas qu'il ait d'ennuis avec ses camarades de « jeu », il lui a rendu les barrettes de shit que le garçon lui avait de lui-même remis.

L'histoire remonte au mois de juillet 2011. Relégué dans un commissariat « pourri » des quartiers nord, coupé du seul métier qui vaille à ses yeux, celui de chasseur, Sébastien Bennardo se laisse alors bercer par les promesses des collègues de la brigade de répression du banditisme (BRB) qui usent apparemment de son savoir-faire. Il se remet à travailler, renoue avec les bonnes notes, tout en rendant service à ses aînés de l'Évêché qu'un jour, peut-être, il rejoindra, couvert de lauriers. Avec l'aval de son capitaine, du moins le croit-il. Jusqu'à ce jour où la BRB cherche à localiser un homme recherché pour trafic de stupéfiants, Samir T.

Alors qu'il se rend à son travail, le 5 juillet 2011, Sébastien Bennardo reçoit un message de l'un de ses informateurs. Il lui signale la présence de la personne recherchée à la cité de la Busserine. « Je peux venir le chercher avec des gars en tenue ? » demande le policier. « Pas de souci. »

Il est 11 h 40. Sébastien Bennardo prend normalement son service à midi, mais l'« objectif » pourrait rapidement bouger. Sur-le-champ, embarquant avec lui une jeune femme, membre de son service, et quelques collègues de l'équipe du matin déjà en tenue, Zorro fonce sur les lieux au volant de sa propre voiture, par souci de discrétion.

> « Devant le hall du bâtiment, un seul individu est présent, écrira plus tard le policier pour sa défense. Il correspond en tout point au signalement donné par mon indic.
> Lors de notre interpellation, je fais usage de mon brassard police et nous déclinons notre qualité de policier. L'individu nous déclare spontanément avoir caché des barrettes de résine de cannabis dans une boîte aux lettres et nous demande de ne pas les laisser sur place.
> Nous l'appréhendons et le ramenons au commissariat avec un effectif en tenue, venu nous soutenir. Nous montons prendre notre service et nous équiper pendant que les fonctionnaires du matin effectuent les vérifications.
> Lorsque nous redescendons, le chef m'informe qu'un membre de la famille a ramené une carte d'identité, et qu'il ne s'agit pas de l'objectif recherché.

J'appelle le chef de groupe de la BRB ; celui-ci me demande si je peux remettre l'individu en liberté, car cela risque de faire capoter l'enquête, si ça ne gêne personne dans mon équipe.
N'étant pas à une interpellation près, je décide de le laisser libre.
À sa demande, je ramène le jeune dans la cité, et celui-ci s'engage à continuer à travailler avec moi afin que nous puissions interpeller plus tard l'individu recherché.
Il me demande de lui restituer les dix barrettes de couleur brunâtre trouvées à ses côtés lors de l'interpellation, sinon il va être obligé de rembourser et aura du mal à justifier que nous l'ayons relâché.
Je lui rends alors les barrettes de shit et le laisse libre. »

Un petit dealer raccompagné chez lui en voiture de police avec son shit, c'était probablement du jamais vu, mais, dans les quartiers nord, tout est possible. Enfin presque : car, lorsqu'il revient au poste, Sébastien Bennardo est convoqué par le major. Le jeune fonctionnaire a beau jouer cartes sur table, son supérieur en réfère au directeur départemental, Pascal Lalle, avec la ferme intention de le « faire virer ».

Le lendemain, convocation devant le commissaire en charge de la Division Nord. Les reproches pleuvent. Non seulement Sébastien Bennardo n'a laissé aucun écrit sur les faits, mais il est intervenu sans son arme ni son gilet pare-balles. « J'ai agi à la demande de la BRB, répond-il avant d'appeler en renfort le code de déontologie : Tout policier est censé agir lorsqu'il voit un crime ou un délit flagrant se commettre sans pour autant réfléchir s'il porte son arme ou son gilet pare-balles ce jour-là. »

Après s'être entretenu avec le chef de la BRB, le commissaire réclame un avertissement, mais le directeur départemental ne l'entend pas de cette oreille : deux jours plus tard, Zorro atterrit dans un commissariat encore plus excentré, avec interdiction formelle de patrouiller sur la voie publique. L'entorse aux normes en vigueur est telle que le directeur de la Sécurité publique s'est même promis de réclamer la tête de Sébastien Bennardo devant le conseil de discipline... sans pour autant balayer complètement les accusations que porte celui-ci contre ses anciens collègues de la BAC.

Ce même mois de juillet 2011, Pascal Lalle a sorti des tiroirs de sa direction une note datant d'une vingtaine d'années, mais jamais mise en pratique, aux termes de laquelle nul ne peut rester plus de neuf ans dans un même service. De quoi provoquer un renouvellement des personnels de la BAC à défaut de les confondre. Un nettoyage par le haut, en quelque sorte, puisque les plus « capés » seraient appelés à de plus hautes fonctions, sous d'autres cieux... Décision qui a cependant le mérite, à ses yeux, d'en finir avec un système qui voyait les plus anciens prendre leurs galons dans le service et former les plus jeunes à leur image.

Au suivant

11 mars 2012. Quartier la Capelette, dans le 10e arrondissement. La troisième victime de l'année s'appelle Louis Scognamiglio. Aucune piste digne de ce nom, à part le lien entre le défunt et le banditisme traditionnel : l'homme fricotait avec des Gitans sédentarisés.

Sur les lieux du crime, en ce dimanche après-midi, l'ambiance est tendue dans ce quartier populaire. La famille (corse) de la victime est là. Une jeune femme tente de s'exprimer, mais quelqu'un l'invite fermement à garder le silence.

L'affaire sera-t-elle un jour résolue ? Les enquêteurs ont certes déjà leur petite idée, mais s'ils ne trouvent pas de preuve, si difficile que ce soit à admettre, on en restera là.

Le procureur

Résoudre les énigmes criminelles est d'autant plus difficile que les morts s'accumulent, encombrant de dossiers les bureaux des enquêteurs. Certains s'impatientent, sûrement à juste titre, et réclament des résultats tout de suite, mais la justice, elle, va à son rythme. Elle a sa propre logique qui n'est pas toujours celle du pouvoir en place, soucieux d'afficher des résultats au plus tôt pour rassurer ses électeurs.

« Le pouvoir se moque du verdict qui tombera trois ou quatre ans plus tard, parfois dans l'indifférence générale, observe le procureur de la République de Marseille, Jacques Dallest. La justice, elle, doit faire du chirurgical. Elle n'est pas là pour effectuer des rafles, ni pour incriminer un groupe de personnes, mais pour renvoyer des individus devant le tribunal. Quand on arrive à un taux d'élucidation de 50 % des règlements de comptes, c'est bien. Les auteurs organisent leur crime, puis il y a la loi du silence, sans oublier qu'un certain nombre d'auteurs meurent avant qu'on ne les confonde, ce qui fait encore baisser le taux. L'élucidation, pour nous, c'est une condamnation confirmée en appel ; pas la simple mise en examen de quelqu'un. »

Course à pied, toujours

Dès qu'ils sont plus d'un, ça parle. Et pourtant, rien ne sort ! Tout finit par se savoir, dans les cités, mais les enquêtes restent souvent dans l'impasse. Difficile à comprendre que la PJ peine autant à boucler ses dossiers, quand les cages d'escalier, elles, savent. Difficile à expliquer aux habitants qui finissent par croire, à tort, que la police ne fait pas son travail…

« On a mis sur écoute, mais ça donne rien. »

Telle est la phrase qui revient le plus souvent dans les réunions de flics.

Les moyens techniques ? La modernité ? On se demande parfois s'ils sont arrivés jusqu'à Marseille.

Les balises que l'on colle sous les voitures des voyous pour suivre leurs déplacements à distance sont bien trop lourdes : pas loin d'un kilo. Allez les surprendre, avec ça !

Souvenirs cuisants

La police marseillaise garde en mémoire une rocambolesque histoire de ripoux que l'on se raconte de préfet en chef de service. Elle met en scène deux gardiens de la paix dont l'un avait été le chauffeur du patron du commissariat central. D'une main, ils veillaient sur les geôles du palais de justice ; de l'autre, ils supervisaient l'*Extravagancia*, un club échangiste alors fameux en ville.

Un beau jour, le club se retrouve au bord de la faillite. L'ancien chauffeur se tourne naturellement vers le commissaire, devenu son ami. Bon vivant, comme on dit pour faire court, le patron ne se fait pas longtemps prier pour signer quelques chèques en blanc et dépanner son subordonné.

Malheureusement pour lui, une enquête est ouverte. Des policiers planquent aux abords de l'*Extravagancia*. Le premier véhicule qu'ils identifient n'est autre que celui d'une avocate, mais ils ne sont pas au bout de leurs surprises : la police fournit une bonne partie de la clientèle du club !

L'affaire a coûté cher au patron, puisqu'il a été révoqué et poursuivi pour… proxénétisme.

On raconte une autre histoire nettement plus sinistre. On dit que les rumeurs de corruption à la BAC remontent à plus de dix ans, qu'il en est régulièrement question dans les réunions, que les chefs « gèrent », mais qu'il ne sort jamais rien de bien sérieux de leurs enquêtes.

Une fois, pourtant, des policiers ont été renvoyés devant le tribunal correctionnel. Piégés par un faux vendeur à la sauvette téléguidé par la Sûreté départementale, ils étaient accusés de détourner les objets contrefaits saisis dans la rue, au lieu de les livrer aux Douanes. Ils se sont défendus en expliquant que les douaniers refusaient la marchandise, mais les magistrats n'ont pas admis cette explication.

L'un des policiers poursuivis s'est suicidé avant la date du procès en appel. Quant à celui qui les avait piégés, il a mal fini : promu à Monaco, il a succombé au miel des jeunes et jolies Russes avant d'être contraint à la démission.

Dîner en ville

Pour une fois, le préfet délégué s'autorise un dîner en ville. Rachida Dati est au Sofitel Marseille pour rencontrer des chefs d'entreprise. Il connaît l'ancienne garde des Sceaux pour avoir travaillé dans un bureau voisin du sien, place Beauvau, quand elle était conseiller du ministre de l'Intérieur Nicolas Sarkozy entre 2002 et 2004. Il ne pouvait décemment ignorer son passage en ville.

L'occasion de côtoyer l'autre ville : celle qui vit entre Prado et Corniche ignore à peu près tout des quartiers nord, comme la bourgeoisie parisienne ne connaît l'au-delà du périphérique que par ce qu'elle en voit à la télévision. Un territoire où il fait bon vivre et où le fracas des règlements de comptes ne parvient que par ricochets. Des ricochets qui, à la longue, peuvent faire mal, cependant, parce qu'un mort est tout de suite mis par les médias sur le compte de la ville de Marseille quand, à Paris, les scènes de crime sont le plus souvent situées hors les murs, à Orly, Stains, La Courneuve ou Sevran… Pas dans la capitale.

Le jour et la nuit

C'est à la faveur de la nuit qu'il arrive que des policiers dérivent çà et là, stimulés par les vapeurs de l'alcool ou les effets de la drogue.

Dans l'affaire des quartiers nord, au contraire, c'est le jour qu'ils donnent apparemment le « meilleur » d'eux-mêmes. L'explication est simple : la nuit, dans les quartiers, à part les règlements de comptes, il ne se passe rien. La nuit, les voyous cherchent la lumière : ils descendent vers le Vieux-Port et remplissent les discothèques à la mode. C'est le jour que travaillent les marchands de stupéfiants, à l'instar des boulangers ou des bijoutiers. C'est de jour que viennent les acheteurs et que se font les transactions. Si on est là pour prendre de l'argent, c'est donc le jour, et non pas la nuit, qu'il faut monter à l'assaut…

C'est plus risqué, mais ceux-là n'ont pas peur, apparemment, de la lumière du jour, peut-être parce que, dans ces quartiers excentrés, le soleil n'éclaire pas la rue de la même manière. Peut-être même, avec un peu de chance, considèrent-ils leurs exactions comme « normales ». Autrement dit : dans l'ordre des choses. D'autres ne l'ont-ils pas fait avant eux ? Et puis, surtout, ces dealers qu'ils ont déjà arrêtés au moins une dizaine de fois, pourquoi la justice ne les envoie-t-elle pas sous les verrous ? pourquoi les relâche-t-elle aussi vite ? À ce compte-là, autant se faire justice soi-même, non ?

Deux en un

16 mars 2012. Nouveau règlement de comptes, cette fois du côté de Simiane. Bilan : deux morts, dont l'un, sous réserve d'investigations plus poussées, pourrait être un certain Oualid K. et l'autre Karim D. Étranglés tous les deux avant calcination.

Le mobile ? Peut-être une réplique. Un frère qui vengerait son frère. Une vendetta de quartier déclenchée par la disparition de quatre-vingts kilos de résine de cannabis. Plausible, à défaut d'être certain, tant les arnaques sont quotidiennes dans les quartiers. C'est même la raison pour laquelle les bandes s'équipent de kalachnikovs : pour défendre leur marchandise contre d'éventuels prédateurs.

Une autre hypothèse surgit cependant assez rapidement. Seule l'une des deux victimes était visée, l'autre ayant été tuée par raccroc, si l'on peut dire.

Il s'agirait d'une vengeance après une sale bagarre, à la prison des Baumettes, au cours de laquelle le commanditaire n'avait pas eu le dessus. Dans l'incapacité de tuer celui qui l'avait « humilié », il aurait fait éliminer l'un de ses meilleurs amis.

Course à pied, suite

Doit-on accepter, peut-on accepter que, dans un pays démocratique, des individus défient impunément l'ordre républicain et s'exécutent ponctuellement au gré de leurs « différends », de leurs « litiges commerciaux », pour des histoires de territoires, des questions d'ego ou de basse vengeance ?

La réponse est évidemment non.

Mais la lutte est inégale. Les enquêteurs sont englués dans des procédures formelles quand les dealers et autres braqueurs, eux, changent de téléphone tous les jours, s'ils le veulent, de voiture plusieurs fois par jour, et ont autant de domiciles que de petites amies, d'amis, de cousins…

Comment inverser le cours des choses ?

Dans ses rêves, le préfet imagine le jour où tous les renseignements en rapport avec cette criminalité seront concentrés, analysés et portés à la connaissance des magistrats. Ils auraient la possibilité, en cas de menaces sérieuses, de convoquer au palais de justice les protagonistes du règlement de comptes projeté. Les intéressés seraient ainsi prévenus : s'il arrivait malheur à telle ou telle personne, ils seraient les premiers à devoir s'en expliquer.

Une sorte de mise en garde officielle qui limiterait peut-être le nombre de morts…

On peut toujours rêver, non ?

Les « daronnes », encore

Les « daronnes » ont deux fers au feu : Dieu et la police. Qui, de l'un ou de l'autre, arrêtera en premier les assassins de leurs fils ? Que le meilleur gagne, seraient-elles tentées de dire, mais, en vérité, elles croient plus en Dieu qu'en la police dont elles ne disent pas le plus grand bien.

« Ils frappent les gamins aux jambes, assure l'une des mères attablées dans un café proche de la préfecture, un jus de fruits devant elle. Ils se régalent, au hasard, pour se venger des insultes. Ils les coincent sur le stade, au-dessus de la cité, pour les tabasser et les dépouiller. Ils savent qu'ils ne vont pas se plaindre à leurs parents, ni à la police, puisque la police c'est eux ! Quand ils les emmènent au commissariat, au retour on les entend raconter : "Ils m'ont massacré et ils m'ont tout pris, ces bâtards !" Une fois, je suis intervenue parce qu'ils s'attaquaient à un gamin de 12 ans. "Ne vous mêlez pas de ça, ça vous regarde pas", m'a dit un des policiers. J'ai appelé la mère du gamin qui est descendue en hurlant. Ils étaient en train de le palper. La police, j'ai plus confiance. Si j'ai un problème, je les appelle pas. Les stups, le service des étrangers, le commissariat, ils prennent tous des sous. C'est fou ce qu'à Marseille tout est pourri ! Des ripoux, il y en a partout !

– On a été abandonnés à notre sort, renchérit son amie. On a pris l'habitude. On s'organise. On fait avec. On n'attend plus rien de qui que ce soit : la droite, la gauche, le milieu, c'est la même chose. Que font-ils pour nous autres, les femmes ?

– Certaines mères sont consentantes. J'en connais une, elle est bourrée d'or. Son fils lui a acheté un salon de beauté en Espagne. Celles qui n'acceptent pas ne vont pas attacher leur fils. J'ai essayé, avec le mien. Je pleurais dans tout le quartier quand je n'avais pas de nouvelles. Je l'ai quand même perdu. »

La police peut-elle vraiment arrêter celui qu'elle prétend être l'assassin de son fils, ce garçon dont elle affirme « qu'il se prend pour Dieu » ? « Il veut tous les réseaux pour lui, assure-t-elle encore. Il fait tuer les gens pour 30 000 euros. »

La mort fait partie de leur paysage, comme la mer. Elles savent le plus souvent d'où elle vient.

« Ils ont une connaissance incroyable des armes, grâce aux Playstations, poursuit-elle. Quand ils jouent, ils ont l'impression que c'est eux qui tuent. On ajoute un peu de coke, leur Mère Courage, et ils tuent en vrai. Ils sont sans pitié entre eux.

– C'est simple, l'interrompt son amie, pour éradiquer la violence il faut remettre l'uniforme à l'école et une présence militaire dans les cours. Les militaires, c'est le top. Il faudrait trois à quatre soldats par collège.

– L'uniforme, c'est bien. Un jour, mon fils a refusé d'aller à l'école parce qu'il avait pas le survêtement qu'il faut. Dans le quartier, c'est comme ça. La rentrée, c'est les tennis Nike, le survêtement Lacoste et le cartable Vuitton.

– On ne tue pas pour de l'argent ! Une vie, ça n'a pas de prix. C'est interdit. Ils pensent pas aux mères. Ils ont leurs sous, le reste ils s'en moquent ! Dommage qu'il n'y ait pas la peine de mort. C'est même écrit dans la Bible et dans le Coran : Œil pour œil, dent pour dent. »

Dieu, elles y reviennent toujours. À l'intention du préfet elles n'ont qu'un conseil : « Si vous comptez nettoyer Marseille, commencez par les commissariats ! »

Musique

Extrait d'une chanson écrite par Saïd M'Roumbaba, dit Soprano, rappeur français d'origine comorienne, né à Marseille en 1979, plusieurs disques d'or à son actif :

« *Regarde-moi je suis la France d'en bas*
Le chômage et la crise
Mec c'est moi qui les combats
Je vis au quotidien
Ce que tu ne connais pas, que tu ne comprends pas
(...)
Je me suis mis à bosser, agent de sécurité
C'était provisoire, pour assurer l'arrivée du bébé
Mais les années passaient, les factures s'entassaient
Je suis rentré dans une banque cagoulé, et j'ai crié
Regarde-moi, je suis la France d'en bas.... »

V

Rapetout

« Mais elle est belle, cette sacoche »

Entre les bruits de fond, les grésillements, la réverbération et les policiers qui parlent tous en même temps, les enregistrements audio réalisés secrètement dans les voitures de la BAC sont d'une médiocre qualité. Non seulement on ne comprend pas toujours de quoi il est question, mais les techniciens auront du mal à attribuer les propos à tel ou tel des locuteurs. Extraits :

« Je vois un mec descendre essoufflé. Je savais que c'était lui. Je le palpe. Il a rien. Il a 2 euros sur lui. Je suis remonté deux étages au-dessus. Derrière un meuble, t'as la sacoche…

– 'tain, c'est dommage.

– Dans la cave, je me suis dit : "C'est pas impossible d'avoir des armes et des trucs comme ça." T'avais une petite trappe ouverte, comme ça.

– Ouais, mais t'as vu, il la ferme jamais, la trappe.

– Le charbon[1], il avait ses papiers ?

– Le charb', ouais, mais le charbon il avait rien sur lui. Il était au (...) Je récupère, moi, le fric.

– Tu l'as niqué, le charbonneur ?

– Non, le charbonneur, je le récupère au septième étage, l'ascenseur part au neuvième étage.

– Si tu veux poser...

– Euh, non. »

La radio de bord grésille : « Vient de commettre un vol à l'arraché d'un téléphone. Chemin de Gibbes... »

« Hé merde, elle marche plus, la radio !

– Mais, euh... mais elle est belle, cette sacoche ! »

La radio : « Jeune homme. Brun, short rouge, tricot blanc, cheveux bouclés. Fuit à pied. »

« C'est ça, la sacoche ?

– Ouais.

– Putain, elle est énorme.

– Waouh !

– Énorme !

– Et la feuille de comptes ?

– J'ai même pas regardé partout.

– Tu crois qu'y a un livre de comptes à l'intérieur ?

– Oh, la sacoche elle me plaît, tu vois !

– 210 à 10.

– Oh, l'enculé ! »

1. On appelle « charbonneur », dans le jargon, celui qui vend les barrettes de shit au détail.

Partage

Combien de policiers de la BAC sont-ils concernés par de telles dérives ? Une partie ? la totalité ? Selon quelle fréquence se livrent-ils à leurs exactions ? Une fois de temps en temps ? Régulièrement ? Y a-t-il des habitués et des occasionnels ? Tous sont-ils à mettre dans le même sac ?

L'enquête se révèle un peu plus compliquée que prévu. Plus longue aussi, si l'on veut se donner une chance de constituer un dossier tant soit peu crédible aux yeux de la justice. Car, à l'heure de renvoyer ces fonctionnaires devant un tribunal, si l'affaire va jusqu'à son terme, il faudra désigner ceux qui semblent avoir eu de l'ascendant sur les autres, ceux qui se faisaient tirer l'oreille, ceux qui procédaient au partage du butin.

L'autre question que se posent les enquêteurs concerne la relation de ces fonctionnaires avec les dealers. Une chose est de les dépouiller quand se présente l'occasion de confisquer une sacoche bien bourrée de billets. Une autre est d'accorder une forme de protection permanente à des revendeurs. Autant le vol peut se démontrer, autant le fait de laisser en paix tel ou tel dealer peut être impossible à prouver.

La faiblesse des charges est déjà patente, mais que faire de plus sans éveiller les soupçons ? Les micros fonctionnent à plein dans les voitures, ils donnent des résultats, mais une partie seulement des pratiques des « baqueux » est mise en lumière.

Cauchemar

À force de vivre dans un monde de noirceur, les policiers de la BAC courent le risque de devenir plus noirs que les corbeaux. Dans l'obscurité, ils ne croisent que des « connards » qui passent leur temps à vendre du shit et à s'escroquer entre eux. Quand ils les arrêtent, cela ne sert à rien. Alors ils se mettent à leur piquer leur pognon. Pourquoi cet argent ne servirait-il pas à améliorer l'ordinaire des flics, plutôt qu'à enrichir encore un peu plus les dealers ? Dans un monde où règne la corruption, pourquoi seraient-ils au-dessus du lot ?

Si c'était resté anecdotique, cela n'aurait jamais transpiré. À quel moment sont-ils passés au stade industriel ? À cette échelle, ils mettent en péril l'ensemble de la police de sécurité de la ville.

Un cauchemar…

Face à eux, des gens issus de l'immigration qui prennent visiblement cette corruption pour une fatalité, une sorte de mal nécessaire. Les quartiers populaires offrent un écrin parfait pour ce genre de dérives. Dans les quartiers bourgeois, on connaît ses droits, on sait se défendre. C'est plus facile avec les faibles. On mise sur le rapport de force, la violence. On exploite la misère, les situations irrégulières, la fragilité des personnes. C'est comme ça, on l'a vu en banlieue parisienne, que des flics parviennent à s'offrir des filles à peu de frais, dans l'intimité des cars de police. Dépouiller de 500 euros un étranger sans papiers, cela se pratique dans toutes les polices du monde, pas seulement dans les républiques bananières…

Et, en plus, ils dorment bien, eux ! Ils ne voient même pas où est le mal.

Béchir

Pour se rendre dans les quartiers, le préfet troque sa voiture officielle pour une plus discrète Peugeot 308. La voiture est la première chose que l'on regarde, dans ces coins de la ville. La marque, le modèle, la puissance se portent comme le nez au milieu de la figure : ils vous classent, vous castent, font de vous un pauvre ou un nouveau riche, car l'entre-deux n'existe pas.

Quand ils « chassent », c'est simple : les flics de la BAC regardent d'abord les voitures. Pour eux, un caïd ne se trimballe pas en Clio. Un caïd a des chevaux dans son moteur et du style dans la carrosserie. En face, sans doute détecte-t-on avec la même célérité les véhicules de police, tous plus ou moins sur le même modèle.

Pour gagner l'appartement où il se rend ce soir-là pour dîner, le représentant de l'État n'a pas intérêt à afficher sa qualité. C'est une nouvelle soirée arabe qui l'attend, conviviale, détendue, également productive.

« Un verre de vin, monsieur le préfet ? »

La maison ne sert pas d'alcool, mais on fait exception pour l'hôte de marque.

Un convive s'apprête à faire une photo souvenir, mais Béchir, maître des lieux, s'interpose :

« Pas de photo du préfet chez moi, mon frère ! »

Les règles sont claires : Alain Gardère ne répond pas à l'invitation s'il se trouve, parmi les convives, une personne susceptible de trop parler. Seulement des amis. Et c'est ainsi que se racontent les cités alentour à l'oreille de ce haut fonctionnaire dont nul n'ignore qu'il a été envoyé à Marseille par le président de la République en personne, Nicolas Sarkozy, qui compte quelques admirateurs sur ces territoires. De cet homme qui donne l'impression de rompre avec l'impuissance ambiante, parce qu'il ne garde rien par-devers lui, au contraire : le chef du groupe « Crim' » chargé d'enquêter sur les règlements de comptes pourrait en attester, tout comme le directeur adjoint de la PJ, auxquels le préfet a présenté quelques personnes susceptibles de les éclairer sur diverses enquêtes en cours.

Délation ? Ces femmes et ces hommes aiment les quartiers nord autant que leur propre village d'origine. Ils y vivent et comptent bien y faire de vieux os. Ils attendent bien plus qu'on ne croit de la police avec laquelle ils sont prêts à tisser des liens amicaux, loin, bien loin des liens affairistes et passablement violents que certains fonctionnaires, affirment-ils, entretiennent avec les caïds des cités. La face sombre, aux antipodes de ce couscous entre amis.

Ce soir-là, parmi les convives, se trouve un jeune garçon dont les talents d'imitateur dépassent, au dire de deux personnes présentes, ceux d'un

Smaïn. Il parle d'une jolie femme dont un ami lui révèle qu'elle est « picarde ». « Je sais pas où est la Picardie, mais qu'est-ce que j'aime la Picardie ! » s'exclame-t-il.

On rit franchement, joyeusement, sans retenue. Parce qu'il est clair que ces gens ne sont pas en train d'essayer de se faire valoir, de négocier un quelconque sauf-conduit, comme c'est le cas avec le peuple des « indics ». Ils ne quêtent pas non plus la reconnaissance, ni les médailles, ni aucune promotion. Juste un lien. S'ils désignent telle ou telle famille qui tiendrait le trafic dans telle ou telle cité, c'est parce qu'ils en ont « ras le bol », selon les mots de l'un d'eux. Ils donnent un « coup de main » pour que ça s'arrange un peu. Si la police veut bien aller à l'angle de la rue T. et de la rue B., la nuit, elle verra la valse des cartons remplis de cartouches de cigarettes de contrebande…

Course, course…

On leur demande d'être sans cesse meilleurs, plus performants, d'avoir des informateurs, d'utiliser toute la palette de moyens à leur disposition, avec frais d'enquête s'il le faut…

Le cercle vertueux des BAC se serait-il transformé, au fil des mois, voire des années, en cercle vicieux ? À en croire les investigations en cours, quelque chose s'est vrillé au sein de ce service. Les a-t-on trop souvent mises à l'honneur, ces brigades ?

Quels que soient les défauts des humains, ces choses-là ne doivent pas arriver dans « notre » institution, songe Alain Gardère en battant le pavé. La police n'est-elle pas trop hiérarchisée ? Quelle est la part de responsabilité de ceux qui ont commandé la BAC Nord ? Depuis combien d'années ces mauvaises habitudes perdurent-elles ?

À la différence de la PJ, les BAC ne font pas dans l'investigation au long cours. Leur travail, c'est la voie publique, le « saute-dessus ». Ils pistent l'arracheur de DAB (distributeur automatique de billets), le braqueur.

Bien des grands dealers sont des indicateurs de la PJ, à tel point que l'on se demande parfois qui manipule qui. Avec les BAC, la baffe de trop est toujours possible, mais nul besoin de froisser la loi pour obtenir des résultats… On mesure leur efficacité au nombre de personnes qu'elles arrêtent et d'affaires qu'elles résolvent. Un dealer interpellé avec cent grammes de shit et 1 500 euros sur lui, c'est une « belle affaire ». C'est simple, plus que d'avoir à traiter avec des « indics ».

Normalement… Mais rien ne semble normal, dans ces quartiers…

« Jojo »

Nora Preziosi est inquiète pour son neveu, Ilyes Remadnia, dit « Jojo ». Elle s'en ouvre au préfet. Ne serait-il pas possible d'en venir à la solution radicale, autrement dit de le faire coffrer ? La famille a tout essayé, explique-t-elle. On lui a fourni un travail, mais « Jojo » n'a pas tenu le choc longtemps. On l'a envoyé dans le Gard, mais il est revenu sur le théâtre marseillais. Ce garçon aime trop la flambe. Rouler au volant de son Audi A3 le grise. Monter à Paris claquer 3 500 euros dans la journée pour renouveler sa garde-robe, c'est son bonheur. Il a beaucoup d'argent, assez pour avoir un jour caressé l'idée d'investir dans l'immobilier. On l'a vu réserver une chambre pour trois semaines au Sofitel, réglée en espèces : 5 000 euros minimum, pour y recevoir ses copines dans de beaux draps. Il a même réussi, dit-on, à se procurer la carte VIP que l'on réserve aux meilleurs clients. Pour un peu, « Jojo » en a peut-être une chez le vendeur de motos, celui chez qui les gars paient en liquide, en deux fois, de quoi donner envie à la PJ de planquer en face de l'échoppe...

« Fais quelque chose », insiste Nora Preziosi.

Le mettre en prison, estime sa tante, serait la meilleure manière de le protéger, mais l'enquête est en cours. Il faudrait encore patienter quelques jours, deux à trois semaines peut-être, avant que l'on puisse espérer le présenter à un juge qui l'enverra probablement sous les verrous... Mais « Jojo » est une anguille ; imprévisible, il n'est jamais là où on l'attend : un jour à Paris, le lendemain avec une maîtresse, puis avec une autre. Quand il ne se teint pas les cheveux en blond... Le genre de cible que la police risque de rater un certain nombre de fois avant de la coincer.

Comment en arrive-t-on là ? On ne peut récrire l'histoire, mais « Jojo » n'a jamais manqué de rien. Élevé parmi les femmes en l'absence du père, il a toujours été le roi de la maison. Il a quitté l'école il y a maintenant dix ans, à l'âge de 15 ans. « La rue est plus forte que les parents », dit Nora. La rue l'a avalé sans que la famille y puisse rien. Sans qu'elle comprenne vraiment, car le jeune garçon, plutôt intelligent, n'a jamais été arrêté pour autre chose qu'une conduite sans permis.

Caïd, « Jojo » ? Ses proches ne voient pas ou ne veulent pas voir qu'il inspire la crainte aux jeunes de Font-Vert, son quartier, et pas seulement parce que c'est un bon boxeur qui n'a pas peur de se battre. Grand séducteur, il aime Aznavour, Claude François, Mike Brant, mais aussi l'argent…

L'autre jour, Nora a reçu un coup de téléphone inquiétant. « Ton neveu, on veut le tuer », lui a dit l'inconnu. Elle l'a coincé quelques jours plus tard :

« C'est quoi, cette histoire, Jojo ?

– Tati, j'ai rien fait de mal, je te jure.

– Tu tuerais quelqu'un, toi ?

– Jamais j'enlèverai la vie à quelqu'un, jamais je ferai pleurer une mère, jamais, Tati ! »

Nora Preziosi les a vus naître, lui et les autres. Elle les connaît si bien que la gauche, dans le secteur, l'a affublée d'un surnom ravageur : « Mafiosa ». « Preziosi, c'est la patronne des voyous », disent ses adversaires pour la faire battre dans les urnes. Elle n'en continue pas moins de tout faire pour empêcher ces jeunes-là de mourir.

En voiture

C'était prévisible : les micros placés dans les voitures de la BAC offrent aux enquêteurs de la police des polices une vision plongeante sur l'intimité des équipes. Plongeante, mais aussi un brin dérangeante, car il serait faux de croire que le commissaire divisionnaire Didier Cristini se réjouit de ce qu'il entend.

Si son interprétation est la bonne – ce qui ne va pas de soi, s'agissant de conversations parfois difficile à décoder –, ces fonctionnaires confondent un peu leurs heures de travail et leurs courses : ils donnent l'impression de piocher dans les sacoches des dealers au gré des rencontres sur le terrain, pour satisfaire leurs besoins de consommation courante.

Un jour, c'est la réparation d'une télé que l'on compte bien faire payer aux vendeurs de shit ; le lendemain, le changement d'une pièce dans la voiture de l'épouse. Comme si, dans les quartiers nord, la prime était au coin de la rue, prête à être cueillie par le plus culotté. Comme si on pouvait rencontrer tous les jours le Père Noël au pied de la cité…

L'enquête prend un tour d'autant plus inattendu que certains, au premier rang desquels Alain Gardère, pensaient qu'après la publication d'un article dans la presse il n'y avait plus rien à attendre. Que les fonctionnaires échaudés multiplieraient les précautions, comme les voyous après un « coup de chaud ». Sauf que, dans la vraie vie, les voyous replongent toujours, et les ripoux ont en général bien du mal à changer leur fusil d'épaule tant ils sont convaincus que leur impunité est éternelle.

Première confirmation : il n'y a pas que le shit et l'argent qui les intéressent. Il y a aussi les cigarettes, comme en atteste cette scène de partage à bord d'un véhicule, immortalisée par un micro :

« Il en veut pas, euh…, R. ?

– Ça fait soixante chacun. Je crois qu'il est pas intéressé. Ouais, c'est bon. »

Un des fonctionnaires appelle un collègue au téléphone :

« T'embête pas, on fait soixante chacun. Tu peux passer quand tu veux. »

La conversation reprend à bord de la voiture :

« Tu sais, elles sont mieux, celles-là, que les Marlboro de la BAC ! »

Les ondes de la police couvrent leurs voix pendant plus de huit minutes, puis on entend :

« Pour information, qu'est-ce qu'il fait du carton ? Rien ne se perd, rien ne se gagne, tout se transforme !

– On aurait pu faire des défauts de permis. »

Le moteur rend un instant les paroles inaudibles, puis :

« Bon, allez, une dernière cartouche vers les « Olives », puis…

– Les « Olives », t'es pas jobard ?

– Non, les Olives, c'est un peu loin.

– Ça charbonne, on le fait, là ?

– C'est en bois, ici. Y a du chouf, là, du chouf, là-haut. À mon avis, c'est mort. Y bougent plus, hein, ou alors ils prendraient des risques.

– J'ai pas trouvé des Marlboro.

– Tu les as gardées ?

– Non, j'en veux pas.

– Les garder pour quelqu'un d'autre ?

– Ouais, avec toutes les cartouches qu'il y a là ! »

La dame aux cigarettes, suite

Elle a pris rendez-vous, elle s'est pomponnée comme pour assister à une cérémonie. Elle revient voir le préfet avec du « lourd », comme on dit dans la police. Autrement dit, une information solide, fiable, qui devrait permettre aux services de réaliser une affaire digne de ce nom.

De quoi s'agit-il ?

D'une escroquerie bien rodée au détriment des banques, tournant autour d'un talentueux faussaire capable de produire faux relevés de comptes bancaires, fausses attestations de logement, fausses factures en tout genre… Un homme d'une cinquantaine d'années ayant pour ainsi dire pignon sur rue. Une fois le dossier constitué, ses clients empruntent aisément avant de se déclarer en faillite quelque temps plus tard. Une véritable machine à créer de l'argent – assez facilement, qui plus est. Comme une ponction permanente qui vient affaiblir le système, alimentant une économie souterraine en pleine santé…

« Et il en fait beaucoup, à votre avis, des factures *pro forma*, votre magicien des faux documents ?

– Il est capable de monter un ou deux dossiers par jour. Vous voulez que je lui demande de m'en faire un, pour que vous voyiez la qualité ?

– Mais tout est noir, dans cette ville, ou quoi ? » ne peut s'empêcher de s'exclamer le haut fonctionnaire que la dame aux cigarettes en viendrait presque à rassurer. Si elle ne lui donne pas de nouvelles dans les semaines qui viennent, c'est probablement lui qui prendra l'initiative de l'appeler.

Loge

Les « baqueux » des quartiers nord fonctionnent en meute. Très refermés sur eux-mêmes, ils n'ont d'yeux que pour leur service, forcément le meilleur. Solidaires, ils jouent « collectif », un pour tous, tous pour un. Ensemble ils forcent la main à celui qui est censé les superviser : soit il les couvre, soit ses résultats chuteront, et il verra son plan de carrière flancher.

Leur ancien patron, Albert Plaza, a apparemment opté pour la première stratégie : bonhomme et affable, il a toujours couvert « ses » hommes. Son successeur, un capitaine, a choisi de mettre les pieds dans le plat : il s'est retrouvé sur la touche en moins d'un an, aspiré au sein de l'état-major, loin du terrain qui n'allait pas lui faire plus de cadeaux qu'il n'avait l'intention de lui en faire.

Les « baqueux » chassent en meute, mais leurs liens se renforcent hors des heures de boulot, autour de barbecues ou de projets de vacances en commun. Un peu comme des soldats, mais ce n'est pas la seule comparaison qui vient l'esprit. Les « baqueux » des quartiers nord forment une sorte de loge. Comme les francs-maçons, un secret les unit. Comme des « frères », ils se serrent les coudes, se reconnaissent entre eux et « travaillent tard le soir », comme on dit chez les francs-maçons. Comme dans ces clubs anglo-saxons, s'il y a un cadavre dans le placard, ils sont capables de garder le silence et d'égarer tout les Sherlock Holmes du pays.

Les « daronnes », derechef

Elles se sentent abandonnées par tout le monde : leurs maris, la police, l'État, ces trois femmes venues à la rencontre du préfet pour partager leurs malheurs.

Comme il s'y est engagé auprès d'elles, le préfet fait ce qui est en son pouvoir pour les aider à déménager. Pour le moment, sans succès ; néanmoins, plusieurs solutions se profilent…

Zorro, de nouveau

Sébastien Bennardo est une nouvelle fois dans le bureau du commissaire Cristini qui devance sa question :

« Pas d'inquiétude, le contrat tient toujours : vous témoignez et on vous aidera au maximum. »

Au menu, décryptage des conversations des fonctionnaires de la BAC dans les voitures. Pas si simple, tant ils semblent se comprendre à demi-mot, comme s'ils avaient inventé un langage qui leur soit propre, à force de « tourner » ensemble toute la journée.

« Je vous avais dit que tout se passait dans les voitures, s'emballe Sébastien Bennardo. C'est là qu'ils concluent les deals avec les personnes qu'ils arrêtent. C'est là qu'ils effectuent le partage… Vous saviez qu'il y avait toujours une sacoche pleine de shit, sur le bureau de l'officier ? C'est "pour les 'tontons'", disait-il quand on s'attardait dessus. »

Le témoin affine le tableau. Ses collègues volent trois à quatre sacoches par mois contenant en moyenne 10 000 euros chacune, soit cinq mois du salaire moyen d'un « baqueux ». Ils puisent allègrement, dans les scellés, divers objets qu'ils revendent, comme les cigarettes ou les objets contrefaits. Ils sont capables de monter un braquage comme de revendre du shit. Ils volent régulièrement du carburant à la pompe de la Division Nord, faisant en douce le plein de leurs propres véhicules. Ils déjeunent tous les midis au restaurant en opérant d'amicales pressions sur le restaurateur qui prétend leur apporter l'addition : « Tu veux un contrôle demain, ou quoi ? » Ils ne règlent pas davantage l'addition au *Quick* – « sinon, on te fait la misère ». Sans oublier de fumer du shit toute la journée…

À l'entendre, les ripoux du cinéaste Claude Zidi sont définitivement relégués au rang d'amateurs par les forcenés de la BAC de Marseille, flambeurs à leurs heures, fans de sacs Vuitton comme de sorties en mer dans le golfe de Saint-Tropez, et pas mécontents à l'idée de changer régulièrement de bagnole… Avec des arguments-choc à destination de toute nouvelle recrue :

« Tu travailles avec nous, ou on te balance ! »

Comme à l'intention des dealers :

« On est la BAC. T'es pas content, c'est pareil. Ou tu donnes, ou on te met un rouleau dans la poche et on te fait tomber. »

Et tant pis si le dépouillé doit se démener pour rembourser ses commanditaires sous peine de perdre plus gros encore !

« Vous avez déjà eu vent d'une affaire de ce type ? » interroge le commissaire.

Et l'ancien de la BAC de dérouler un de ses plus sinistres souvenirs : l'histoire de « Kindy », un jeune dealer originaire de la cité des Iris… qui exerce ses talents incognito aux Flamants. Un jour, il se fait voler sa sacoche, contenant environ 10 000 euros, par deux hommes se réclamant de la BAC. « BAC ou pas, lui dit le caïd local, tu dois rembourser. » Un matin lui vient l'idée de braquer le dealer installé au pied de sa propre cage d'escalier. Comme il ne peut le faire lui-même, il envoie un guetteur des Flamants, lequel rejoue le film à l'envers : « Police, personne ne bouge ! » Sauf qu'il se fait attraper et descendre à la cave en attendant le patron, un certain Fouad, qui lui arrache des aveux sous la torture : « C'est Kindy !

– Allez me chercher Kindy », ordonne le chef.

Facile, puisqu'ils ont grandi avec lui.

Transféré à son tour à la cave, le jeune homme a beau accabler la BAC, rien n'y fait : il meurt sous la torture. Une affaire restée sans suite, du moins pour la BAC.

Le commissaire divisionnaire parviendra-t-il à faire coller ces souvenirs avec la réalité ? Ces faits, s'ils se sont bien produits, sont-ils encore d'actualité ?

Appel du ministre

« Bonjour, monsieur Gardère, c'est Claude Guéant… »

Le ministre de l'Intérieur ne lâche pas son préfet délégué. Il se tient directement informé des investigations en cours sur le gang à la disqueuse impliqués dans la mort du policier Éric Lalès.

« On avait logé un des gars dans un appartement de Marseille, explique le préfet délégué. Je crois qu'il nous a échappé de très peu, mais le tuyau était bon. On l'aura, monsieur le ministre. Les gars de la PJ passent tous leurs week-ends autour de l'étang de Berre pour suivre les mouvements de la famille. »

On s'impatiente à Paris et l'approche du scrutin présidentiel n'y est sans doute pas pour rien.

Rafale

2 avril 2012. Il est autour de 21 heures lorsque le passager d'un puissant scooter met pied à terre pour se diriger, une kalachnikov à la main, vers le bar-tabac de l'Église, à Plan-de-Cuques. Trop de monde à l'intérieur : il renonce à braquer l'établissement et rejoint son complice, mais l'alerte est donnée.

Une patrouille de la BAC Sud, la plus proche, se met immédiatement en chasse, gyrophare allumé. Quelques minutes plus tard, alors que le conducteur double une file de voitures, le scooter arrive d'en face. Il tente de le bloquer, mais le deux-roues se faufile.

Pour être bien sûr de semer ses poursuivants, le passager pointe son arme vers eux et libère trois cartouches. Les projectiles frôlent la voiture de police et terminent leur course dans trois voitures en stationnement, face à la cité du Clos La Rose où ces armes de guerre ont déjà tué.

Hasard du calendrier : le préfet Alain Gardère rencontre le lendemain, à Aix-en-Provence, la famille d'un policier tétraplégique depuis le 3 mars 2010.

« Le métier de policier en sécurité publique est très difficile, dit-il au journaliste venu le questionner. Une fois encore, hier soir, nous en avons eu l'illustration. On a affaire à des individus complètement inconscients qui se lancent dans des braquages de rien du tout. C'est gravissime. »

Moitié-moitié

À bord de l'un des véhicules affectés à la BAC Nord, on parle gros sous et procès-verbal :

« Par contre, c'est passé à 36 000, dans le bureau il a dit 36 000, observe un fonctionnaire visiblement surpris par le montant de la somme.

– Y a 30 000 au début, alors qu'est-ce que tu mets dans le P-V ?

– Moi j'ai mis 30 000.

– Moi, c'est ce que j'ai noté sur les ondes.

– Il dit 30 000, je mets 30 000 ; il répète au service : y avait 30 000.

– Ouais, ouais.

– C'est ce qu'il m'a dit, au début.

– Lui, c'est un enculé.

– L'autre, le gros, tu pouvais le niquer comme tu voulais.

– L'autre, il est plus souple.

– Ouais, ouais, l'autre y fait : "On fait moitié-moitié, sérieux", il me dit.

– Ah ouais !!

– Après, il me dit "Je rigolais"... Par contre, il faut que je rajoute un truc pour le deuxième pain, parce qu'il dit qu'il est dans la voiture, et après on le remet, il était sous la tablette.

– Ah oui, mais je te dis que la première fois il déconnait pas, quand il a dit moitié-moitié... C'est pour ça que je voudrais enregistrer ce pédé. »

La conversation s'interrompt un moment, puis reprend :

« 40 000.

– Tu peux pas.

– On a regardé comme ça, vite fait.

– Une liasse, combien ? 1 000 ?

– Oh, je sais pas.

– C'est ça qu'il faut savoir.

– Y avait un gros truc, que des 10 euros, on a compté à peu près 5 000, tu vois, un gros paquet, après y avait des petites liasses, des grosses liasses.

– Maintenant il dit qu'il y a 36.

– Pour ça que, dans le P-V, bien acter que… parce que, tu vois ce que je veux dire…

– Parce que lui, c'est un gros enculé.

– Vous vous êtes servis, et maintenant il s'est dit : y a 36…

– Il s'est dit : vous m'avez niqué, maintenant je vais vous emmerder aussi. Lui, s'il joue sans faute, c'est un bel enculé, il veut te niquer.

– Il a trouvé un portable dans la voiture, il a dit : “C'est quoi, ça ? Il faudra qu'on discute, tout à l'heure.”

– De toute façon, moi, sur les ondes, j'ai annoncé 30 000.

– À moi il a proposé, mais chais pas s'il a proposé, à vous ?

– 4 500 chacun.

– Il m'a dit : “Vous prenez l'argent et vous me laissez partir.”

– On va bien voir avec les collègues s'il faut reprendre le P-V.

– On va leur donner la version.

– Non, parce que pour un rien, tu serais emmerdé.

– C'est un bel enculé.

– Bien sûr, il a vu qu'on trafiquait avec la voiture…

– 4 000 : 2 000 chacun. »

Les fenêtres sont ouvertes, le bruit intense, mais le décrypteur note : « Rires de plaisir ».

« Après tout, personne ne l'a compté ! »

Un peu plus tard, ils y reviennent encore :

« S'il y a deux cents grammes qui partent, je peux te dire : il y aura des billets qui vont partir, il va y avoir 1 000, 2 000 euros qui vont partir.

– Non, là, c'est de notre faute.

– Non, c'est caché, là.

– Il y avait V., il nous a obligés à rentrer.

– Il nous a fermé la porte au nez !

– Ah, c'est Rapetout ! Hé, hé !

– Putain !

– Il a une chauve-souris à côté de lui ! »

Patience…

Parfois le préfet aimerait suivre de plus près l'enquête sur les présumés corrompus de la BAC. Cette affaire-là l'occupe autant qu'elle le préoccupe. Est-ce que « ça parle », comme on dit dans le jargon ? Est-ce que les écoutes portent leurs fruits ?

Il se tient informé le plus souvent possible de l'avancée des investigations auprès de Didier Cristini. Et le commissaire divisionnaire reprend du poil de la bête. Grâce aux nouveaux moyens déployés, ça mord, plus sérieusement même qu'il ne l'aurait espéré.

Comme toujours, Alain Gardère voudrait accélérer le mouvement. Plus encore, cette fois, que les autres, car les policiers incriminés peuvent se révéler dangereux. Il a du mal à s'habituer à cette lenteur, mais quand on marche sur des œufs, comme c'est le cas, on peut difficilement courir le risque de « péter » l'affaire trop tôt et de la vider de toute substance exploitable…

Ce n'est pas qu'il voudrait connaître la clef de l'énigme, non, le préfet semble simplement redouter d'avoir raison. Il sait, comme Didier Cristini, que le scandale serait une catastrophe pour Marseille, une de plus. Pour l'image de la ville, mais aussi pour la police, car le jour où il faudra arrêter ces policiers, la perte d'image et d'efficacité sera importante, du moins pour le court terme.

« Jojo » est mort

5 avril 2012. Dans les cités, la mort n'attend pas. Ilyes Remadnia, dit « Jojo », 25 ans, est tué par balles par deux « individus » arrivés à moto dans une rue de la cité Font-Vert, son fief. Alors qu'il vient de mettre en marche sa voiture, une Audi A 3, vers 22 h 30, une « bastos » le touche à la gorge. Un meurtre sans bavure ni balles perdues, bref, sans kalachnikov. Lui n'avait aucune chance

de pouvoir riposter : il venait de rendre visite à sa tante. Sans arme.

Embrouille sur le marché des stupéfiants ? Rivalité amoureuse ? Quelques mois auparavant, « Jojo » s'était déjà fait tirer dessus à la sortie d'une boîte de nuit, mais il n'avait rien concédé au cours de son audition : il ne comprenait pas qui pouvait lui en vouloir. Il devait se rendre dix jours plus tard à Barcelone pour prendre livraison d'une vingtaine de kilos de shit. La PJ espérait bien le cueillir sur la route du retour et le mettre à l'ombre…

Nora Preziosi avait pleuré, au soir de la mort de Claude François, mais, cette fois, l'élue est touchée dans sa chair. Le père de l'enfant ayant déserté, lui aussi, elle a fait de son mieux pour le ramener dans un monde où l'on ne connaît les kalachnikovs que de nom, mais ce beau gosse au charisme certain a préféré la compagnie d'un « Lamine » Laribi, Mohamed pour l'état civil, né en 1989, présumé caïd de la cité Bassens, dont il passait pour l'un des fidèles lieutenants…

« Je gagne mieux ailleurs, avait-il encore lancé, il y a quelques mois, à un membre de sa famille, renonçant définitivement au monde “normal”.

– Tu sais que tu peux mourir ?

– Oui, je sais », s'était-il contenté de répondre.

Sa tante n'est pas la seule à vivre mal ce nouveau décès qu'elle a vu venir de loin. Alain Gardère regrettera longtemps de ne pas avoir rencontré le garçon. De ne pas avoir eu l'occasion de le regarder dans les yeux et de lui parler. À défaut d'avoir les moyens de le faire arrêter pour de bon, il aurait tenté de le convaincre de s'éloigner du quartier et de sa nocivité, de se mettre un peu au vert, au Maroc par exemple.

« Je suis désolé, confie-t-il ce soir-là à Nora. À quinze jours près, on l'arrêtait. »

Les marins-pompiers tentent vainement de réanimer le jeune homme, mais, comme on veut donner le change aux badauds qui s'attroupent, on fait comme s'il avait une chance de s'en sortir. Le charisme du défunt était tel, dans le quartier, que la moindre étincelle risque d'embraser la rue. Autant différer quelque peu l'annonce de la mauvaise nouvelle.

« Nora, sois forte, s'il te plaît », glisse le préfet à l'oreille de la tante effondrée.

Et elle joue le jeu pour apaiser la tension, laissant se répandre l'idée que « Jojo » est en réanimation, qu'il n'est pas encore mort.

Mais « Jojo » est bien mort, laissant derrière lui une trentaine de jeunes filles en larmes, mais pas un centime, pas l'ombre d'un trésor de guerre.

Re-course à pied

La police, c'est comme la danse de salon : un pas en avant, deux pas en arrière. On donne une baffe... on prend un coup de poing... on donne une baffe... on donne un coup de poing. Etc.

Et ces règlements de comptes qui n'en finissent pas de s'additionner ! Moralement usant, surtout quand on ne parvient pas à les résoudre sur le plan judiciaire…

Envie de dire : « Y en a marre ! On ne peut donc pas arrêter ça ? »

Difficile de se résoudre à ce fatalisme qui vous pousse, au moment de quitter les collègues sur les scènes de crime, à lâcher d'un air un brin désabusé : « Allez, au prochain réglo ! »

Jamais vu autant de cadavres dans une période aussi courte, et Dieu sait si, dans la Sécurité publique, entre les noyés, les découpés, les plantés et les pendus, on est copieusement servi, dans ce domaine !

Le pire, ce sont les cadavres en décomposition qui dégagent une forte odeur de mort. Les victimes de règlements de comptes, c'est autre chose : les pompiers s'affairent, entre défibrillateur et perfusions, pour tenter de maintenir un souffle de vie. L'odeur de sang est souvent très forte, les balles ont laissé une plaie béante, mais ce n'est pas insoutenable, du moins pour celui qui s'y est habitué. Car il y a bien une forme d'accoutumance.

« On partagera ? »

Nouvel enregistrement audio à bord d'une voiture de la BAC Nord. Au moins trois fonctionnaires impliqués. La discussion tourne autour du shit :

« Oh, je garde mon produit, je vais en prendre quelques-uns pour… Je garde rien sur moi. Je… je le planque pas chez moi. Et je garde rien pour les autres.

– Si y a du bon, tu prends pas ça. Tu lui donnes de la merde, à l'autre, ou pas ? Ça, c'est du bon.

– Non.

– On partagera ?

– Ouais, ouais, on partagera. On ira à la colline.

– Par contre, le sac, je le garde.

– Mais ouais, enlève-le, tout ça.

– Hé oui !

– Il est beau, le sac, hein… ?

– Tu fais quoi ?

– … Un beau sac. »

Quartiers nord, suite

Nombre de ceux que le préfet délégué croise sont attachés pour la vie à leur cité, comme Ismaël Zidane, le père du footballeur star. Ou comme ce « Momo » qu'il rencontre un dimanche après-midi, aussi amoureux de la cité qu'il est atteint d'une maladie rare qui lui atrophie les muscles. Ces regards généreux et sincères rendent plus insupportables encore les agissements de la poignée de dealers qui empoisonnent le climat. C'est pour cela que le préfet en veut plus encore que la veille à ceux de la BAC qui sont passés dans le camp des voyous. Marseille ne mérite pas ça.

Didier Cristini, chef d'antenne de l'IGPN, ne passe pas souvent la tête dans le bureau du préfet, mais c'est sûrement bon signe : on vient voir le préfet quand il y a un souci. Ce serait le cas si les investigations marquaient le pas. Sébastien Bennardo, alias Zorro, était encore dans les murs, il y a quelques jours, pour une nouvelle séance de travail et de décryptage. La police des polices ne peut « taper » sans savoir exactement où elle va. Elle prend plus de gants avec les collègues que d'autres avec les voyous, même si, à la fin, tous doivent subir le même traitement.

C'est d'autant plus délicat qu'une unité complète est visée. Des hommes soudés par ce secret qui est la clef de leur petite entreprise. Des hommes qui sont, les surveillances le montrent, « comme les doigts de la main ». Amis au boulot, potes dans le privé. Cul et chemise : sinon, cela ne fonctionnerait pas. La preuve en est donnée par ces trois anciens qui n'ont pas fait corps avec eux et qui aujourd'hui les accablent.

Le Vieux

Voyou d'une autre génération, 70 ans passés mais encore d'aplomb, Francis T., Marseillais depuis toujours, n'est pas franchement surpris quand on lui parle de corruption dans la police. C'est même, à ses yeux, dans l'ordre des choses, comme il l'explique à sa façon iconoclaste :

« Les condés, on les a toujours mouillés. C'est humain, je ne leur en veux pas. Ç'a toujours été comme ça. À notre époque, on était plus discrets dans nos affaires. On visait un peu plus haut dans la hiérarchie. Aujourd'hui, cela descend un peu plus bas. C'est l'époque qui est difficile. On est tous victimes de cette société de consommation. "Si les Arabes se gavent, pourquoi pas nous ?", voilà ce qu'ils se disent. Les policiers sont eux aussi obligés de consommer du matin au soir. Il faut s'acheter des Nike, mais le salaire ne suit pas... Le fait de voler est dans la nature humaine. Parce qu'ils sont de la police, ils devraient regarder passer l'argent ? Ces quartiers nord, les flics les vivent, eux aussi. Cet argent, ces bijoux, ces belles voitures, ça les fait bander. C'est pas plus compliqué que ça... »

Tir

11 avril 2012. Dans la famille Tir, on élimine cette fois Farid. Lieu du règlement de comptes : avenue Édouard-Vaillant, dans le 3e arrondissement.

Officiellement commerçant de son état, la victime, âgée de 39 ans, était le dernier membre (actif) de cette grande famille en liberté ; les autres sont en prison, ou au cimetière.

Un mort et deux pêcheurs

12 avril 2012. Le dîner du préfet est interrompu par un appel téléphonique : un nouveau règlement de comptes est signalé. Pas dans les quartiers nord, pour une fois, mais au sud.

La victime gît au pied de sa voiture stationnée sur un parking désert, au bord de la mer, du côté des Goudes (8e arrondissement).

Arme utilisée : kalachnikov, encore. Nom de la victime : Karim Anani. Âge : 26 ans. Mobile présumé : un conflit larvé entre deux cités, la Cayolle et la Soude.

Le lieu, au bout du bout de la ville, est plutôt isolé. Dans sa Clio sport de couleur noire, le gars est truffé de plomb. La police judiciaire est déjà sur place et procède aux premières constatations.

Alain Gardère avise deux pêcheurs installés en contrebas, repérables de loin avec leurs cannes fluorescentes. Il s'approche :

« Ça va ?

– Oui, oui.

– Pas de problème ? Vous n'avez pas été dérangés ?

– Non, non. »

Le haut fonctionnaire est un peu gêné par l'aplomb de ces témoins potentiels qui n'ont rien vu, rien entendu, et qui se retournent à peine pour répondre aux questions que la police leur pose. Apparemment, les pratiques de ces jeunes ne leur font ni chaud ni froid. « Après tout, qu'ils s'entretuent, ça en fait toujours un de moins ! » semblent-ils dire. Ou encore : « Ça devait lui arriver tôt ou tard, vous savez ! »

Avec un peu de chance, les deux pêcheurs respecteront le panneau planté en bordure du parking : « Ne pas jeter ses ordures ».

Kalachnikov, toujours

Facile à utiliser, « la » kalachnikov ne s'enraye jamais. Une rafale, c'est tout de suite six à sept balles. Même si le tireur n'est pas bon, il a toutes les chances d'atteindre sa cible. À l'ancienne, arme de poing à la main, les gangsters devaient s'approcher au plus près de leur cible pour être assurés de faire mouche. Cela réclamait sans doute davantage de courage, en sus de la précision, mais il y avait aussi un avantage : les risques de dommages collatéraux étaient moindres qu'avec cette arme de guerre dont le seul nom frappe l'imagination.

Une nuit – car c'est souvent la nuit que ça se passe – on réveillera les « autorités » avec une très mauvaise nouvelle : une balle perdue logée dans le ventre de quelqu'un qui avait juste la malchance de se trouver sur la trajectoire.

La généralisation de ce modèle léger, facile à manier, semble pourtant irréversible, dans les quartiers. Elle fait partie de la panoplie, au même titre que la paire de Nike. Quand elle est de sortie, c'est trente balles dans la nature, le maximum que peut contenir un chargeur.

En 2011, cent soixante-dix armes longues, dont seize kalachnikovs, et cent trente-neuf armes de poing ont été saisies dans le département des Bouches-du-Rhône. Largement de quoi passer à l'acte !

Les « kings »

Les mauvaises habitudes sont si bien ancrées dans les quartiers nord que policiers et dealers finissent par se prendre pour des « *kings* ». Il ne peut rien leur arriver : ni aux fonctionnaires qui prélèvent leur écot, alimentant par leur vénalité la dégradation des quartiers ni aux dealers qui vendent leur marchandise… Il fallait bien, pour faire la part du vrai, appliquer aux premiers les moyens généralement déployés pour ferrer les seconds. Les dealers placent bien des balises pour surveiller la progression de leur marchandise entre le Maroc et la France ! Pourquoi auraient-ils l'apanage de la modernité ?

Réunion au sommet

Sébastien Bennardo revient dans le bureau du préfet en compagnie du commissaire Cristini. L'objectif de cette réunion étant de rassurer ce témoin inespéré, Alain Gardère se lance :

« Vous devez avoir confiance. Nous allons aboutir, mais ne soyez pas si pressé.

– Et si vous partez avant ? demande le jeune policier.

– Les consignes seront passées, assure le préfet. J'en ai déjà parlé à Pascal Lalle qui m'a simplement dit qu'il n'avait pas réuni suffisamment de preuves pour agir.

– Mais on les lui a données, ces preuves ! proteste Bennardo.

– Cela ne suffisait pas.

– Vous savez qu'il veut ma tête ? Je vais de nouveau passer en conseil de discipline pour avoir relâché un type sans faire de procédure.

– Ne vous inquiétez pas, on fera en sorte que vous ne soyez pas trop lourdement sanctionné. L'important, aujourd'hui, est de ne pas éveiller les soupçons. Vous avez toute notre confiance.

– Est-ce que je dois prévoir de venir avec un avocat ?

– Non, vous n'en aurez pas besoin. »

Le « collaborateur »

C'est en bande que chasse la BAC. C'est en groupe qu'enquête la PJ sur les règlements de comptes. C'est en compagnie que se déplacent les CRS. C'est « tous ensemble » que se combat la délinquance...

Derrière cette façade, il arrive cependant que l'on se sente assez seul. Sur qui s'appuyer, quand on est un préfet de passage ? Les membres du cabinet ? Ils en ont vu d'autres. On comprend vite, à leur œil goguenard, qu'ils ne croient qu'à demi ce que leur raconte le nouveau venu. Ils étaient là avant, ils seront là après. Les grands chefs ? Certains se disent sûrement qu'ils auraient été meilleurs dans le rôle de préfet que le titulaire, en tout cas qu'ils pourraient aussi bien occuper le fauteuil.

Restent les autres solitaires. Comme le commissaire Cristini : pas le genre d'homme à se disperser dans les dîners en ville. Ou ce conducteur, qu'Alain Gardère appelle avec respect son collaborateur, lui aussi parachuté en terre inconnue. Ce « collaborateur » avec lequel le préfet s'exprime librement sur tout, sans craindre la fameuse « porosité » propre aux villes où tout le monde parle à tout le monde. Un garçon sans états d'âme apparents, qu'il considère presque comme un adjoint et qui n'a pas rechigné à l'heure de s'installer à Marseille. Un atout précieux, en somme, tandis que couve en silence l'affaire des « baqueux » dont le préfet sait parfaitement qu'elle va bouleverser la Sécurité publique.

Dîner

« Alain, tu ne devrais pas rester seul, insiste Pascal Lalle, directeur de la Sécurité publique. Tu ne devrais pas t'isoler. »

Peut-être a-t-il raison. D'ailleurs, Alain Gardère a encore accepté une invitation à dîner de Jean-Claude Gaudin, le maire, qu'il retrouve ce soir-là au *Caribou*, place aux Huiles, un fameux restaurant corse que fréquente une des figures locales du barreau, Me Dominique Mattei, et où passe aussi parfois la star des « robes noires », Me Éric Dupond-Moretti. Un lieu où Tino Rossi aurait eu la place d'honneur.

Lamine Laribi

Il est l'homme le plus traqué des quartiers nord, mais Mohamed « Lamine » Laribi prend ses précautions. La nuit, quand il se déplace d'une cité à l'autre, il se fait escorter par plusieurs 4 × 4 : les routes ne sont pas si sûres, avec tous ces recoins sombres, ces ronds-points mortels, ces tunnels, ces feux rouges.

Le patron de la cité Bassens, ce serait donc lui. Sur le terrain règnent ses contremaîtres de choc, capables de « fumer » quelqu'un s'il le faut, mais le véritable chef, ce serait lui, l'homme vers qui converge une partie des bénéfices de la vente de stupéfiants dans le secteur, commerce dont le chiffre d'affaires friserait les 10 000 euros par jour.

Danger : ce garçon est une mine ambulante. D'autres s'assurent de l'identité de leur victime avant de vider leur chargeur ; ça n'est pas forcément le cas de la nouvelle génération. Ils s'en foutent, ils tirent et voient après…

Il faut arrêter « Lamine » Laribi si l'on veut éviter des morts supplémentaires… Le préfet aimerait que la police judiciaire accomplisse un miracle. Que les preuves soient déjà suffisantes pour interpeller le jeune homme et l'éloigner de Bassens, ce fief où il fait le fier. Sauf qu'elles manquent, ces preuves-là.

Comment convaincre les gens du quartier de parler ? D'aider la police à cerner les habitudes du présumé tueur ? De relever les plaques d'immatriculation des voitures dans lesquelles il circule ? D'identifier ses présumés complices ? Les incantations, à ce stade, ne suffisent pas, mais Alain Gardère pousse. Quitte à déranger. Mais n'est-ce pas pour déranger, précisément, que les autorités l'ont envoyé à Marseille ?

Appel de Béchir

« Allô, monsieur le préfet ?

– Oui, bonjour, Béchir.

– Bravo, monsieur le préfet, bravo ! »

Pas besoin d'en dire davantage, chacun sait de quoi on parle : une affaire réussie par la police à la suite d'informations glanées lors du dernier dîner chez Béchir, l'homme qui en a par-dessus la tête de voir son quartier détérioré par une poignée de jeunes qu'il traite volontiers de tous les noms d'oiseaux.

Quelle que soit la motivation de ceux qui épaulent la police dans son travail, si les affaires ne « tombent » pas derrière, la source a vite fait de se tarir. À l'inverse, quand ils voient qu'ils ne parlent pas dans le vide, ils se piquent au jeu. Et reviennent.

« Il faut que vous soyez sur vos gardes, monsieur le préfet, parce qu'à la Castellane, en ce moment, ils sont très nerveux. Il va y avoir des coups de feu, un jour ou l'autre, je vous le dis. Ils courent dans tous les sens… »

Sentir le règlement de comptes avant qu'il ne se produise est un art délicat. Sauf à disposer d'informations en direct, grâce aux écoutes téléphoniques, on ne peut que supputer. La patrouille que le directeur de la Sécurité publique enverra à la Castellane après cet appel pressant, à la demande du préfet, servira-t-elle à quelque chose ? Freinera-t-elle les velléités de meurtres des uns et des autres ? Rien ne permettra jamais de l'établir scientifiquement, mais attendre pour voir, est-ce vraiment une option ?

Fiesta

« Bon anniversaire à toi, enculé ! »

La discussion va bon train à bord d'un véhicule (sonorisé) de la BAC.

« Oh, bon anniversaire ! dit un autre.

– C'est pas aujourd'hui !

– 35 ?

– Ouais. »

Ils lui demandent quand il entend fêter ça.

« C'est prévu ce soir, c'est prévu. Chez moi, à 20 h 30.

– Il faut apporter quoi ?

– Rien.

– Même pas un fruit ? »

Phrase inaudible, puis :

« Ouais, ouais, ouais. C'est bien, parce que s'il y a un tapage, les flics vont arriver, oui, sentir l'herbe. »

Rires.

« On va rigoler !

– C'est de l'herbe de Provence !

– Ça va finir comment, tu penses ?

– En bagarre !

– Si on avait invité L. avec le produit qu'il m'a ramené chez moi, y avait une descente de flics à tous les coups. Perquise chez moi !

– Un coup de fil anonyme, hein ? »

Gang à la disqueuse, suite

15 avril 2012. Tous les moyens étaient mobilisés pour retrouver ceux qui, par une nuit froide et brouillasseuse, ont cueilli d'une rafale de kalachnikov une voiture de la BAC d'Aix-en-Provence, causant la mort du policier Éric Lalès.

La communauté gitane n'étant pas hermétique, les tuyaux sont remontés de toutes parts vers la PJ. Et tous ont convergé pour mettre en cause des proches de « Tchum », l'évadé de la prison de Luynes. Écoutes téléphoniques et surveillances ont redoublé d'intensité, ces dernières semaines, pour cerner cet homme qui, pour l'heure, n'est pas localisé avec précision. On le signale un jour en Espagne. On ne lâche pas d'un regard ce camp où vit une partie de sa famille, du côté de l'étang de Berre. Samedi et dimanche compris.

Comment établir un lien entre les suspects et la voiture abandonnée sur cette voie rapide, entre Aix et l'aéroport de Marignane ? Comment asseoir les renseignements sur du solide pour pouvoir renvoyer ces suspects devant un tribunal ? L'absence de traces ADN et d'empreintes dans l'habitacle est évidemment un obstacle ; visiblement, les trois passagers étaient équipés de gants, le jour des faits, peut-être aussi de masques. La PJ a mis en œuvre une technique criminologique peu employée en France : l'odorologie, basée sur l'analyse des odeurs par des chiens. Cette méthode permet d'isoler la signature « olfactive » d'une personne sur une scène de crime, validée par Interpol mais jamais encore utilisée à ce jour comme preuve judiciaire. Elle permet notamment de positionner les gens à l'intérieur d'un véhicule, ce qui peut se révéler déterminant à l'heure de désigner un tireur…

Trois nouveaux suspects sont finalement interpellés ce jour-là entre Gignac-la-Nerthe et Ensuès-la-Redonne (Bouches-du-Rhône) : Jean Bengler, né en 1989, qui conduisait probablement l'Audi RS4 la nuit du crime ; Bruno Bonati, né en 1974, garagiste de son état ; et Auguste Debard, né en 1983, connu pour vols de véhicules.

L'un d'eux tente le tout pour le tout et simule un malaise cardiaque. Il est conduit sous bonne escorte à l'hôpital où il insiste un peu lourdement :

« Je veux voir un médecin en tête à tête. »

Ses escorteurs s'y opposent fermement. Voyant son stratagème (et son projet d'évasion) tomber à l'eau, l'homme se porte d'un seul coup beaucoup mieux. Même plus besoin d'examen !

Raphaël Jimenez, dit « Tchum », un temps suspecté d'avoir été, lui aussi, à bord de la voiture prise en chasse par la BAC d'Aix-en-Provence durant la nuit du 27 au 28 novembre, ne figure pas dans le lot. La PJ embarque en revanche, pour leur poser quelques questions, la compagne de Bonati, Marguerite, de même que la secrétaire de son garage, Magali, la compagne de Bérard, Lila, de même qu'un homme dont l'ADN a été relevé sur une arme découverte dans l'Audi RS4, un certain Mikaël, 25 ans, connu pour vol de fret, outrage à agent, recel et… converti à l'islam.

La police volée

16 avril 2012. Sombre week-end pour la police : les locaux du Secrétariat général pour l'administration de la police (SGAP) sont cambriolés à deux reprises.

Dans la nuit du vendredi au samedi, les colleurs font main basse sur deux motos appartenant à la brigade antigang et à la direction du Renseignement intérieur. Ils repartent aussi avec un scooter et une voiture banalisée, une Alfa-Romeo à bord de laquelle étaient entreposés six jeux de plaques d'immatriculation.

Comme si c'était devenu la dernière mode dans les quartiers nord où se trouvent ces locaux, ils reviennent dans la nuit du dimanche au lundi chercher quelques gilets pare-balles, et un fourgon qui sera retrouvé du côté de Saint-Antoine, dans l'arrondissement voisin, entièrement carbonisé.

La police volée, c'est un pied de nez dont la hiérarchie se serait bien passée ! Il aura d'ailleurs fallu quelques mauvaises langues pour avertir un journaliste, contraignant l'administration à annoncer une amélioration de son système d'alarme et une surveillance physique, le soir et le week-end, histoire que le garage de la police ne devienne pas le nouveau centre d'attractions des jeunes des quartiers !

Deuil

1er mai 2012, 22 h 30. Quartier Saint-Joseph, dans le 14e arrondissement. Une nouvelle victime de la guerre des gangs au compteur. Son nom : Mehdi Adjemout, connu pour des délits sans importance et plutôt anciens. Tué à la kalachnikov dans sa voiture, une Golf noire, prise en chasse à hauteur de la cité la Simiane, avant de terminer sa course dans un pylône électrique qui s'est couché sous le choc.

Auteur présumé : l'homme de main d'un caïd dûment répertorié.

Arrivé sur place, Alain Gardère remarque les deux pots d'échappement de la voiture de la victime.

« C'est une véritable bombe de 240 chevaux, glisse un policier présent sur les lieux.

– Mais comment font-ils pour se payer ce type de véhicules ? s'interroge à haute voix le préfet.

– Ils les achètent souvent d'occasion, observe Roland Gauze, directeur régional de la PJ. Quand il a entendu un véhicule approcher à pleine puissance, il a compris ce qui allait se passer et a accéléré. La poursuite s'est étalée sur un kilomètre. Quand le 4 × 4 a réussi à se hisser à la hauteur de la Golf, le passager arrière a ouvert le feu par la fenêtre : de longues rafales, jusqu'à toucher le gars à la tête. »

Pire ou mieux qu'au cinéma, car ce n'étaient pas des tirs à blanc.

Course à pied, sans cesse

Ce n'est pas un loup solitaire que cible l'enquête de l'Inspection générale, mais plusieurs dizaines de fonctionnaires. Et s'ils l'apprenaient ? Et s'ils décidaient de se venger ? Ne les dit-on pas aussi redoutables que dangereux ? Ce ne sont pas de véritables voyous, mais, en fait, c'est peut-être pire.

Tous savent très bien par qui le malheur peut arriver. Qui peut être la source des ennuis qui s'annoncent…

Parleront-ils ou pas ? Se défendront-ils comme les bandits en niant en bloc les accusations portées contre eux ?

Encore un

5 mai 2012. Les tueurs n'ont décidément que faire du duel pour l'Élysée. La police relève le deuxième cadavre de l'entre-deux-tours sur le terrain de moto-cross de Châteauneuf-les-Martigues.

La victime, retrouvée calcinée, était connue pour frayer avec le milieu toulonnais. Elle s'appelait Stéphane Forschelet et avait tout juste 40 ans.

VI

Zorro

Un nouveau président

6 mai 2012. François Hollande, élu président de la République, succède à Nicolas Sarkozy.

Dans quelques jours, le socialiste Manuel Valls remplacera Claude Guéant place Beauvau.

Changement à l'Intérieur

Des têtes changent au ministère, mais il y a de la continuité dans la rupture… Renaud Vedel, qui devient l'homme fort du cabinet de Manuel Valls, n'est pas un inconnu pour Alain Gardère : ils se sont connus au cabinet du directeur général, Michel Gaudin, puis à la préfecture de police de Paris, dont Renaud Vedel était l'une des « tours de contrôle » quand lui, Gardère, dirigeait la police en tenue. Voilà qui facilite les choses à l'heure de préparer le premier déplacement du nouveau ministre à Marseille, territoire où il a manifestement l'intention de poser lui aussi son empreinte, celle d'un « retour en force de l'État ».

Mais le préfet ne se gargarise pas d'illusions : sa nomination avait une portée si symbolique qu'il passera tôt ou tard « à la trappe ». D'autant plus sûrement que certains, au parti socialiste, restent convaincus qu'au temps où il dirigeait la Sécurité publique à Paris, Alain Gardère a mis de côté quelques « boules puantes » destinées à éclater sous les pieds de Dominique Strauss-Kahn, ce dont il s'est toujours défendu : à l'entendre, aucun rapport n'a jamais été rédigé après le contrôle inopiné dont le leader socialiste avait fait l'objet au bois de Boulogne, à Paris. Tout simplement parce que ce n'est pas un délit de se trouver dans ce bois en galante compagnie dans une voiture. « Ce serait bien que ça ne sorte pas, il est en bonne place pour être patron du FMI », aurait même soufflé Claude Guéant lorsque l'information lui fut rapportée, transmettant une consigne de Nicolas Sarkozy en personne. Quitte à mieux se servir de l'information plus tard ? L'histoire ne le dit pas.

Première victime du quinquennat

10 mai 2012. La première victime du nouveau quinquennat tombe à Châteauneuf-les-Martigues. Alioune Diagne, multirécidiviste du trafic de stupéfiants, a été abattu à la kalachnikov.

Il n'y a décidément pas de jour ni d'heure pour tuer son ennemi : toutes les occasions sont bonnes.

À force, l'habitué regarderait ça d'un œil détaché, tant les gestes sont répétitifs : le cordon de sécurité, la bâche déployée sur le corps, la voiture calcinée encore chaude, ces morceaux de chair et d'os, l'Identité judiciaire qui s'active, pose ses plots, trace ses lignes à la craie, le médecin légiste qui tarde à arriver, le photographe de *La Provence* qui veut faire son beau cliché, ces « mauvaises » images que l'on voudrait bien éviter…

Et de deux

11 mai 2012. C'est à proximité d'un lycée du 15e arrondissement qu'un animateur sportif de 27 ans est pris pour cible peu après midi. L'arme utilisée, un pistolet automatique, ne laisse aucune chance à Edris Attoumani qui venait d'accomplir son devoir de fidèle à la mosquée en ce jour de prière. Une moto l'attendait à la sortie, dont le passager a tiré à (presque) bout touchant avec une arme de poing. Travail partiellement accompli ou dégâts collatéraux, un deuxième homme est blessé : il était assis à ses côtés dans la voiture.

Alentour, une inquiétante agitation se fait jour lorsqu'un cri fuse, jailli d'on ne sait où :

« Bientôt, ça va être ton tour ! »

En matière de sauvagerie, Marseille a vu pire, mais tous les « réglos » ne se produisent pas en plein jour dans des endroits aussi fréquentés. La batte de base-ball qu'elle conservait à portée de main n'aura pas été utile à la victime.

Conseil de discipline, bis

15 mai 2012. C'est un hasard malheureux, sans doute, à moins d'y chercher un quelconque lien de cause à effet : celui qui est venu éclairer la lanterne de l'Inspection générale de la police nationale a des ennuis persistants avec sa direction. Devenu le « fil rouge » de l'enquête sur les ripoux avec deux de ses collègues, il est de nouveau convoqué devant le conseil de discipline, étape que se souhaitent les policiers qui s'en veulent à mort. À son tour, alors qu'il renseigne les enquêteurs au jour le jour, ou presque, sur ses anciens collègues, il doit rendre des comptes.

Sur le papier, à s'en tenir au motif de la convocation, Sébastien Bennardo, ancien pizzaiolo devenu le Zorro de la BAC, est dans de sales draps. Après avoir purgé sa première sanction, il a réintégré un commissariat. Mais le naturel a vite repris le dessus. Les bons tuyaux ont afflué et il s'est mis en cheville avec des collègues de la PJ. Loin de se cantonner aux missions pour lesquelles il était payé, il a travaillé en sous-main pour un service de pointe, la brigade de répression du banditisme. Il lui a apporté des affaires clés en main, jusqu'au jour où cette double casquette l'a poussé à la faute, avec l'arrestation par erreur, façon Far West, d'un homme remis ensuite dans le circuit sans passer par la case « paperasse », hors le moindre procès-verbal, avec ses barrettes de shit…

Comme la première fois, le préfet préside ce « tribunal » interne. Il connaît très précisément le rôle du « prévenu » dans l'enquête disciplinaire en cours. Sébastien Bennardo a-t-il dénoncé ses anciens collègues en espérant se laver des soupçons qui pesaient sur lui ? Pas certain qu'il ait fait ce genre de calcul, mais cela n'y change rien : même s'il voulait intervenir en sa faveur, Alain Gardère serait aujourd'hui coincé. Non seulement il ne peut dévoiler les dessous de l'enquête en cours devant l'ensemble des représentants syndicaux et des responsables de l'administration, mais cela n'annulerait pas les faits reprochés.

Cet homme, disent ses chefs, est « dangereux pour la police ». Gardien de la paix dans un commissariat, il n'a pas à « traiter » d'informateurs, c'est la première anomalie. Surtout, il a mis en danger sa propre vie et celle de ses collègues en les entraînant dans cette arrestation sans filet. S'en rend-il seulement compte ? Le président de la séance lui donne la parole, mais Sébastien Bennardo a compris, dès qu'il a mis le pied dans cette salle, que sa carte de police était dans la balance. Il se défend mal, oubliant d'évoquer son travail souterrain pour la brigade de repression du banditisme dont il aurait pu faire citer un responsable à la barre. À chaque mot il s'enfonce un peu plus sous les yeux attristés du préfet, avant d'être invité à se retirer dans la pièce voisine.

Durant les discussions – quarante-cinq longues minutes –, les représentants syndicaux ont la possibilité de faire pencher la balance d'un côté ou de l'autre. En l'occurrence, personne ne fait seulement mine de voler au secours du collègue au bord du gouffre. Et tous les participants de s'aligner sur la sanction réclamée par le directeur départemental de la Sécurité publique : la révocation.

Invité à revenir dans la salle, Sébastien Bennardo est prié de s'asseoir. Mauvais signe, songe-t-il.

« Dans ma vie, j'ai eu à faire des choses bien et des moins bien, commence le préfet. Là, je vais faire quelque chose qui me déplaît. Le conseil de discipline a demandé votre révocation. Qu'en pensez-vous ? »

Pourquoi tant d'acharnement? Sébastien Bennardo a du mal à encaisser la terrible nouvelle. Pour toute réponse, il fond en larmes.

« Raccompagnez-le », suggère un participant au délégué syndical qui a escorté Zorro.

Alain Gardère se rassure comme il peut en songeant qu'un recours administratif sera toujours envisageable, une fois l'affaire de la BAC terminée. Le dossier est cependant quelque peu plombé, car la crédibilité d'un policier révoqué pour faute grave n'est pas la même que celle d'un fonctionnaire au-dessus de tout soupçon. Les autres témoins clefs dans ce dossier, placardisés pour un temps, ne sont pas eux-mêmes complètement indemnes, entre avertissement, blâme et recul d'échelon…

Déplacement ministériel

21 mai 2012. Le nouveau patron de la place Beauvau consacre son premier déplacement officiel à Marseille. Jacques Meric, son conseiller pour la police, n'a pas de mal à lui présenter le dernier préfet choisi par Nicolas Sarkozy, puisqu'il le connaît de longue date (ils ont pratiqué la course à pied ensemble). On se serre la main chaleureusement. Alain Gardère en profite pour glisser quelques mots sur un projet qui lui est cher : la création d'une véritable préfecture de police à Marseille, sur le modèle parisien.

Manuel Valls réaffirme haut et fort, avec des mots qui ne sont pas exactement ceux de son prédécesseur, la présence de l'État à Marseille, ville qui ne lui est pas complètement étrangère et dont le sort le préoccupe visiblement.

Pour le symbole, le ministre de l'Intérieur se rend sur les lieux du dernier règlement de comptes en compagnie de Samia Ghali, 44 ans, entrée en politique dès l'âge de 16 ans, sénatrice socialiste des Bouches-du-Rhône et maire des 15e et 16e arrondissements de Marseille. Bien implantée dans ces quartiers où elle a grandi, l'élue connaît la famille de la victime. Elle ne sait pas qu'elle réclamera bientôt l'intervention de l'armée dans les cités, mais sans doute y pense-t-elle déjà.

Personne, à ce stade, ne juge nécessaire d'affranchir le nouveau ministre de l'Intérieur au sujet de l'enquête judiciaire en cours sur la BAC Nord.

Probablement parce que chacun pensait que le directeur de l'Inspection générale s'était fait porteur de la mauvaise nouvelle.

Les rôtisseurs

28 mai 2012. Encore un appel en pleine nuit. Encore un règlement de comptes. La voiture est toujours en train de brûler lorsque le préfet délégué arrive sur les lieux, du côté de la cité Jean-Jaurès.

Impossible d'approcher, trop dangereux.

Faire rôtir les cadavres en mettant le feu à la voiture après les avoir tués par balles est une recette de plus en plus prisée des malfrats marseillais. Foutue manie, terriblement frustrante pour les enquêteurs qui voient partir en fumée, sous leurs yeux, traces et indices qui auraient peut-être permis de confondre les assassins.

Les flammes s'éteignent l'une après l'autre. La carcasse fume encore lorsque les « huiles » finissent par se hisser à sa hauteur. Au début, ils ne voient personne à l'intérieur. Mais, en poussant plus avant l'inspection, on découvre vite le cadavre d'un homme, masqué par la doublure du plafond : tombée sur lui, elle lui a évité de brûler totalement. Maigre consolation pour les spécialistes de l'Identité judiciaire qui mettront plus facilement un nom sur lui que dans le cas de la dernière victime, dont le cadavre s'était si bien consumé qu'on voyait sa mâchoire à nu.

Allez vous recoucher, après ça, imprégné de l'âcre odeur de la fumée et de ces images d'horreur… Avec la quasi-certitude que ce nouvel assassinat restera sans suite, à moins d'un miracle, comme une incitation à s'« entrefumer » à cœur joie.

SMS

L'expéditeur ne signe pas son texto, mais le préfet reconnaît le numéro d'un collègue (et ami) parisien :

« J'ai su pour les réglos, écrit-il. Ça ne me réjouit pas… C'est même triste pour cette ville qui ne mérite pas cela. Pour les professionnels, c'est différent. Comme toujours, la PJ n'a pas arrêté grand monde, ces derniers temps. Il faut qu'elle se secoue les plumes. »

Cigarettes

5 juin 2012. Scène de la vie quotidienne à bord d'un véhicule affecté à la BAC Nord et sonorisé. Le policier demande à un revendeur de cigarettes d'où il est originaire. « Annaba », répond l'homme avec un fort accent algérien. Le policier plaisante avec ses collègues au sujet de l'inscription figurant sur le tee-shirt du revendeur, puis lui dit :

« C'est la dernière fois… regarde : cadeau, pour cette fois ! »

Le policier fait comprendre au revendeur qu'il ne sera pas poursuivi, avant de lui suggérer d'aller vendre en Italie, car il n'a rien à faire ici.

« Tu peux y aller », insiste-t-il.

Le revendeur se plaint de devoir repartir sans sa marchandise, mais son interlocuteur le sèche :

« Va pleurer la misère dans ton pays, pas ici. »

Blague

À bord d'une voiture de la BAC, deux fonctionnaires plaisantent joyeusement.

La BAC, c'est plus une SARL qu'une association loi 1901, explique un des deux équipiers, « parce que c'est à but lucratif, quand même ».

Le son est si étouffé que les techniciens du Service central de l'informatique et des traces technologiques d'Écully (Rhône) ne parviennent pas à décrypter la suite de cet échange humoristique.

L'homme aux kalachnikovs

14 juin 2012. Moins de cinq mois après qu'il a eu filé entre les mailles de la BAC, Driss Oualane, l'homme qui avait abandonné une voiture bourrée de kalachnikovs à l'entrée de la cité de la Paternelle, est arrêté par les enquêteurs de la brigade de recherches et d'intervention de Marseille dans une villa de Gignac-la-Nerthe (Bouches-du-Rhône), louée à son propriétaire en espèces.

Écroué dans le cadre d'une enquête ouverte pour enlèvement, séquestration, violences avec armes et association de malfaiteurs sur fond de trafic de stupéfiants, il reconnaît avoir transporté les armes. D'où tenait-il cet arsenal ? Les dix armes lui avaient été confiées le jour même, à la cité Bassens, par deux types dont il tait évidemment les noms. Où les amenait-il ? Lors de son interpellation, il suivait un véhicule ouvreur qui devait le conduire en un lieu inconnu…

Parmi les effets confisqués chez lui, cagoule et survêtement noirs : la tenue des tueurs.

« Plein la gueule »

19 juin 2012. Patrouille nocturne pour la BAC jour. Plusieurs fonctionnaires à bord d'un véhicule sonorisé. Une voix d'homme évoque une expédition punitive à Font-Vert, un an et demi auparavant :

« On les avait massacrés », dit un autre.

Ils se souviennent des violences infligées à un certain Tedesco, puis de Djila qui « en avait pris plein la gueule alors qu'il était en liberté surveillée ».

« Il lui a arraché la tronche. »

L'objectif, ce jour-là, c'était : « pas de prisonniers ».

« Tous ceux qu'on a attrapés, on les a ruinés par terre comme des lapins », dit une autre voix, et l'on comprend qu'ils sont en train d'évoquer des représailles à l'occasion desquelles les policiers étaient « cagoulés ». Représailles victorieuses, à entendre les remarques qui fusent :

« Ils les ont tous fracassés.

– Ils étaient cinq, avec les matraques. »

L'évocation de ce passé agité est interrompu par une intervention urgente.

Changement de pied

La gauche a dans ses cartons un projet visant à lutter contre la délinquance dans les quartiers les plus critiques : les zones de sécurité prioritaire (ZSP). Alain Gardère avait concentré ses efforts sur un territoire situé entre la gare et le Vieux-Port, dont il espérait repousser peu à peu les limites en direction des quartiers nord.

Il lui faut d'urgence changer d'optique.

Zorro, encore

Sébastien Bennardo tombe le masque. Il laisse entrevoir, et ses failles, et ses muscles. Entré dans la « maison » par le bas comme adjoint de sécurité, il a commencé par déployer son énergie dans le Val-de-Marne entre 2003 et 2007.

« La police, c'est mon dada, concède-t-il. Je vis pour ça. Déjà, à l'école, on m'appelait Zorro. Ce qu'on me reproche, c'est de trop en faire. Je me suis trop engagé. »

À peine met-il les pieds à Marseille que les choses lui déplaisent :

« Quand je suis arrivé, on m'a affecté à un service de merde, le centre de rétention, alors que j'avais trois ans de BAC derrière moi, et toutes les habilitations. »

Le centre de rétention venait à peine d'ouvrir. Trois semaines plus tard, le préfet de l'époque effectue une petite visite officielle. Sébastien Bennardo se retrouve planqué à l'infirmerie parce qu'il n'a pas le bon uniforme. L'infirmerie où le préfet pointe, précisément, son nez et demande au « malade » :

« Comment allez-vous ?

– Pas bien du tout. Je veux être sur la voie publique. On me dit que vous vous y opposez.

– Je ne suis pas au courant. Passez à mon bureau demain, et on voit ça ensemble. »

Le jeune policier ne se le fait pas dire deux fois. Il est à la préfecture, le lendemain, flanqué d'un délégué syndical affilié à la FPIP (Fédération professionnelle indépendante de la police), syndicat ultra-minoritaire apparenté au Front national. Où il obtient en partie satisfaction puisqu'il est affecté au commissariat du 3e arrondissement, en Police secours.

Pendant l'année qui suit, Zorro se bat pour rejoindre ce qu'il considère comme « le meilleur service de Marseille » : la BAC, ce Graal qu'il définit d'une phrase : « Travailler à la BAC, c'est dire aux gens qu'on est là et qu'on n'a peur de personne. » Sa recette : travailler « au maximum » et « copiner » avec l'officier en charge de cette brigade, Albert

Plaza. Ce qu'il semble faire avec succès, puisque le « justicier » en herbe se retrouve rapidement numéro 1 sur la liste de l'officier, avec la chaleureuse recommandation d'un cousin « bosseur » affecté à ces brigades.

« Mon discours lui a plu », ajoute Sébastien Bennardo qui prend ses fonctions à la BAC Nord en septembre 2007. « Jalousé avant même de commencer », il intègre l'un des cinq groupes qui se partagent le pavé pendant la journée. « On travaille beaucoup, poursuit-il. On ne s'arrête jamais. On ramène beaucoup d'affaires. Trop, aux yeux des autres que notre zèle dérange. Ils ont du mal à suivre, à remplir les quotas. Je les oblige à travailler. Je les gêne, et je comprends vite pourquoi : pendant qu'ils font leur bizness, ils ne bossent pas pour la police. »

Un chef de groupe au charisme reconnu le prend « sous son aile ». Et, pendant quelques mois, tout se passe au mieux. Dans la course aux résultats, le jeune Bennardo se classe même troisième de toute la BAC en 2008. Derrière son chef qui ne peut « malheureusement pas lui accorder la prime au mérite », pour ne pas fâcher les autres. « Ce qui compte, c'est l'estime que vous avez pour moi », s'entend répondre Zorro. La prime n'y est pas, mais la note est très bonne : 6 sur 7.

La situation se dégrade lorsque le chef s'aperçoit que des fonctionnaires se font passer pour lui dans les quartiers. Un de ses informateurs l'appelle pour se plaindre d'avoir été délesté de 500 euros de sa part. Le chef obtient malheureusement sa propre affectation à la BAC départementale, laissant Sébastien Bennardo avec son rêve de devenir numéro 1 en termes de résultats.

« J'ai les qualifications pour arriver au summum », dit-il.

Sauf que survient un nouveau grain de sable. À l'issue d'une descente au Clos La Rose, cité des quartiers nord, un « charbonneur » que Sébastien Bennardo a connu à l'école primaire se plaint d'avoir été lui aussi soulagé de 500 euros. Transporté au bureau de la BAC par le commissaire divisionnaire en charge du secteur, le plaignant reconnaît deux fonctionnaires sur photo.

Le lendemain, Albert Plaza, le patron tant courtisé, prend Sébastien Bennardo à part avant sa convocation devant l'Inspection générale des services :

« Vous allez expliquer que c'est vous qui avez pris les 500 euros, comme ça on dira que le type raconte des conneries », lui ordonne-t-il.

Le jeune fonctionnaire obtempère et ment lors des confrontations. « Tu te trompes de personne, dit-il au "charbonneur". C'est nous qui t'avons interpellé. »

De retour au service après avoir dupé son monde sur ordre de sa hiérarchie, Sébastien Bennardo annonce qu'il ne participera plus aux opérations inscrites dans le « plan stups ». Une déclaration de guerre qui jette un froid dans le service, mais celui qui se voyait premier de la classe assume : « Comme c'est souvent moi qui vais au contact, c'est moi que l'on risque d'accuser chaque fois qu'il y aura vol. »

La fois suivante, au bord de la crise de nerfs, Sébastien Bennardo recourt aux grands moyens pour prouver son innocence. Alors que le chef a réuni les troupes pour que se dénonce celui qui a soutiré 150 euros à un dealer, et que tous les regards se tournent vers lui, il se déshabille entièrement : « Vous voyez que ce n'est pas moi qui les ai ! » s'exclame-t-il, en slip à l'intérieur du poste. Sauf que les autres ne l'imitent pas et que c'est encore lui qui se fait remarquer…

Sébastien Bennardo ne met pas seulement du cœur à l'ouvrage : il prend plus de risques que les autres. Car ces quartiers sont un peu les siens, lui qui a vécu dans la cité de Frais Vallon. Les dealers le connaissent aussi bien qu'il les identifie. Et c'est lui que l'on désigne à l'heure de monter ces fameux « coups d'achat » qui sont normalement l'apanage des brigades spécialisées : on l'envoie au casse-pipe dans les cages d'escalier, cagoulé comme un acheteur lambda, téléphone branché en permanence pour demander de l'aide en cas de besoin.

« Quand j'arrive devant le vendeur, je le sers direct, puis j'appelle les collègues », raconte le casse-cou de la BAC, l'homme qui n'a peur de personne et prend tous les risques pour faire flamber son compteur d'affaires réussies.

Flic en béton armé, c'est aussi un flic à part. À l'occasion des repas de fin d'année, dans un restaurant de Plan de Campagne, il reste à l'écart quand ses collègues sortent les plaquettes de shit et roulent leurs joints. « Ils fument du matin au soir, se plaint-il. Ils ne font que ça de leur journée. Quand ils ne bossent pas, ils vont vendre du shit à Gignac ou à Port-de-Bouc ». Un comble, pour des policiers censés être à la pointe de la lutte contre le trafic de drogue…

La tension monte un samedi – le 14 mars 2009, si sa mémoire est bonne. Alors qu'il intervient avec son groupe du côté de la rue du Bon-Pasteur, un vendeur à la sauvette se plaint : « Vos collègues sont déjà passés ce matin, ils nous ont pris trois cents cartouches de cigarettes. » Quelques secondes plus tard, il apparaît clairement que des policiers ou des hommes se faisant passer pour tels ont fait main basse sur le stock de cigarettes au lieu de rédiger une procédure en bonne et due forme. Une confiscation apparemment restée en travers de la gorge des vendeurs qui encerclent l'équipage de la BAC. Le chef d'équipe sort son flash-ball, une chaise atterrit sur la voiture, Sébastien Bennardo doit sortir les grenades avant d'être contraint au corps à corps… Merci, collègues !

Le lendemain, le flic le plus productif de la BAC « pète » un suspect en plein milieu de la cité de la Castellane. Dans son cabas siglé Carrefour, du shit, de l'herbe et 4 000 euros en espèces. Un bagage qui finit dans une voiture, direction l'hôtel de police.

Lorsque Sébastien Bennardo arrive au bureau avec sa prise, c'est la fête au village : tout le monde s'est allègrement servi dans le cabas. Il ne doit plus rester que 1 500 euros et un kilo de shit. « C'est pour mon informateur », lâche un collègue. Sauf que personne ne sait s'il en a vraiment un…

Combien de policiers en croquent-ils, à la BAC ? Zorro en voit huit dans le groupe B, huit dans le groupe C, quatre ou cinq dans un autre, et au moins huit dans les groupes de nuit. L'officier ? Le major ? De deux choses l'une : soit ils sont dans la boucle des ripoux, soit ils s'en foutent royalement…

Le 16 mars 2009, celui qui s'est fait délester de son cabas veut déposer plainte, mais personne ne l'écoute. Il finit par écoper d'un an de prison ferme en comparution immédiate, mais, pour Sébastien Bennardo, c'est le début de la fin. Une drôle de coïncidence veut en effet que le lendemain soir, alors qu'il vient de quitter le bureau avec son scooter, une voiture vienne le percuter, avec perte de connaissance à la clef. Le major lui rend visite dans sa chambre d'hôpital, de même que quelques collègues de la BAC nuit, et le patron de la Division Nord, mais Albert Plaza, lui, ne se déplace pas. Bilan : six mois d'arrêt de travail.

Fin août 2009 se manifeste par téléphone le nouveau chef du groupe C, Jean Fioreti, qui lui ouvre la porte d'un retour au service. Sébastien Bennardo se réjouit d'avance, sauf que l'officier ne l'entend apparemment pas de cette oreille : Albert Plaza lui a fait comprendre qu'il est désormais persona non grata à la BAC. « Avec ces histoires de vols, on ne peut pas vous reprendre », avance le chef. « Les voleurs, vous savez qui c'est, réplique le gêneur. Je ne veux pas être le petit con de service ! – Si vous l'entendez ainsi… » Et l'officier de téléphoner directement au directeur départemental de la Sécurité publique, Pascal Lalle, pour lui demander de trouver une porte de sortie pour ce fonctionnaire qu'il ne souhaite pas garder…

Le puni se tourne vers un autre syndicat, Alliance, nettement plus représentatif que la FPIP, qui intercède en sa faveur et lui obtient un poste au commissariat du 13e arrondissement de Marseille. Trop peu pour lui : Sébastien Bennardo se fait porter pâle. « Laissez passer l'orage, et revenez », lui suggère son nouveau patron. « Si je suis viré, je veux une sanction, et que l'on écrive que c'est moi le voleur », réplique le gardien de la paix sur le mode outragé. « Je sais ce qui se passe à la BAC, ce n'est pas vous qui allez réussir à les faire tomber, hasarde le commissaire. On sait que vous êtes un bosseur. On est content de vous avoir avec nous. »

Sébastien Bennardo reprend le chemin du commissariat le 6 janvier 2010. Quatre jours plus tard, sa femme, policier elle aussi, rentre avec « la tête des mauvais jours ». Une de ses collègues, d'origine maghrébine, lui a rapporté les propos que tenaient les mecs de la BAC au sujet de Sébastien : « On l'a fait virer, c'est un voleur. »

Le lendemain, de passage au commissariat du 15e arrondissement, Sébastien Bennardo croise ses trois calomniateurs. Il entre dans leur bureau, referme la porte derrière lui et se lance : « Alors, comme ça, c'est moi le voleur ? – C'est une sale bougnoule, l'écoute pas », glisse un des protagonistes au sujet de celle qui a rapporté leurs propos.

« J'entends ça encore une fois, et je vous défonce la gueule ! » lâche l'homme blessé.

Sébastien Bennardo ne parle pas encore à visage découvert, mais ça le démange. L'article du *Point* ne lui a pas suffi. Il envisage de s'exprimer, de dos, devant une caméra de France 3. Cela pourrait même devenir à bref délai une urgence, car le péril guette, selon lui.

« L'un de nous peut se faire fumer », glisse-t-il, incluant parmi les cibles vivantes les fonctionnaires qui, avec lui, ont dénoncé les méfaits des gars de la BAC.

Vengeance

2 juillet 2012. Alors qu'il venait tout juste de sortir de prison, Mehdi Meziou, 30 ans, est abattu au fusil-mitrailleur sur le parking d'un hôtel d'Aix-en-Provence. Sans doute ses ennemis attendaient-ils la première occasion pour solder leurs comptes avec lui.

« Il va halluciner »

4 juillet 2012 en début d'après-midi. Deux fonctionnaires de la BAC évoquent leurs prouesses à bord d'une voiture du service.

« Et alors ?

– J'étais avec S. et Truc. S., en bas des marches, il commence à rentrer dedans, violent ! Il ne me voyait même pas... en haut, le mec bombarde... il arrive... il l'a aligné... hé ! oh, on arrête de les faire... si jamais on les... chaque fois qu'on ramène des sacoches, il va halluciner... y avait, ouais, huit cents grammes et des plaquettes, y avait des carnets de comptes dedans. »

Le collègue blague sur le fait que les dealers ont des trésoriers, maintenant :

« Ah, y sont horribles, je t'assure, reprend l'autre. Y sont horribles, même à la Castellane. Les gars de la "B" y z'y croyaient pas : pas possible... La Castellane, jamais y jettent la sacoche... Ben, j'ai dit, maintenant y jettent. Moi, ça fait deux fois que j'y vais, deux fois qu'ils la jettent, franchement.

– Chaque fois...

– Les mecs y sentent que tu le (...) moins que nous (...) après, il nous a fait un coup d'esbroufe, le gars, on avait vu qu'il avait du blé.

– Ouais, ouais.

– Le mec il panique pas, au début, il jette la sacoche, ils sort de l'endroit où il était... de sous la voiture, il nous regarde... Attrape ! »

« Il a dû prendre un kilo »

18 juillet 2012, vers minuit. Trois policiers de la BAC Nord bavardent à bord d'un véhicule. Le bruit du moteur et celui de la radio rendent l'enregistrement difficile à exploiter, mais une reconstitution est tout de même possible. Il est question d'un collègue qui semble avoir pris ses distances

avec le reste du groupe sur fond de relations avec les dealers.

« Tu as vu le petit, là ?

– Il était en tenue, hier.

– Il est plus en civil.

– Pourquoi ?

– La dernière fois, je lui ai demandé… moi je plaisantais, tu vois. Et euh, il m'a dit non, non, c'est moi qui suis parti, et moi je pense qu'il y a eu un petit truc et qu'il s'est barré, il a demandé à partir.

– Maintenant, travailler avec lui, bon…

– Il passait bien, un petit comme ça.

– Ouais, mais le truc, c'est euh… je veux dire que les infos, il en a… Mais dis-toi bien que celui qui lui a filé l'info d'hier soir, c'est pas gratuit.

– Et, à mon avis, il a dû prendre un kilo.

– Oui, mais à un moment donné il faut choisir dans quel camp tu es.

– Mais c'est pas une histoire de camp, là, attends…

– Attends, tu fais huit kilos, même s'il y en a dix au départ…, enfin, tu fais, si y en a treize au départ… tu t'en bats les couilles.

– Oui, mais y a des collègues, ils le voient pas sous cet angle-là.

– Si ça reste off et que… à la limite, si ta hiérarchie est au courant, qu'elle cautionne…

– Non, mais tu sais comment c'est, celui qui te donne des infos, aujourd'hui il est avec toi, demain il est contre toi (…). Il y a des collègues, peut-être qui veulent pas se retrouver dans des trucs comme ça. »

Pistolet

23 juillet 2012. Richard Blas, 26 ans, membre de la communauté des gens du voyage, ne verra pas la fin de l'été. Il est abattu au pistolet 9 mm rue de Lyon, dans le 15e arrondissement.

S'ils continuent à s'entretuer à ce rythme, c'est le préfet qui va finir par sauter !

Bassens

24 juillet 2012. Ce soir-là, peu après 19 h 30, la PJ investit en nombre la cité Bassens. C'est la vigie implantée dans le secteur qui a donné le top départ : Mohamed « Lamine » Laribi est là à portée de main, visible. L'occasion est trop belle pour passer à côté.

Ils sont une douzaine à fondre sur l'objectif qui ne se laisse pas faire. On se bat à mains nues.

Ceux qui ont le charisme des chefs ne sont pas si nombreux dans les quartiers. Lamine Laribi fait partie de ceux-là. Pourtant, son arrestation ne le laisse pas de glace. Le jeune homme cède à l'émotion, il pleure, à tel point que les flics qui l'interrogent s'énervent et le bousculent :

« Non mais, c'est quoi, cette histoire ? C'est toi, le caïd de Bassens ! »

Suspecté d'être mêlé au triple assassinat du 25 décembre précédent, il sait sans doute qu'il peut partir pour longtemps sous les verrous. Certaines mères le disent aussi un peu comédien. Elles l'avaient par exemple trouvé un peu trop larmoyant, lors des obsèques du jeune Ilyes Remadnia, mais les mamans ont tendance à voir le vice partout…

« Les jeunes qui viennent derrière sont bien plus fous que moi », finit-il par lâcher devant les policiers interloqués.

Sombre perspective, annoncée par d'autres avant lui, et déjà plusieurs fois vérifiée, comme si chaque génération devait être plus cinglée que la précédente.

Ses petits frères tireront-ils sans même s'assurer de l'identité de leur victime ?

« Menteur, voleur, enculé »

26 juillet 2012. L'équipage BAC 120 Alpha 2 patrouille sur son territoire. Malgré le bruit de la ventilation, le micro enregistre les conversations par bribes. Un des équipiers est en train d'acheter une voiture sur laquelle il a des réparations à faire. Ils reviennent sur une opération récemment réalisée aux Flamants :

« Ouais, franchement, ils devaient être contents !

– Fric et tout ?

– Fric et (inaudible).

– Combien ? Alors ? »

La radio de bord s'en mêle, puis de nouveau :

« Ils ont fait la nourrice, des dizaines de savonnettes.

– Ouais ? !

– Et D. qui monte sur la baignoire, et là y avait de la coke… cinq cents grammes de coco, ils ont récupérés. Ils allaient partir et la laisser !

– Au nom de quoi, si tu y es ? Pourquoi tu le prends pas, je comprends pas ça !

– Salope !

– Il est pas procédurier.

– Ouais, c'est bon, sortez de l'appart, on a assez pris, c'est bon, dit un des fonctionnaires, imitant apparemment celui qui donnait des ordres sur les lieux de la découverte.

– Vous êtes rentrés dans l'appart ?

– Non, mais apparemment, après ils allaient au "Mègue", tu sais… Lui, il fait : "Euh, y avait combien dans la sacoche ?" "Y avait pas d'argent dans la sacoche", y fait. "Combien tu avais dans la sacoche, en argent ?", il fait.

– Qu'est-ce que ça veut dire ?

– Lui, c'est un voleur, un menteur, c'est un enculé. Il viendra récupérer les kilos de shit dans l'appart. »

Sodome et Comores…

29 juillet 2012. Cité des Lauriers. Abattue d'une rafale de kalachnikov, la victime du jour est un jeune homme de 25 ans, Salim Brahima. D'origine comorienne, il a été interpellé à dix-sept reprises pour trafic de stupéfiants. Il n'y aura pas de dix-huitième fois.

Tandis que les policiers s'affairent, le portable de la victime n'arrête pas de sonner, dans sa poche. Personne ne répond. Ces appels seront peut-être précieux pour les enquêteurs. On trouvera également une coquette somme sur lui : un peu plus de 900 euros.

Chasse

Par un bel après-midi d'été, les « baqueux » sont en chasse, comme il se doit. Une chasse un peu particulière, puisque, à en croire les bandes des conversations enregistrées à bord de leur véhicule, les quatre fonctionnaires recherchent plus des sacoches que des dealers.

Ils repèrent deux ou trois individus aux abords de la cité de la Castellane, dont deux « choufs ». « Ils cachent, non ? » demande l'un d'eux. « Ils cachent ! Vas-y, vas-y, vas-y ! – Attends deux secondes ! »

Pendant les deux minutes qui suivent, silence à bord, puis :

« La sacoche… La sacoche, elle est où, elle est où ?

– Je sais pas où il la cache… »

Ils parlent des cachettes possibles, puis on entend une voix aiguë :

« Y avait rien ?

– Non. Ça paraît bizarre. »

La voiture se remet à rouler, puis s'arrête à nouveau.

« Tu vois ? Donc, quand tu vas y aller, il va partir du coin.

– Tu vois le mec, derrière ?

– Il va se cacher pas loin.

– Il part, celui avec la casquette.

– Celui qui vend. Il l'a sur lui, tu vas voir. »

Les portières claquent. Plusieurs minutes de silence suivent, juste ponctuées par une phrase : « Je vais le faire fouiller, parce que c'est pas logique. »

Puis : « Alors ?

– Pas terrible. Cinq cents, tu vas voir.

– Tu nous passes ?

– Putain !

– Y en a pas un qui a des sachets ?

– Regarde dedans. Hé, c'est là !

– Les mecs, ils ont percuté.

– Ouais, celui à la casquette blanche.

– Il a une gueule, hein ? »

Après une nouvelle pause, l'un des fonctionnaires évoque un souvenir :

« C'est avec qui que j'ai fait le gros, avec la plaquette, là, qu'on l'a laissé partir ? Un gros musclé, énorme. Il est parti à pied, après il est parti en courant. Il est allé cacher la plaquette, il revenait quand on ressortait, nous. On est allés sous la voiture, la plaquette ils l'avaient cachée sous une voiture.

– Non mais, le mec, tu lui laisses la plaquette, là ?

– Non !

– Là, ils rentrent à moto, en fait, sous le parking, les garages, ils remontent de l'autre côté.

– C'est là, ils en mettent entre les deux bâtiments.

– On jette ça, non ?

– Ça sent bon, hein !

– Tu le veux ?

– Hé, ça sent bon, hein !

– Le monsieur à qui tu vas faire plaisir, il va nous le rendre.

– Tiens, prends-la. »

Ils parlent de maillots de football, de Ronaldo et de Diomède, deux joueurs, d'un magicien du *Grand Journal* de Canal +, jusqu'au moment où ils semblent partager des bracelets :

« Vous êtes cinq, hé : vingt bracelets.

– C'est quoi, les bracelets ?

– Une imitation. »

L'un des passagers aurait besoin d'écouler 1 000 euros.

« Personne n'a de travaux à faire chez lui, là ? Ou un truc à acheter ?

– Euh, moi il me faut de la laine de verre, 200.

– Ah… Il me faut au moins 500 ou 600 euros, là, ou 1 000. T'as rien à acheter, toi ?

– 500 euros.

– Acheter quand ? Là, maintenant ?

– Tu le veux ? C'est bon, 500 ? Tu veux quoi, comme billets ? J'ai pas le choix, hein. C'est ou les roses ou les verts.

– Ça va, j'ai 1 000 euros à blanchir. Combien tu veux y mettre, toi, à ton quad ?

– 950.

– Ah bé, tu veux pas me faire un chèque, je te le donne en liquide ? »

Apparemment, les fonctionnaires ont découvert de l'argent et des produits stupéfiants en suivant les recommandations d'un membre de l'équipage. Ils partagent le butin, mais personne ne semble avoir été interpellé.

« J'ai pas envie de rentrer avec tout ça à la maison, fait chier », dit l'un d'eux.

On parle de coffre à la banque, « pour les bijoux, les papiers, tout ça ». Un des policiers donne même le tarif pratiqué par la BNP : 80 euros l'année.

« C'est pas cher, observe son collègue.

– T'en fais quoi ?

– Quand t'as besoin, tu prends.

– Ah ouais, et chaque fois tu vas à la banque et tu dis…

– Nan, mais tu prends pas par deux fois vingt…

– 500 ou 1 000 euros, c'est bien chaque fois.

– Nan, tu as un mec qui va repérer.

– Ça te fait un beau matelas, ou pas ?

– Non, non, le matelas, jamais.

– L'amour, avec tous les billets !

– Non, parce que si t'en déchires un, je m'encule la santé, je crois.

– C'est pas propre.

– Non !

– Y a 1 000 ?

– Non, y a plus.

– 10 000 ?

– Ouais.

– Y a beaucoup !
– Eh oui, y a beaucoup.
– Non, c'est pas énorme.
– Le compte, c'est 1 600 pour les enfants.
– Ouais, c'est pas énorme, mais c'est toujours ça.
– Un petit coffre.
– S'il y en a un qui fait des travaux ou quoi, tu sais, des fois, à coups de 1 000 euros, quand tu vas acheter une cabine de douche ou quoi… »

Sus aux Bruno

Les frères Bruno n'ont pas que des amis dans leur quartier, une cité du 9e arrondissement. Mais une bonne étoile semble les protéger.

Le 3 août 2012, c'est Frédéric Bruno qui se fait tirer dessus dans la rue. Huit jours plus tard, c'est son frère Vincent qui y a droit. Non seulement ils en réchappent, mais la police a sa petite idée sur l'identité de leurs rivaux, Sofiane et Hichem.

Sur les lieux, le préfet décide de laisser les gants blancs dans leur boîte et dit ce qu'il a sur le cœur en s'adressant à un jeune :

« Vous avez vraiment besoin de vous fumer comme ça ? Je vais vous mettre dans un stade et vous donner des kalachnikovs à chacun. On verra s'il y a un seul survivant ! »

Le jeune s'éloigne en maugréant :

« Hé, monsieur le préfet ! Il est fou, monsieur le préfet ! »

PJ suite

Un jour du mois d'août dans le cadre prestigieux du Château Ricard. La PJ marseillaise offre un verre pour accompagner le départ d'un de ses piliers, la commissaire divisionnaire Catherine Lenzi. Arrivée à l'Évêché en 1986, elle est la chef d'état-major du service depuis l'automne 1997. Près de quinze ans. Elle est nommée à Paris où elle va diriger, à 53 ans, la division de la surveillance des casinos et cercles de jeux. Elle donne évidemment la parole à celui que beaucoup considèrent ici comme leur père spirituel, Gérard Guilpain. Né à Paris en 1946, il a dirigé la PJ marseillaise pendant plus de dix ans, jusqu'à sa retraite. On applaudit le chef de file d'une grande lignée de patrons de la PJ.

Humour

Le métier de flic est parfois assez éprouvant. La soupape, le jet de vapeur de la cocotte-minute, c'est l'humour. Parfois cruel, comme celui qui jaillit de la bouche de ces policiers appelés pour maîtriser un homme très agité. Alors qu'ils tentaient de l'immobiliser, l'homme s'est arraché un œil et l'a avalé sans que nul puisse rien faire.

De retour au commissariat, les témoins se lâchent :

« Il a voulu faire un retour sur lui-même, lance un premier humoriste.

– Il voulait s'examiner de l'intérieur, avance un autre.

– Il voulait mieux se connaître, persifle un troisième, rapidement dépassé par un quatrième :

– Je crois que son truc, c'est l'introspection. »

Re-course à pied

Courir pour recouvrer la concentration, revenir à l'essentiel, faire le vide, se transcender.

La police est confrontée à une telle masse d'événements qu'elle fait ce qu'elle peut. C'est un rouleau compresseur qui avance. Elle moud. Elle écrase. Qu'en reste-t-il à l'heure du tribunal correctionnel ou de la cour d'assises ? Les manques sont parfois criants, mais la police doit avancer. Les seuls qui ont du temps, au bout du compte, ce sont les avocats et les magistrats. La relaxe ou l'acquittement ne sont jamais loin…

Gazeuse

De sortie, deux fonctionnaires évoquent à bord de leur voiture, non sans une certaine nostalgie, un passé qui semble révolu :

« La BAC Nord, ils marronnaient grave, ils tapaient, ils tapaient, ils tapaient, dit l'un d'eux alors qu'ils passent à la hauteur du Clos La Rose.

– Toutes les nuits, pam, pam, pam, fait l'autre.

– Ah, ils leur mettaient le compte… Jamais de rapport… Ça, ça existe pas… y avait rien, pas de flash-ball… rien du tout : tout au poing, à la trique, à la gazeuse. »

Ils parlent d'un excellent chauffeur qui connaissait la « topo » par cœur après quinze ans de BAC, à la Centre, puis à la Nord.

« Ah, ils ont fait plein de conneries, tu vois, mais bon, après, voilà, ils avaient une grosse paire de couilles. »

Ils se souviennent de bagarres, de « carnages », avec des blessés sérieux, puis le mot « sacoche » fait son apparition dans la conversation :

« Là, c'était un kilo, un kilo et demi, et le fric, je te raconte pas… Le capitaine, un jour, il vient… la table était pleine, l'argent liquide, eh ! Il regarde, clac ! » (Il imite le bruit de quelque chose que l'on déchire comme pour se le partager.)

Maladie honteuse

La corruption dans la police est une forme de maladie honteuse : on sait, mais on en parle le moins possible. Le policier respectueux des règles a du mal à admettre que des collègues fonctionnent de travers. Il préfère rester dans le non-dit. Ça n'est pas forcément pour protéger les ripoux, plutôt pour éviter d'en parler, comme certaines familles cachent un enfant handicapé. Quand on sait, on se referme à double tour. On se blinde. Comme si le mal était contagieux.

Le guetteur

De sortie sur le terrain en compagnie du patron de la PJ, un beau dimanche après-midi, Alain Gardère est d'humeur taquine. Avisant un jeune homme au visage découvert, qui a tout du guetteur posté à l'entrée de sa cité, il fait un pas vers lui.

« Qu'est-ce que vous faites là ? lui demande-t-il en reculant d'un pas.

– Qui êtes-vous ?

– Je suis le préfet de police.

– Non, vous approchez pas !

– Ne vous inquiétez pas, je ne vais pas vous arrêter ! »

Alors que les deux hommes font encore un pas vers lui, le guetteur donne l'alerte tout en continuant à reculer : « Arha ! Arha ! Arha ! »

Un jeune fonctionnaire en tenue s'approche et lâche le fond de sa pensée :

« Monsieur le préfet, ça sert à rien de discuter avec eux ! »

Arha ? Voilà une traduction digne de foi : les vieilles femmes chaouis de l'Est algérien, quand elles se lamentaient, criaient « Arha, arha ! ». Quelques décennies plus tard, « faire le arha », c'est en quelque sorte « faire le chouf ». Sans que l'on sache si l'irruption de la police dans leur village aurait arraché ce genre de cri aux femmes algériennes…

Le préfet tente une ultime tentative de dialogue :

« C'est quand même curieux de porter une cagoule en plein été, non ?

– C'est parce que j'ai la grippe, chef ! » crie de loin le guetteur.

Préparatifs

Mi-août 2012. Alain Gardère apprend que des salles sont réservées pour des auditions au mois de septembre. L'enquête de l'IGPN sur les ripoux arriverait-elle à maturité ? Il n'en sait pas plus, mais, apparemment, tel est bien le cas. L'affaire ne va pas tarder à éclater, mais, localement, personne n'est dans la confidence. Le secret est bien gardé, ils marchent sur des œufs. Même le microcosme ne sait rien. La directrice de cabinet du préfet, Lina Lanfranqui, ne sait pas ; le directeur départemental non plus ; pas davantage que celui de la PJ.

Si rien ne vient gripper la machine, on va bientôt tordre le cou aux rumeurs et savoir ce qu'il en est réellement de la probité de cette police.

La boîte

17 août 2012. Dans leur Peugeot 308, deux fonctionnaires de la BAC sont en maraude. Ils évoquent ce jour où ils ont présenté un dealer à leurs collègues de la brigade des stupéfiants de la Sûreté départementale. Quand ils l'ont pesé, au commissariat, il y avait huit cent soixante grammes

de « produit ». Une fois les emballages enlevés, les collègues de la Sûreté en ont curieusement compté deux cents grammes de moins.

« Il y avait aussi 1 300 euros, précise une voix. Moi, le comptage, je l'ai fait devant eux. Je [ou *ils* : la transcription est difficile] pouvais pas prendre de sous.

– Le pognon, ça les rend fous ! glisse un autre.

– Comme la fois où on était avec ton groupe, qu'il y avait la boîte.

– Ah, parce qu'il y avait beaucoup ?

– Ça se sentait. Je l'ai prise dans la main, elle était pleine. Je lui ai demandé : "T'as regardé la boîte ?" Il répond : "Non, on n'a pas ouvert."

– Sincèrement ?

– Non, non, de toute façon, tu t'en bats les couilles, et quand j'ai fait ça, on sentait qu'il y avait des billets qui bougeaient, mais pas beaucoup, on sentait qu'elle était pleine. La femme, elle disait : "Non, mais il a gagné au Loto", et elle montrait un ticket du PMU, il datait de quatre ans ! Et l'autre il faisait le mec dégoûté : "Ouais, ouais, allez, ouais, on la prend."

– Ouais, ouais, le vice jusqu'au bout.

– Le collègue des stups, aussi ?

– C'est sûr. »

Patate

« Prépare-toi, tu vas avoir une grosse patate sur les bretelles. Ça va concerner des policiers qui piquent de l'argent. »

C'est en substance le message que glisse Alain Gardère à celui qui vient remplacer Pascal Lalle, le directeur départemental de la Sécurité publique, appelé à de plus hautes fonctions puisqu'il devient directeur central à l'initiative de Manuel Valls.

Le nouveau venu s'appelle Pierre-Marie Bourniquel. Inspecteur général, 62 ans, il arrive de Bordeaux où il était à la fois commissaire central et directeur départemental. Passé par Perpignan, Toulon et Nice, il connaît bien le sud de la France. Est-il l'homme idoine ? Culture policière oblige, il comprend d'emblée la gravité de la situation.

« On verra bien », répond le remplaçant que personne ne met tout à fait dans la confidence : depuis un an l'enquête de l'Inspection générale est l'un des secrets les mieux gardés de la police. Frédéric Péchenard, le directeur général, a été une tombe, tout comme le ministre de l'Intérieur, Claude Guéant, et le procureur de la République, Jacques Dallest.

Liquide

20 août 2012. Deux fonctionnaires parlent argent à bord d'une voiture de patrouille :

« Juste une fois, tu me fais un chèque à moi.

– Pourquoi, tu as beaucoup ?

– Il me reste, euh… il me reste 8 000… euh, 8 000 !

– 8 000 en liquide ! (Il siffle.) Ah oui, d'accord, ouais !

– Non, mais petit à petit, ça part vite.

– Non, m'enfin 8 000, quand même !

– Là, je fais des travaux, tu fais tout avec… à la fin du mois, je remets dans l'argent du quotidien.

– Tu fais le plein.

– Ouais, l'essence !!!

– Ouais, chaque fois que je fais le plein, je mets 100 euros dedans.

– Le mois, tout le mois, tu vois, j'ai presque rien touché, moi, et à la fin du mois tu mets de côté… mais ça va vite, le liquide.

– Ouais, quand tu regardes pas, ça crame.

– Non, mais ça va vite, quand t'as la facilité. Mais j'ai jamais de liquide, en fait… Tu vas à Cannes, tu vois, tu manges là, tu regardes même pas… Tu veux des fringues, bam !

– Ouais, quand t'as que ça, tu dois ouvrir le porte-monnaie : tu regardes ; quand c'est une liasse, tu regardes moins !!

– Ouais, c'est ce que je te dis, ça peut aller vite. C'est sûr que si t'as 10 euros, tu vas quand même bouffer tes 10 euros, si tu les as… Le quad, il m'a pris tout en liquide.

– C'est neuf ou d'occasion ?

– Neuf… un crédit… Chez lui, au moins, il te garantit le véhicule à neuf, tu sais, dans la durée du crédit.

– Ouais, comme ça le crédit on te le prend sur le compte, et tu fais ta vie avec le liquide.

– Ouais, au moins tu peux dire que je l'ai acheté comme ça, j'ai fait un crédit. »

Le charbon

21 août 2012. Un équipage de la BAC est en surveillance non loin d'une Fiat Panda volée. L'un des policiers appelle un collègue au téléphone :

« Allô ? Ça va ? Qu'est-ce que vous avez fait, alors ? Qui c'est qu'a trouvé le produit de Font-Vert ?

– Du charbon, intervient un passager de la voiture.

– Y avait beaucoup ? (…) Ah, vous avez pris le mec et… d'accord (…). Ah, ils ont tapé le charbon ! (…) Il a balancé ? (…) Ah ouais ! (…) Et combien y avait ? Belle sacoche ? (…) trois/quatre cents grammes et… hein ? (…) Combien il a volé ? Ouais, demande-lui combien il a volé, surtout ! (…) Ouais, je te laisse, parce que j'ai plus de batterie, Gros ! À tchao, bisou. »

Un des membres de l'équipage interroge celui qui vient de raccrocher :

« Et l'argent ? Y en avait pas ?

– Apparemment, si, il y en avait. Enfin, y en a… Si c'est cinq cents grammes, c'est qu'il y en a beaucoup, je pense. »

Dans une autre voiture, au même moment, on parle encore sacoche :

« Alors je te disais : tu vois, quand personne ne te voit et que tu arraches une sacoche…

– Hé, ça fait un bout de temps que j'ai pas arraché de sacoche.

– Hé, je t'ai rien arraché ! »

Bassens

Le télégramme enregistré dans les archives se présente ainsi :

> « Le 22 août 2012 à 15 h 25, X., 25 ans, au volant d'un véhicule quittant la cité difficile Bassens (15e arrondissement), refusait d'obtempérer à un contrôle de police. À l'issue d'une prise en charge de quelques minutes, il abandonnait sa voiture, prenait la fuite à pied et était finalement interpellé par la BAC.
> La fouille du véhicule amenait la découverte de 14 500 euros en numéraire, enveloppés dans du plastique, et d'un pistolet-mitrailleur de calibre 9 mm approvisionné.
> Les policiers de la Sûreté départementale des Bouches-du-Rhône, saisis de l'enquête, plaçaient X. en garde à vue.
> Avec l'assistance de la BAC Nord, une perquisition était menée à son domicile, à Bassens, où

étaient découverts dix kilos de résine de cannabis et 2 100 euros en numéraire. »

Un peu plus tard dans la journée, des fonctionnaires de la BAC évoquent l'événement à bord de leur véhicule :

« Putain, c'est bon, ça : quatorze kilos à Bassens ! s'exclame l'un d'eux.

– Ouais, ouais. Tout à l'heure, euh… y a une chasse, ils chopent une Twingo, le mec a 14 000 euros, il a un Uzzi dans le coffre, et le mec, euh… Les collègues de journée commencent à lui parler, il fait “Ouais, j'veux bien parler, mais bon, pas maintenant”, et puis bon, ils demandent : “C'est quoi, les deux trucs que t'as sur toi ?” Il dit : “Moi, j'tiens, j'tiens le… quasiment c'est moi qui tiens le pont du Bloc E, à Bassens.” Du coup, ils ont alerté tout de suite la SD [Sûreté départementale], parce que, s'il y avait pas perquize maintenant, euh… c'était mort. À la SD ils y sont allés, ils ont trouvé quatorze kilos et il y avait de la thune, et apparemment, la thune, ils l'ont pas trouvée. Enfin, ils l'ont trouvée, mais… elle a disparu, quoi.

– Eux, ils doivent se gaver aussi !

– Putain de merde !

– À Bassens, c'est sûr !

– Non, mais la SD, je parlais. »

La carte bleu blanc rouge

Entre la BAC Nord et les collègues de la Sûreté départementale installée à l'Évêché, ce n'est apparemment pas le grand amour. Trop d'embrouilles accumulées, de contentieux, de non-dits que résume ainsi un membre de la BAC, le 23 août 2012, à bord d'une voiture :

« Disons qu'entre nous, hein, ceux qui voulaient la niquer, ils l'ont jamais fait. Moi, j'étais bien avec un groupe des stups, honnêtement, hein. Il y a des collègues de la BAC, ils peuvent aller à Lourdes, je te le dis. Ils savent exactement ce que disaient les mecs. Si les collègues, ils avaient poursuivi, bah, bah, bah ! C'est pour ça qu'y a plein de collègues, je dirai pas les noms, qui te disent : "Ouais, ces enculés..." Ils ont jamais rien fait. Parce que les mecs, il faut voir ce qu'ils disaient. Ils disaient la vérité (...). Y en a, ça sentait le vrai, quoi, l'audition, tu savais que c'était vrai. Le mec, il faisait : "Ouais, ouais, j'avais ça ; ça et ça aussi, mais ils me l'ont pris ; non j'avais plus, deux cents grammes de plus..."

– Faut faire gaffe. Parce qu'y en a, quand ils plongent, hein ! Celui qui est un peu fort, qui sait que, parce qu'il a un kilo ou deux kilos, c'est la même chose, il va tout dire, hein. Et les collègues des stups...

– Y en a qui trouvent des oreilles.

– Le seul enculé qu'y a, euh, tu vois, il s'est fait virer de la police. C'était le seul qu'avait dit à un collègue que, comme ça… il lui avait dit : "Toi, je te ferai rendre la carte !" Et, tu vois, c'est lui qui l'a perdue, la carte, sur une affaire de ce collègue !" »

Rires.

« "Je te ferai rendre ta carte de police…" Et il en avait après la BAC, il arrivait au mec, il disait : "Ils t'ont tapé, ils t'ont pris quelque chose, tu diras ça à l'audition ?" Moi, je sais ce que c'est, parce que je connais les deux : ceux de la BAC ils disent que c'étaient des enculés, et ceux des stups qui disaient que les autres de la BAC, ils faisaient que du travail de merde et tout ça. Donc, ils s'aimaient pas et c'était ciblé. Moi, je m'étais présenté à l'époque où je devais aller à la SD, il est arrivé et il m'a dit : "C'est qui, ton chef de groupe ? – C'est lui, ça va ? Pourquoi ? je lui demande. – Parce que si ça avait été lui, lui ou lui, tu venais pas." »

Prison

25 août 2012. Il ne fait décidément pas bon sortir de prison. S'il était resté entre les murs, Benamar Hamidi, 25 ans, serait encore en vie. Dehors, les balles fusent. Le tueur s'est hissé à son niveau sur son deux-roues, vieille technique marseillaise, avant de l'envoyer au paradis des voyous.

Le portefeuille

25 août. À bord d'une Peugeot 308 de la BAC Nord, un policier repère un suspect. La voiture s'arrête. les hommes reviennent à son bord dix minutes plus tard et redémarrent. Soudain, on entend :

« Oh, putain ! Le portefeuille du mec, con !

– Jette-le… Non, garde-le… Jette-le quand il y a du monde. Merde, trop tard ! »

Ils rient.

« T'as fouillé pour voir s'il y avait de l'argent dedans ?

– Ouais, y a rien. »

VII

La chute

Décédé

29 août 2012. La fin de l'été est particulièrement mortelle à Marseille, comme l'année précédente. Une fois encore, c'est à la kalachnikov que la cible est abattue. Walid Marzouki avait lui aussi 25 ans, âge qui semble décidément difficile à dépasser pour les caïds marseillais. Au volant d'une Twingo, son amie s'est arrêtée à un feu rouge. Elle en a profité pour sortir son portable et taper un texto. C'est ce moment-là que le tueur a choisi pour entrer en action, et le moins qu'on puisse dire, c'est qu'il a bien visé. En vidant son chargeur de haut en bas, il a découpé sa cible en deux. Les spécialistes arrivés sur les lieux sont d'autant plus admiratifs que la jeune femme, elle, n'a pas été blessée.

Alors qu'un magistrat prend une photo de cette exécution très professionnelle, le préfet lance une boutade pour détendre l'atmosphère :

« C'est pour ton album personnel ? »

Dans la voiture, les experts relèvent des phalanges disséminées un peu partout : voyant arriver le feu, le jeune homme, par réflexe, a certainement mis les mains en avant.

Check-point

30 août 2012. La sénatrice-maire PS des quartiers nord, Samia Ghali, dont la ciconscription vient d'être classée parmi les zones de sécurité prioritaires par le ministère de l'Intérieur, lance un cri d'alarme dans un entretien avec *La Provence*. Atterrée de voir les jeunes tomber comme des mouches autour d'elle – quatorze morts depuis le début de l'année dans la seule ville de Marseille (dix-neuf dans le département) –, elle demande que l'on fasse appel à l'armée pour lutter contre le trafic de stupéfiants :

> « Aujourd'hui, face aux engins de guerre utilisés par les réseaux, il n'y a que l'armée qui puisse intervenir. Pour désarmer les dealers, d'abord. Et puis pour bloquer l'accès des quartiers aux clients, comme en temps de guerre, avec des barrages. Même si cela doit durer un an ou deux, il faut tenir.
> Ça ne sert plus à rien d'envoyer un car de CRS pour arrêter des dealers. Quand dix d'entre eux sont arrêtés, dix autres reprennent le flambeau. C'est comme combattre une fourmilière.
> Après ce nouvel été sanglant, il faut que les vérités soient dites. Je pense que les autorités ne mesu-

rent pas la gravité de la situation. Les tueries qui se succèdent à Marseille deviennent une attraction médiatique nationale.
La vérité, c'est qu'aujourd'hui le premier employeur des jeunes dans certaines cités, c'est le trafic de stupéfiants. La drogue fait vivre des familles entières. Les armes prolifèrent. On se tue pour un oui, pour un non. Si rien ne bouge, on se dirige tout droit vers un système à l'américaine, avec des gangs qui se font la guerre sur des territoires où la loi n'a plus cours. »

Les mots sont forts, et, pour l'essentiel, le préfet Alain Gardère pourrait émettre un diagnostic assez proche. Les médias se focalisent cependant sur le point qui fâche : ce recours à l'armée qui aurait tôt fait de transformer les quartiers nord en territoire occupé, avec check-point et fouille à l'entrée et à la sortie par des soldats équipés comme sur un sol ennemi…

Samia Ghali n'a demandé l'autorisation à personne avant de fendre l'armure, et le résultat dépasse ses prévisions : elle est sur tous les plateaux de télévision pour défendre sa vision des quartiers. Loin de la remettre à sa place, la porte-parole du gouvernement, Najat Vallaud-Belkacem, temporise : « Ses propositions doivent être écoutées », dit-elle avant de renvoyer les décisions au 6 septembre, date de la réunion interministérielle consacrée à Marseille.

Ville « paisible »

31 août 2012. Au micro de RTL, le préfet Alain Gardère s'emploie à éteindre l'incendie à l'heure où son éventuel remplacement fait débat place Beauvau :

« Marseille n'est pas à feu et à sang, c'est plutôt une ville paisible, déclare-t-il avant de remettre poliment les militaires à leur place : L'armée n'a pas les techniques d'intervention en milieu urbain dont dispose la police. Seule la police a les moyens de travailler en profondeur dans ces quartiers. Les policiers se rendent quotidiennement dans les cités. J'y vais moi-même aussi. Ce qui m'intéresse, ce sont les procédures judiciaires et la façon dont nous avons pris le mors aux dents. Il y a une nette amélioration sur un certain nombre de données à Marseille, en particulier les vols à main armée, les vols avec violences, et même les cambriolages. Cela dit, je ne me réjouis de rien. Je suis parfaitement lucide quant à la difficulté de la tâche qui m'est confiée. Je suis également conscient que ces règlements de comptes donnent une très mauvaise image de la ville. »

Visite

Bureau du préfet. Alain Gardère présente la future zone de sécurité prioritaire à la sénatrice-maire Samia Ghali, devenue le porte-voix des quartiers.

« J'ai déjà essayé de mettre des CRS pour empêcher les clients d'aller acheter de la drogue dans une cité, explique-t-il à l'élue. Les jeunes sont tout simplement allés faire leurs courses ailleurs. On doit faire cesser le trafic, je suis d'accord avec vous, mais les barrages sont inefficaces. On n'arrivera jamais à bloquer toute une ville. Et puis, l'armée n'est pas faite pour lutter contre les stupéfiants. »

Samia Ghali sait certainement tout cela, mais l'essentiel pour elle est ailleurs : elle a parlé pour tous ceux qui se terrent derrière les rideaux de leur logement de peur de déranger les « tenanciers » du quartier, princes de la résine et champions de l'embrouille à mort.

Barrettes

31 août 2012. Dans une voiture de la BAC, un fonctionnaire à l'œil aiguisé attire l'attention de son collègue au sujet d'un suspect :

« Il a jeté un truc, t'as vu ?

– Allez, on va voir.

– Une barrette ou deux ? »

Les portières s'ouvrent, puis se referment. Un portable vibre dans le silence. Puis les hommes reviennent avec le suspect.

« Mets-toi au milieu. »

Le véhicule redémarre.

« Vous habitez Font-Vert ? » demande un des policiers avant d'inviter le chauffeur à rouler jusqu'à la Division.

Alors que la voiture descend dans le parking souterrain, l'un des équipiers suggère de passer par les vestiaires. On entend une voix s'exclamer :

« Ohhh ! Le petit jouet ! »

Puis une autre :

« On va les compter, voir s'il y a plus de trente.

– Y a beaucoup, beaucoup !

– Faut savoir tout de suite, OK ? »

On les entend manipuler quelque chose. Une voix dit :

« Vous, vous sentez plus la patate que nous ! »

Des portes claquent. Tous parlent en même temps.

« Des mecs qui ont deux ans de police ! dit l'un.

– Ça n'a rien à voir, répond l'autre.

– Voilà entre nous ce que tu peux… Il faut que tu dises… Tu t'en bats les… Tu nous prends pour des idiots, tout à l'heure !

– Ça va, OK, merci.

– Tu réfléchis.

– Ah non, mais le sac est déchiré ! » intervient brusquement l'interpellé, irrité.

Se sont-ils partagés ce que le suspect avait sur lui ? Ont-ils goûté son produit ? Seule certitude : ils ont estimé utile de se dissimuler pour faire leur petite cuisine.

Le ciel lui tombe sur la tête

6 septembre 2012, 9 heures. Des pans entiers de plâtre se détachent du plafond pour s'écraser en plein sur le bureau du préfet de police de Marseille. Celui qui défonce son fauteuil pèse plus de quarante kilos. La carte de la ville a glissé de son chevalet, lui-même enseveli sous les gravats. Un coup de la police des polices qui loge juste au-dessus ?

Alain Gardère doit la vie au préfet de région Hugues Parant. S'il n'avait pas été à cet instant dans le bureau de celui-ci, de l'autre côté de la rue, pour préparer le prochain comité interministériel consacré à Marseille, il aurait été en train de boire un café dans son propre bureau.

Commentaire de sa fille, par SMS : « C'est un signe du destin. Il est temps que tu quittes Marseille. »

Le destin s'était déjà manifesté une première fois au début de sa carrière : le jour où il a été reçu commissaire de police, Alain Gardère occupait la chambre numéro 22 d'un petit hôtel de Gif-sur-Yvette. Celui qui dormait dans la chambre voisine, la 21, n'avait pas été admis. Lui, si.

En attendant, il faut trouver un abri pour le préfet, mais aussi pour l'Inspection générale des services et la Direction zonale du renseignement intérieur hébergées elles aussi dans cet immeuble en péril.

Sommet

7 septembre 2012, 17 heures. Jean-Marc Ayrault préside à Matignon un comité interministériel « spécial Marseille », avec pour ambition d'apporter une réponse « globale » à la criminalité. Autour de la table, Manuel Valls (Intérieur), Christiane Taubira (Justice), François Lamy (Ville), Arnaud Montebourg (Redressement productif), la Marseillaise Marie-Arlette Carlotti (Lutte contre l'exclusion) et Vincent Peillon (Éducation).

« Nous avons affaire à un problème extrêmement grave qui touche l'économie souterraine, des quartiers entiers où se sont installées des bandes », a expliqué, la veille, le Premier ministre, soucieux de montrer sa détermination après un été trop silencieux aux yeux de nombreux observateurs. « L'autorité de l'État doit être respectée partout, a-t-il encore déclaré. Il faut combattre l'économie souterraine sur tous les fronts, politique, judiciaire, mais aussi économique. Marseille est une ville en très grande perdition, qui a besoin d'une réponse exceptionnelle de l'État. »

Un an plus tôt, Marseille était érigée « priorité nationale » par Nicolas Sarkozy ; le sort de la deuxième ville de France est désormais une question d'« intérêt national ».

Nouri, Sonny et Mohamed, suite

19 septembre 2012. La PJ interpelle dans un bar de Calas (Bouches-du-Rhône) celui qui manquait encore pour boucler les investigations sur la mort des trois jeunes des Micocouliers, Nouri, Sonny et Mohamed : Samy Ati.

Équipé de deux téléphones portable, de trousseaux de clefs et de deux barrettes de cannabis, il se déclare totalement étranger aux faits qui lui sont reprochés. Tout juste admet-il avoir eu un différend, en septembre 2011, pour une raison futile, avec le défunt Sonny Albarello qui lui avait tiré dessus, le touchant légèrement.

Né à Marseille en 1982, connu pour vols aggravés, dégradations de biens publics, recel, trafic de stupéfiants, délits routiers, violences volontaires, il franchit, avec sa présentation au juge, un cap majeur, puisque l'on veut l'entendre au sujet de la découverte de trois corps carbonisés.

Nouvelle donne

21 septembre 2012. C'est l'heure du passage de témoin. Manuel Valls installe un nouveau préfet à Marseille – un préfet à part entière, cette fois – au lendemain d'un séminaire gouvernemental réuni dans la capitale phocéenne sous l'égide du Premier ministre, Jean-Marc Ayrault.

Jean-Paul Bonnetain, 62 ans, aura les coudées franches, même si, pour ne pas gêner le préfet de région, le décret précisant ses attributions prévoit de lui retirer toute compétence sur le Secrétariat général pour l'administration de la police (SGAP). Amputation perçue des seuls spécialistes, car l'heure est à la solennité des discours.

« Marseille est blessée dans sa chair et abîmée dans son image, déclare le ministre de l'Intérieur. La situation, insupportable pour les Marseillais et intolérable pour notre pays, appelait une mobilisation générale. (Se tournant vers le nouveau préfet :) Les Marseillais ont besoin de vous. Une part de cette belle ville est entre vos mains. Cette ville peut, doit, va retrouver la tranquillité nécessaire à la construction d'une métropole. Contre le trafic de stupéfiants qui détruit la vie dans les quartiers et y pourrit l'ordre social, il faut avancer immeuble après immeuble, hall après hall : c'est ce que les habitants attendent. J'ai de l'estime pour Alain Gardère, mais, à nouvelle organisation, il m'a semblé qu'il fallait une nouvelle impulsion. »

Jean-Paul Bonnetain est un spécialiste des territoires et de leur administration plus que des questions de police ; les Marseillais verront vite la différence de style. Tandis qu'il prend possession avec son épouse de la fameuse villa, son prédécesseur tente de lui glisser quelques mots au sujet du scandale qui couve, mais le nouvel arrivant a d'autres préoccupations pour les jours à venir. Et, devant lui, une mission qui dépasse largement le cadre du maintien de l'ordre : c'est toute une ville qu'il doit sauver.

Sous l'autorité directe du ministre de l'Intérieur, Jean-Paul Bonnetain a pour premiers objectifs de mettre en place la zone de sécurité prioritaire (ZSP) « quartiers nord » dès l'automne, et de préparer celle des « quartiers sud » autour des cités Air Bel, la Soude et la Cayolle pour début 2013. Sans pour autant délaisser le centre-ville, « patrimoine de l'ensemble des habitants de l'agglomération », selon les termes de la feuille de route rédigée place Beauvau.

Côté effectifs, c'est Noël avant l'heure. Malgré la pénurie ambiante, la Sécurité publique doit recevoir le renfort de cent vingt hommes. Quinze fonctionnaires supplémentaires seront orientés vers le renseignement opérationnel dans les cités sensibles. Vingt-cinq policiers en plus viendront gonfler les rangs de la PJ, tandis que la gendarmerie s'étoffera pour traiter les enjeux criminels, dans la périphérie marseillaise, avec quarante recrues nouvelles.

Marseille

Forcément frustré de quitter si vite la ville, Alain Gardère n'en est pas moins optimiste pour elle, même pour ses quartiers nord. Le préfet « hyperactif », selon le mot d'un magistrat, part avec l'image d'une cité à la fois attachante et rude, d'une ville rebelle, aussi, un brin complexée dans ses relations avec Paris… D'une ville dotée de policiers intègres, jusqu'à preuve du contraire, qui finiront bien par identifier les chefs des réseaux de la drogue ; les dealers ont d'ailleurs désormais intérêt à numéroter leurs abattis, et pas seulement leurs sacoches…

L'enquête débouchera-t-elle ? Parviendra-t-elle à étayer soupçons et accusations alors que les présumés ripoux n'auront de cesse qu'ils ne minimisent leur rôle ? Les plus malins seront-ils vraiment « accrochés » ? L'absence de plaignant ne va-t-elle pas fragiliser l'accusation ?

Rien de plus difficile, pour la police, que d'enquêter sur la police, car personne dans la « maison » n'a vraiment envie d'y croire.

Roms

28 septembre 2012. Marseille fait encore la une des journaux. Les habitants d'un quartier populaire ont décidé de prendre eux-mêmes en main leur sécurité. Ils sont descendus dans la rue pour procéder au démontage d'un camp de Roms installé sous leurs fenêtres.

Certains crient au scandale, mais ce n'est pas là une première, Alain Gardère peut en attester : un épisode similaire s'est déjà produit dans un secteur nettement plus huppé de la ville. Les riverains ont sorti les fusils de chasse pour être sûrs de bien se faire comprendre. Pas vraiment le signe que les Marseillais font confiance aux services de l'État…

Un an plus tôt, le préfet s'était attiré les sarcasmes de la presse régionale parce qu'il s'était invité chez des habitants du quartier de la Belle de

Mai, un samedi matin, afin de partager leur soulagement d'avoir été débarrassés d'un campement improvisé de Roms. Il les avait écoutés raconter l'odeur des pneus brûlés, les chats du quartier qui disparaissaient, s'attirant le qualificatif de « démagogue de bas étage » auquel il avait vertement riposté en soulignant que « le contact avec la population n'est pas l'apanage des journalistes »...

Perquisition

2 octobre 2012, 7 h 30. Accompagné de huit membres de l'Inspection générale des services, le commissaire divisionnaire Didier Cristini quitte le siège de la compagnie de gendarmerie des Bouches-du-Rhône pour rejoindre les locaux de la BAC Nord, rue Odette-Jasse, dans le 15e arrondissement de Marseille. Il soumet au commissaire divisionnaire Christophe Groult, chef de la Division Nord, la commission rogatoire délivrée la veille par Patricia Krummenacker, vice-présidente chargée de l'instruction, et Caroline Charpentier, juge d'instruction, avant de se faire conduire vers le sous-sol où se situent les vestiaires. Un agent des Douanes les rejoint, assisté de Ugo, un labrador spécialisé dans la détection de stupéfiants.

Trois pièces, des sanitaires communs, un faux plafond constitué de dalles amovibles. Dans la première, le vestiaire des gardiens, cinquante-cinq armoires correspondant à cent dix vestiaires. Ugo « marque » à plusieurs reprises quatre armoires.

Dans la deuxième pièce qui compte cinquante-sept armoires, soit cent quatorze vestiaires, le chien s'intéresse au faux plafond, notamment à l'aplomb de l'armoire 14. Dans la dernière, contenant seize armoires, soit trente-deux vestiaires, le chien se fige devant deux placards.

L'ouverture des armoires suspectes peut commencer, coupe-boulons en main. La première recèle couteaux, batte de base-ball, mais ce qui retient l'attention, c'est une sacoche à rabat, en tissu, de marque Bever's. Sous l'armoire, une pochette plastique translucide zippée contenant quatre sachets, zippés eux aussi, abritant chacun une barrette de cannabis pour un poids de trente grammes.

Le vestiaire suivant cache un pied-de-biche rouge, sans marque. Le suivant, un sac de sport dans lequel on découvre cinq sachets contenant chacun une barrette, pour un poids total de vingt-cinq grammes.

Un fonctionnaire arrive fort à propos pour assister à l'ouverture de son casier ; dans la poche d'un blouson de marque Nike, deux sachets zippés contenant du cannabis ; dans la poche d'une doudoune noire, un sachet abritant un lot de bijoux en métal jaune : boucles d'oreilles, broches, boutons de manchette, pendentifs, pinces à cravate… Plus une sacoche noire imitation cuir. Dans l'armoire suivante, les enquêteurs saisissent une boîte en carton Nespresso dans laquelle est rangée une liasse de billets pour un montant de 260 euros.

Le faux plafond du vestiaire numéro 2 cache deux cartons contenant des sachets de conditionnement petit modèle, un sachet plastique avec quatorze barrettes de shit, soit quarante-quatre grammes, une barrette de dix grammes, des clefs de voitures, une sacoche en cuir de marque Longchamp, vide, une sacoche en toile noire griffée Canal +, encore trois grammes de shit... Les armoires recèlent elles aussi leur lot de sacs de sport contenant des barrettes de shit, cinq grammes ici, sept grammes là, sans oublier un nouveau pied-de-biche, un revolver à crosse nacrée, une chaussure administrative contenant trente grammes de shit.

Le faux plafond des W-C exerce sur Ugo une attraction irrésistible, et pour cause : on y trouve un sac estampillé Adidas dans laquelle sont entassés plus de quarante morceaux de résine pour un poids de cent quarante-neuf grammes, et quelques sachets d'herbe, une sacoche de type banane renfermant une quarantaine de grammes de cannabis et une cinquantaine de grammes d'herbe.

Peu avant 14 heures se présente un autre fonctionnaire dont l'armoire est vierge de tout objet suspect, ce qui n'est pas le cas de celui qui lui emboîte le pas : son sac de sport contient une cagoule noire, un coupe-boulons et un pied-de-biche, l'attirail du parfait cambrioleur. Une cagoule artisanale en tissu noir est également découverte dans une autre armoire, rangée près d'un nouveau pied-de-biche.

Pour un peu, on ne se croirait pas dans un commissariat, mais dans un pensionnat pour jeunes délinquants.

Ripoux à la une

2 octobre 2012. Coup de tonnerre : douze policiers marseillais sont placés en garde à vue dans le cadre d'une enquête portant sur le vol ou l'extorsion d'argent, de stupéfiants et de cigarettes de contrebande...

« Un certain nombre d'entre eux, apparemment, se payaient sur la bête ou prélevaient leur dîme en espèces ou en nature à des fins sans doute personnelles, ou peut-être pour accomplir leur travail d'infiltration du milieu délinquant, commente publiquement le procureur de la République, Jacques Dallest. À ce stade, la hiérarchie n'est pas impliquée. »

L'affaire avait au fond peu de chances de sortir un jour. Elle était même vouée à l'échec, menacée par mille et une possibilités de fuites. L'habileté aura consisté à garder le secret, puis à sonoriser les véhicules administratifs. Même les principaux responsables syndicaux n'ont rien su, pas davantage le secrétaire général d'Unité Police, Henri Martini, que celui d'Alliance, Jean-Claude Delage, pourtant marseillais tous deux. Le couvercle a tenu. La surprise n'en est que plus grande.

Quand on dirige des hommes, on sait que certains individus peuvent déraper, mais, à cette échelle, Alain Gardère n'avait jamais vu ça. Il n'est pas le seul. La façon dont ces fonctionnaires ont choisi, en groupe, de camper du côté obscur suscite la consternation.

Et, comme toujours, ce ne sont pas les plus mauvais qui sont montrés du doigt. Les fumistes passent généralement au travers dans la mesure où ils ne prennent jamais aucun risque et s'aventurent le moins possible au-dehors. Ceux qui flanchent sont ceux qui vont au contact avec les voyous. Ceux qui sont « rentables » pour l'institution, parce qu'ils ramènent du « gibier » à l'hôtel de police. Ceux que les services spécialisés utilisent pour identifier tel ou tel, et recruter de bons indics. Les « chiens de chasse » à qui « on donnerait le bon Dieu sans confession », selon le mot d'un magistrat marseillais. Des fonctionnaires qui trouveraient légitime de partager les primes qu'ils génèrent avec leurs chefs, lesquels ne s'exposent qu'aux foudres des grands patrons quand eux mettent tous les jours leur intégrité physique en jeu (l'administration a déploré autour de trois cents policiers blessés en service en 2011).

Si l'enquête judiciaire va à son terme, si le nombre de fonctionnaires concernés est celui que l'on annonce à mi-voix, soit une trentaine, alors les renforts promis ne seront pas de trop. Ce sera dur, très dur, d'autant plus que leur arrivée risque de ne pas produire ses effets dans l'immédiat. Car Pierre-Marie Bourniquel, le nouveau directeur de la Sécurité publique, le sait aussi bien qu'Alain Gardère : en matière de police, ce n'est pas tant la quantité qui compte, que la qualité.

« Tu en as pour dix-huit mois avant de retrouver un tel niveau, annonce l'ancien à l'arrivant. Le temps que les nouveaux apprennent. »

Dix-huit mois : bien plus que la durée moyenne d'un préfet, ces dernières années, à Marseille.

Momo, Ludo, Poum-poum et les autres

Il ne s'agit pas là des pseudos des membres de la bande de la cité Bassens, mais de ceux des policiers de la BAC, et la première chose que tentent de faire les enquêteurs de la police des polices, c'est de mettre une identité et un grade derrière chacun d'eux. Les auditions commencent, forcément très rudes pour ceux qui se retrouvent de l'autre côté, où ils n'ont pas trop l'habitude d'être. Situation familiale, matricule, activités sportives, parcours professionnel, salaire, pension, loyer, gains, héritage, dépenses en espèces, voyages : tout y passe. Avant d'attaquer le cœur du sujet : la composition des patrouilles, la tenue de la main courante informatique où l'emploi du temps de la journée est normalement consigné, en particulier les interpellations. Et ces surnoms, le Poulpe, Djé, Momo, Nico, Divo, Mika, Poum-poum, Blanco…

Où l'on apprend que s'est tenue quelques mois auparavant une réunion syndicale, au cours de laquelle l'ensemble des policiers de la BAC se seraient « insurgés » contre les propos « mensongers et diffamatoires » tenus par leur ancien collègue Bennardo dans la presse. Certains ont même demandé au syndicat de réagir dans les médias, mais ses responsables auraient jugé préférable de « faire le dos rond ».

Où celui qui pose les questions guette le moment idéal pour sortir l'arme fatale : les éléments obtenus grâce à la sonorisation de plusieurs véhicules affectés à la BAC. Avec, à la clef, cette même réponse qui revient comme un refrain : « Il s'agissait d'une plaisanterie. » Et cette remarque, censée rééquilibrer les forces : « Nous étions tous persuadés que nous étions sur écoute téléphonique et que les véhicules de service étaient sonorisés dans le cadre de votre enquête dont la rumeur nous avait donné connaissance. »

Pendant sa garde à vue, l'un des fonctionnaires joue même la carte de l'erreur humaine : « Nous sommes certes des policiers, dit-il, des professionnels, mais nous pouvons aussi commettre des erreurs, nous sommes avant tout des hommes. »

Départ

Alors qu'il salue les uns et les autres avant d'aller occuper le nouveau poste que la place Beauvau lui a accordé : préfet délégué pour la sécurité et la sûreté des plates-formes aéroportuaires de Roissy Charles-de-Gaulle et du Bourget, Alain Gardère est abordé par un gradé de la police marseillaise :

« Vous avez bien fait, ça fait des années qu'on entendait ces rumeurs, lui dit-il avec une expression de soulagement.

– Laissez-moi vous dire que je ne l'ai pas fait avec plaisir », glisse le préfet.

Le commissaire divisionnaire Didier Cristini, maître d'œuvre de l'enquête sur les présumés ripoux, se fend lui aussi d'un petit mot : « Heureusement que tu as pris cette affaire à bras-le-corps. »

Il est vrai que, sans cette volonté-là, « le Parisien » aurait été rapidement renvoyé dans les cordes par tous ceux qui considéraient que l'affaire ne le regardait pas. Ce n'est pas ce petit nouveau, ce collègue devenu préfet, qui allait leur apprendre la police marseillaise !

« Si la ville était vraiment pourrie, ça ne serait jamais sorti », répond l'optimiste préfet.

Gestion de crise

Les proches de Manuel Valls phosphorent pour gérer au mieux cette crise qu'ils n'ont pas vue venir, et pour cause : Claude Guéant, le ministre qui a initié les opérations, n'a pas jugé utile d'en parler à son successeur. En tête de ceux qui auraient pu transmettre le dossier, l'ancien directeur général de la police nationale, Frédéric Péchenard, a été doucement recasé à la Sécurité routière, sans mot dire, lui non plus. Comme si une consigne de silence avait été transmise, le directeur de l'Inspection générale des services, à qui le commissaire Cristini avait régulièrement rendu compte de l'enquête, a également gardé l'affaire pour lui, malgré le tropisme affiché par le nouvel occupant de la place Beauvau pour Marseille. Quant à Alain Gardère, il a pensé que tous les autres avaient dû donner l'alerte.

Le ministre de l'Intérieur n'est pas directement touché par le scandale, mais il peut difficilement rester silencieux.

L'affaire de la BAC est un bon point d'accroche pour mettre en avant la déontologie, suggère depuis l'Assemblée nationale, où il préside la Commission des lois, le très écouté Jean-Jacques Urvoas, député socialiste du Finistère. « Les BAC sont les enfants chéris des commissaires, analyse-t-il. On laissait ces fonctionnaires faire ce qu'ils voulaient, car ils étaient au cœur de la statistique. Il faut remettre à plat la chaîne de commandement et s'assurer que les relais fonctionnent entre la place Beauvau et le terrain. Il faut réinstaller la verticale du pouvoir dans la police. »

« L'installation d'un véritable préfet de police autonome serait un véritable levier pour le ministre, avance Renaud Vedel, le puissant directeur de cabinet adjoint de Manuel Valls. Mais on ne peut pas fermer la BAC pour inventaire. On doit continuer sous une autre forme. »

Le criminologue Alain Bauer, qui n'occupe pas de fonction officielle au ministère, mais voit régulièrement le ministre, évoque « l'appât du gain, la facilité et l'absence de risque » : « Les cadres supérieurs n'ont pas voulu y croire, mais ils ont des excuses, dit-il : ces comportements sont enkystés depuis cent ans. »

Christian Lothion, directeur central de la police judiciaire, propose de mobiliser son service pour couper l'approvisionnement des cités de Marseille en produits stupéfiants.

Pascal Lalle, ancien directeur départemental de la sécurité publique récemment promu directeur central, est à la fois le mieux et le moins informé. Il connaît la plupart des protagonistes du dossier, de Sébastien Bennardo à Gilles Tachon en passant par son ancien collaborateur Albert Plaza, mais le préfet et l'Inspection générale des services ont travaillé dans le plus grand secret pendant près d'un an. Il sait qu'il peut devenir encombrant pour le ministre de l'Intérieur qui lui a confié l'un des premiers rôles de la police française, mais le seul reproche qu'on pourrait lui faire à cet instant est d'être passé pendant plusieurs années à côté d'un nid de ripoux. Ce qui, dans la police, est arrivé à bien d'autres que lui, et pas seulement à Marseille…

« Ces unités n'étaient pas « managées », admet Pascal Lalle. Elles n'ont pas été suffisamment renouvelées. J'ai cassé cela, tout en respectant la présomption d'innocence. »

Dans l'immédiat, le porte-parole de la Direction générale de la police nationale (DGPN), Pascal Garibian, est chargé de monter au créneau pour défendre les deux cent trente-cinq BAC de France, qui comptent pas moins de trois mille cinq cents membres. « C'est une affaire aussi exceptionnelle que rare, pondère-t-il. Les BAC effectuent un travail remarquable et font preuve de détermination et d'engagement. »

SMS

6 octobre 2012. Par SMS, le ministre de l'Intérieur informe les leaders syndicats de la police de ses décisions :

« Je viens de sortir un communiqué de presse à la suite des décisions du juge : j'annonce la dissolution de la BAC jour des quartiers nord de Marseille, et la DGPN suspend les policiers mis en examen. Une autre organisation sera proposée. J'assure enfin les Marseillais de ma volonté de défendre leur sécurité, et les policiers de ma confiance. Bien à vous, Manuel Valls. »

La dissolution d'une unité complète, la police n'en a pas connu depuis la mort du jeune Malik Oussékine, en marge du mouvement lycéen de décembre 1986, qui avait entraîné la fin des pelotons voltigeurs motocyclistes.

Dans les rangs, personne ne sourcille, hormis la deuxième force syndicale, Alliance. Soucieux de ne pas sacrifier en l'espace d'une journée leur meilleure pépinière marseillaise, ses dirigeants s'affichent clairement aux côtés du clan de la BAC, mettant en avant cette présomption d'innocence qu'ils n'accordent pas toujours aux bandits avec la même ferveur.

Ailleurs règne une forme de sidération. Jusqu'où sont-ils allés, ces policiers qui volaient au nom de la loi et de l'ordre ? Ont-ils poussé le bouchon jusqu'à considérer cyniquement que l'argent du crime était mieux utilisé dans leur poche que dans celle des voyous ? Qu'ils avaient mis au point un outil meilleur encore que le karcher pour affaiblir la « racaille » ?

« Chaque fois que l'on a constaté ce genre de dérive, on a retrouvé le même cocktail : des zones difficiles et une hiérarchie qui ne veut pas savoir et demande des chiffres, observe Nicolas Comte, cosecrétaire général de l'organisation syndicale majoritaire, Unité SGP Police, et fin connaisseur de la sécurité publique. On demande aux policiers de sortir, d'occuper la voie publique. On les envoie dans ces *no man's land* pour faire la loi, peu importe comment, puisqu'il n'y a pas de justice. La loi de l'équipe peut se substituer à toutes les règles. Si tu voles l'argent des dealers, tu ne voles personne. Ils sont la bande des bons contre celle des méchants. En cas de problème, la hiérarchie lâchera tout le monde. »

Et Nicolas Comte de pointer le risque que prennent les chefs à faire travailler les BAC comme des groupes de police judiciaire alors qu'ils n'y sont pas préparés. Des chefs soupçonnés de ne pas s'impliquer suffisamment, laissant les équipes s'imposer comme les véritables patrons du secteur dont elles ont la charge, avec pour corollaire inévitable le sentiment d'être intouchable, nanti d'une toute-puissance qui peut les pousser à la faute.

« L'institution a été dénaturée, avance Nicolas Comte. Elle a été attaquée dans ses fondements au cours de ces dernières années. Les procédures de management ont été exclusivement tournées vers le rendement et le profit. Il y a toujours eu des ripoux, mais ce mode de fonctionnement favorise les dérapages. On a fait sauter les pare-feux au nom de la rentabilité. Les patrons devaient rendre des comptes sur les chiffres, avec des primes mirobolantes à la clef, mais il n'y avait pas d'indicateurs sur la déontologie. Ces primes gagnées sur la sueur ont accéléré la perte de confiance de la base vis-à-vis de la hiérarchie. Les gardiens de la paix se tapent le boulot dans la rue, et les patrons encaissent : cela crée un état d'esprit pernicieux. »

Tachon

Gilles Tachon s'affiche. Il guide les équipes télé sur le terrain. Reçoit les journalistes pour leur conter les dessous noirs de Marseille. Fait comprendre haut et fort que personne n'aura sa peau, surtout pas ces « clochards » qui lui reprochent ses « embellies » financières :

« Ceux qui m'ont fait passer pour un ripou ne me connaissent pas, dit l'inénarrable Tachon. Si je suis coupable de quelque chose, est-ce que je roule en Porsche ? Est-ce que je porte cette montre [de marque] ? J'ai trop souffert de ce costume qu'on me fait porter ! Je suis un flic hors pair, mais atypique, alors je fais des jaloux. On m'a condamné injustement alors que j'étais en pleine gloire. On m'a mis à la retraite à 54 ans, et l'année suivante, je sors dix affaires en passant par le préfet Klayman. J'aurais pu me suicider, faire une dépression, mais non. Je n'ai pas seulement cherché à régler mes comptes avec l'administration : je veux une police propre. »

Lui aussi se sent menacé par ceux qu'il a contribué à dénoncer. Il les attend de pied ferme et tirera le premier (au sens figuré, évidemment).

Zorro, encore

C'est le jour où l'administration l'a appelé pour cosigner sa révocation que Sébastien Bennardo a pris la décision de témoigner, visage caché, devant une caméra de France 3. Mû par le sentiment de se faire avoir sur toute la ligne, doublé de la crainte de voir l'affaire de la BAC enterrée, il a enregistré ce qu'il considère comme un « appel au secours » :

« Je ne cherche pas la notoriété, assure-t-il alors que l'émission est diffusée, mais j'ai parfois le sentiment d'avoir été pris pour un con. Je veux qu'on me rende mon boulot. Je ne suis pas le Zorro de la police nationale. Je ne parle pas pour me venger. Ce n'est pas non plus de la délation, sinon je n'aurais pas témoigné sous mon nom ! »

Sébastien Bennardo n'en prend pas moins certaines précautions, puisqu'il affirme avoir enregistré le premier entretien qu'il a eu avec le commissaire divisionnaire Didier Cristini dans le bureau de « monsieur le préfet ».

Le procureur

Le ripou n'est pas un spécimen nouveau pour le procureur de la République de Marseille Jacques Dallest : sous d'autres cieux, à Lyon, il a pisté des gardiens de la paix devenus braqueurs. Un sommet du genre. Il sait aussi que la justice ne leur fait pas de cadeau, en général :

« Les policiers de la BAC sont très exposés, dit-il. Leur métier, c'est la chasse. Ils sont en permanence en contact avec le terrain. La seule directive qu'ils reçoivent, c'est de faire des “crânes”. Ils tournent dans la ville sans objectif précis. On leur laisse l'initiative. Je les ai accompagnés une fois, et je sais qu'ils ont l'œil : ils reconnaissent de loin les malfaisants. Mais la tentation est réelle, avec l'argent et la drogue qui circulent. Ils savent bien que le dealer ne dira rien si on le déleste, car cela pourrait aggraver son cas. On ne peut pas mettre des caméras dans toutes les voitures ! »

Au programme du procureur, dans les semaines qui viennent, une conférence sur le thème de l'éthique, à destination des policiers. Histoire d'appuyer les premières mesures décidées par la place Beauvau, consistant à mixer les équipes pour éviter que ne tournent ensemble que des habitués.

Le scandale, Jacques Dallest l'a vu venir de loin, mais on a peut-être tardé à l'informer des rumeurs qui couvaient. Réflexe classique d'une police qui lave son linge sale en famille, ou manque d'éléments probants : il ne le saura jamais. « Si on a de bonnes relations avec le procureur, pourquoi ne pas le saisir ? demande-t-il avec une feinte naïveté. L'institution a toujours intérêt à mettre la justice dans le bain. C'est une garantie pour soi. »

Cette retenue ne concerne pas que la police, mais aussi les élus, les associations, les syndicats, les citoyens en général, et Jacques Dallest s'en plaint : « En France, on n'a pas cette culture de la dénonciation citoyenne, dit-il. On parle tout de suite de délation. » Plusieurs fois, à l'occasion d'affaires graves, il a lancé des appels à témoigner anonymement, comme la loi le permet. Il sait qu'un témoignage à lui seul ne suffit pas, mais que si personne ne parle, rien ne sort…

Désormais épaulée par un autre juge, Caroline Carpentier, Patricia Krummenacker fait d'ailleurs face au silence des suspects. La solidarité de corps semble jouer à plein. Une tradition dans cette institution qui a toujours sécrété sa dose de corporatisme…

« Il faut du courage pour dénoncer, surtout dans ces institutions où l'on risque de passer pour un traître », observe Jacques Dallest qui sait combien les groupes criminels sont susceptibles de s'apparenter aux sectes. Ceux qui parlent, dans cette affaire, ne sont-ils pas au ban de l'institution, révoqués dans les habits du « chevalier blanc » ? On les a poussés dehors, au lieu de les déplacer discrètement comme on fait quand on veut éviter le scandale, alors ils se lâchent au risque d'éclabousser la hiérarchie…

Que restera-t-il, à l'heure de boucler le dossier, de ces présumés petits et grands détournements ? Les vérifications sont encore en cours, mais le magistrat ne s'emballe pas : ces enquêtes dévoilent rarement plus que la partie émergée de l'iceberg. Bien des faits passeront aux oubliettes, faute d'être établis, sans oublier que la prescription en matière de délit est fixée à trois ans. Des témoins ont beau se manifester discrètement, parfois depuis la prison, pour signaler la disparition de milliers d'euros, tous ne seront pas pris en compte. Parce qu'ils n'ont guère de preuves de ce qu'ils avancent, puis parce que leur crédibilité est faible.

« Si ces policiers sont coupables, analyse le procureur de la République, nous sommes face à une triple trahison. Ils ont trahi l'institution. Ils ont trahi les habitants, en droit d'avoir une police fiable, la France n'étant pas la Bulgarie. Ils ont aussi trahi la justice à qui cette police réclame une politique pénale forte. Ils ont brisé le lien social. On nous dit avec fatalisme : "Oui, mais c'est Marseille, la ville où des milliers de personnes ont acheté leur permis bateau." Comme si cette ville devait vivre avec ça, un peu comme la Corse doit vivre avec les armes ! Cela nous fragilise. Il va falloir, après cette affaire, reconquérir la confiance. Les nouveaux membres de la BAC sont marqués au fer rouge…

« Quand je parlais de "gangrène", je pensais à cette corrosion physique. Pour entrer dans la BAC Nord, il fallait apparemment en croquer. Ils se payaient sur la bête qu'ils traquaient. C'est le phénomène de la pomme pourrie dans le panier. Un type doué d'un certain charisme lance la mécanique. La solidarité d'hommes s'en mêle sans qu'il y ait vraiment de chef. La main est touchée, puis le bras, et, au final, on doit amputer… »

Ceux qui ont défendu le commissaire Michel Neyret ont dit qu'il fallait être un peu vicieux, autrement dit un peu ripou pour faire de la bonne police. Certains policiers marseillais entament le même refrain, expliquant qu'il leur fallait une réserve de shit comme monnaie d'échange. Jacques Dallest conteste : « Tous les moyens ne sont pas bons, dit-il. On ne leur demande pas de faire des affaires pourries, bancales, qui vous éclatent à la figure parce que le dossier ne tient pas. »

Pot de départ

Début octobre 2012. Préfecture de police de Paris. Les hiérarques de la police sont réunis pour saluer le départ vers le privé de l'un des leurs, Jean-Louis Fiamenghi, ancien patron du Raid, ancien chef du service de protection des personnalités avant de devenir directeur de cabinet du préfet de police. Curieux ballet où s'entrechoquent ceux qui ont fait la police sous Nicolas Sarkozy, dont le héros du jour n'est pas des moindres, et ceux qui s'apprêtent à la faire sous François Hollande.

Alain Gardère est bien sûr présent, la préfecture ayant été longtemps sa maison. Il croise furtivement Manuel Valls qui l'invite à venir le voir place Beauvau.

Trop calme

Les armes sont silencieuses depuis plusieurs jours à Marseille. Trop silencieuses : ce calme étonne les observateurs. Les inquiéterait presque. Même les Micocouliers semblent couler des jours paisibles. Les Micocouliers dont on disait un an plus tôt qu'ils étaient en quelque sorte l'épicentre des règlements de comptes dans la cité phocéenne.

Béchir et Moustafa eux-mêmes n'en reviennent pas : « C'est vrai qu'il a fallu le temps, dit le premier, mais cette affaire prouve que la République fonctionne encore. Ça va peut-être aller mieux. »

Alain Gardère ne peut que clamer qu'il croit à la vertu pédagogique de ce genre d'affaire. Des ripoux vont renoncer à leur double vie : flic la moitié du temps, voyou l'autre moitié. Ou du moins feront-ils désormais très attention…

Manuel Valls

Bureau du ministre de l'Intérieur. Manuel Valls écoute attentivement le visiteur assis en face de lui dans le petit salon aménagé côté cheminée.

« Monsieur le ministre, commence Alain Gardère, je vais vous expliquer comment ça s'est passé. Je suis arrivé dans des conditions difficiles à

Marseille où j'ai composé avec des gens en place depuis longtemps, qui n'avaient pas forcément envie de changer le cours des choses. J'ai sans doute été maladroit en leur parlant un peu trop de Paris… mais j'ai été à l'écoute. J'ai pris au sérieux ces rumeurs lancinantes. J'ai hésité à démarrer l'affaire de la BAC. Je me suis dit : dans quoi tu mets les pieds ? Et si je me trompais complètement ? Et puis il y a eu l'affaire Neyret… Est-ce que j'ai vraiment bien fait ?

– Oui, il le fallait, vous avez bien fait », répond le ministre qui était apparemment dans le secret de l'enquête en cours, mais ignorait, comme tout le monde, l'ampleur des dégâts.

Fraîchement nommé, le nouveau directeur général de la police nationale, Claude Balland, avait sans doute d'autres priorités. Et puis, comment imaginer le poids de la tumeur sans ausculter le reste du corps ? Bénigne ? Maligne ? Personne, hormis les enquêteurs eux-mêmes et les magistrats instructeurs, ne s'attendait en réalité à découvrir pareille dérive…

« Ce n'est pas toujours facile de mener ce genre d'investigations, poursuit le préfet.

– Ce qui a été fait pour la sécurité publique doit l'être pour d'autres corporations.

– Vous pensez à la PJ ?

– Pas seulement : je pense aussi à la justice et aux élus. »

Manuel Valls multiplie les questions, semblant prendre la mesure de l'énormité de la tâche qui l'attend.

« Il faut modifier l'encadrement, suggère Alain Gardère. À Paris, les chefs de service sont beaucoup plus impliqués. Une affaire d'une telle ampleur peut se produire dans la capitale, mais elle serait certainement détectée plus tôt. À Marseille, les fonctionnaires étaient livrés à eux-mêmes.

– Nous aurons l'occasion d'en reparler.

– Il faudrait aussi changer de braquet, avec les dealers. Les moyens existent, la police doit passer à la vitesse supérieure. Les petits dealers vont très vite, eux ! Ils sont plus modernes qu'on ne le croit. »

Le ministre prend note. La lutte contre le trafic de stupéfiants fait partie de ses objectifs prioritaires. Mais, en vérité, cette affaire de la BAC, en partie menée sous le précédent quinquennat, n'est pas « son » affaire. Il craint de ne pas en maîtriser tous les ressorts, comme ses principaux conseillers, de Renaud Vedel à Jacques Meric, plus ennuyés qu'autre chose par cette tuile qui tombe à l'heure où l'on affichait de nouveaux visages et une nouvelle répartition des pouvoirs dans la cité phocéenne.

Enquête préliminaire, bis

Les ripoux ont-ils d'une façon ou d'une autre contribué à l'exécution d'un indicateur ? C'est la nouvelle rumeur qui court à Marseille. Rumeur, jusqu'au jour où la sœur aînée de la victime, Belinda Gouasmia, la trentaine, décide de frapper à la porte de l'avocat parisien Yassine Bouzrou, spécialiste des affaires délicates. Cela fait des mois que la jeune femme entend cette invraisemblable histoire dont toute la cité, ou presque, est au courant. Où l'on découvre que plusieurs policiers ont été entendus sous X, la grande mode à Marseille, et que leurs témoignages devant l'Inspection générale des services vont tous dans le même sens : Lyès Gouasmia aurait été dénoncé à ses rivaux comme indicateur par des fonctionnaires de la BAC Nord, agacés de le voir exercer comme dealer en toute impunité (et les narguer avec des milliers d'euros qu'il ne leur remettrait jamais...).

Lyès Gouasmia, enfant de cette cité des Oliviers qui a déjà bien nourri le *Who's who* du banditisme, est un héros malgré lui. Grâce à ses informations, la police a pu interpeller les auteurs de l'attaque d'un bus de la ville, laquelle s'était soldée par la mort d'une jeune fille. Héros parce que les faits se déroulent en 2006 avant de rebondir en 2007, en pleine campagne présidentielle, celle qui va porter à l'Élysée le ministre de l'Intérieur Nicolas Sarkozy.

Lyès a 18 ans à peine lorsqu'il se confie à une femme policier. Que lui propose-t-on en échange de sa contribution anonyme ? Un numéro officiel au bureau des sources, qu'il perçoit comme une sorte d'assurance tous risques.

Une année plus tard, les futurs ripoux auraient vainement tenté de le rançonner alors qu'il officiait dans sa cité comme dealer en chef. Déjà en cheville par ailleurs avec la police, il aurait refusé tout partage avec les « baqueux », les privant d'une source de revenus substantielle. Impossible d'arroser tout le monde sous peine de couler la « boutique ».

La suite relève pour le moment de la construction, faute d'éléments probants : négligemment ou non, ces policiers auraient raconté à des dealers du secteur, amis des incendiaires du bus, que Lyès donnait satisfaction en tant que « balance »... Une façon indirecte d'appuyer sur la gâchette, sans y toucher. Et de reprendre le contrôle total de ce qu'ils considèrent comme « leur » terrain... Parce que les véritables boss, c'est eux.

Quatre ans plus tard, trois témoins sous X brisent le silence. « Ils lui en voulaient d'agir en toute impunité », affirment-ils d'une seule voix. De quoi propulser le dossier de la BAC vers d'autres sphères, puisqu'il ne serait plus question seulement d'association de malfaiteurs, mais d'assassinat. Étayent-ils leurs accusations ? On sait simplement que les tueurs ont appelé la victime de la part de son référent officiel, un certain Albert Plaza à qui il aurait rendu visite à la veille de sa mort.

S'est-il présenté au rendez-vous en pensant rencontrer des policiers, lui qui s'est absenté en plein repas de Ramadan en disant à ses proches qu'il revenait « vite » ? On l'a retrouvé du côté de Vitrolles, criblé de balles, le corps carbonisé dans une BMW, méthode brevetée cité des Oliviers. Mais pas son téléphone portable, disparu avec le texto qui l'avait poussé à sortir si précipitamment.

Me Yassine Bouzrou a rédigé une plainte pour réveiller le dossier après le non-lieu, fin 2011, alors que personne n'avait encore fait état du rôle d'indicateur de la victime. Et, le 31 août, un nouveau juge d'instruction a été désigné à Aix-en-Provence.

Si la piste se confirmait, ce serait l'apothéose. Ce que l'on peut imaginer de pire : des flics qui non seulement dépouillent les dealers, mais les aident à s'éliminer les uns les autres en espérant bien voir disparaître ceux qu'ils ont détroussés. *The Shield*, version marseillaise ! Un monde où les règles en vigueur sont celles qu'incarnent ces fonctionnaires, seuls sur le terrain depuis de si nombreuses années. Où les héros sont vérolés, mais qu'importe, puisqu'ils sont du bon côté de la société, contre les « salopards » et autres « crevures », puisqu'ils sont le dernier rempart du bien dans ces territoires hostiles. S'ils ne sont pas là, ce sont les voyous qui gagnent : peu importent les moyens déployés, seul compte le résultat !

Derby

11 octobre 2012. Les règlements de comptes reprennent, plutôt côté banditisme traditionnel.

Tué au *Derby*, une brasserie de l'avenue Foch (4e arrondissement), Jean Marano n'avait a priori pas de lien avec les cités.

Menaces

12 octobre 2012. Sébastien Bennardo se trouve devant l'école de son fils lorsqu'il voit arriver deux

hommes dans sa direction. Sauf erreur de sa part, les mots que prononce l'un d'eux s'apparentent à une menace de mort. De mémoire, le jeune policier a entendu ceci :

« On va vous le faire payer. On va vous flinguer. »

Le commentaire qu'il fait de cet incident relève de l'exorcisme :

« Je suis certain qu'un de nous trois va mourir ou finir en prison parce qu'il aura tué des flics qui se seront introduits chez lui. »

Ripoux investisseurs

L'un des fonctionnaires de la BAC de jour mis en examen a-t-il acheté un appartement à Lourdes, comme le prétend aujourd'hui la rumeur marseillaise ? Ce serait le signe qu'à la base, contrairement à ce que pensait le malheureux Gilles Leclair, prédécesseur d'Alain Gardère, certains croient vraiment aux miracles. Mais rien n'est prouvé pour le moment.

Plus sérieusement, la justice s'est donné le moyen, en jouant les prolongations, de matérialiser les accusations, de montrer que ces comportements hors la loi n'étaient pas ponctuels, mais inscrits sur la durée. Confrontés aux conversations de leurs collègues à bord des voitures, plusieurs policiers optent pour la voie oblique. « Vous prenez au pied de la lettre des propos qui relèvent de la plaisanterie », expliquent-ils en substance, relayés par les avocats des suspects. Le shit entreposé dans les faux plafonds des vestiaires de la brigade ? « Cela provient d'une saisie, plaident-ils, on n'a pas eu le temps de faire les scellés... » Quant aux accusations les plus folles, celles qui décrivent les flics de la BAC déguisés en braqueurs, battes de base-ball en main, elles ne sont pas gravées dans le marbre. Le dossier ne rapporte pas davantage la preuve que ces fonctionnaires auraient attaqué des bijouteries de la rue d'Aix avec leurs armes de service, qu'ils revendraient eux-mêmes les barrettes de shit confisquées, incognito, à des consommateurs marseillais, qu'ils racketteraient un magasin d'électroménager pour s'équiper en télés et autres fours à micro-ondes, ou qu'ils voleraient des moto-cross dans les scellés pour les revendre... L'absence de témoins leur sera profitable, comme à n'importe quels autres accusés. Et puis, leurs défenseurs martèleront leur refrain : petit grade, petit ripou...

Les dealers et autres « charbonneurs » se sentent-ils moins en sécurité depuis la neutralisation des policiers qui les plumaient ? On voit mal comment procéder à un sondage pour en savoir plus.

Si un jour vient un procès de l'affaire de la BAC, ils ne seront pas sur le banc des parties civiles pour raconter tout le mal que leur ont fait ces policiers qui prétendaient rendre eux-mêmes la justice. Ce sera un procès sans victime, où les avocats feront tout leur possible pour démonter, procès-verbal après procès-verbal, l'enquête de l'Inspection générale. Une inspection dont chacun sait qu'elle travaille presque exclusivement à charge. Ils tireront à boulets rouges sur ces conversations piégées dont toutes les interprétations sont possibles. Peut-être expliqueront-ils aussi que les prévenus ne représentent qu'une infime partie de ceux qui ont mis la main à la sacoche. À juste titre, puisque manqueront tous ceux qui sont passés à travers les mailles du filet à la faveur d'une discrète mutation ou d'une promotion élégante. Devenus chefs de circonscription après avoir « envoyé les mains », comme disent les voleurs d'habitude…

L'avocate

Myriam Greco est passée par l'école des inspecteurs, comme on disait à l'époque, avant de devenir avocate à Marseille. Sa spécialité : la défense des policiers, domaine en plein essor, tant l'action de la police est de plus en plus souvent contestée au quotidien. Ce qui lui vaut d'assurer aujourd'hui la défense de quelques présumés ripoux dont elle clame – on s'étonnerait du contraire – la complète innocence.

« Vous verrez, pronostique-t-elle, il ne restera rien de cette procédure. »

Bien sûr, on a trouvé des barrettes de shit chez l'un des policiers, mais, de nos jours, qui ne fume pas ? Bien sûr, il y avait quelques centaines de grammes de résine dans les faux plafonds de la brigade, mais, au regard de ce qui se vend tous les jours dans les cités des quartiers nord, qu'est-ce que ça pèse ? Il est vrai que des battes de base-ball ont été retrouvées dans les placards de plusieurs fonctionnaires, mais qu'est-ce que ça prouve ? Ils détournaient sans doute quelques cartouches de cigarettes, admet Me Greco, mais « c'est du gagne-petit », « de la gnognotte ». Les biens immobiliers dont l'un des fonctionnaires est propriétaire ? « Il s'est expliqué », affirme-t-elle. On a retrouvé 80 000 euros chez un autre ? Hébergé par ses parents, « il a fait des économies ». Les écoutes dans les voitures, point fort de l'accusation ? « Ils se savaient écoutés, alors ils se sont amusés », tranche l'avocate, renvoyant les enquêteurs à leurs « interprétations ».

« Tout ce qu'on peut leur reprocher, c'est d'avoir mangé des pains au chocolat en contrepartie de barrettes de shit, plaide-t-elle déjà. Les hommes que vous avez en face de vous n'ont pas le profil de grands ripoux. Ce sont de simples exécutants, comme X., un gars musclé, certes, mais qui aurait été incapable de planifier quelque délit que ce soit… »

Entendus par l'IGPN « jusqu'à l'épuisement », les suspects n'auraient rien concédé. Un seul a admis un « acte de folie » au sujet d'un vol d'argent ; tous les autres campent sur une ferme dénégation, comme, avant eux, le commissaire Michel Neyret qui n'a jamais cédé un centimètre de terrain…

Il y a un quart de siècle, dans le quartier populaire de Barbès, à Paris, le flicard payait rarement son restaurant. Il ressortait des magasins de fringues tout de neuf vêtu. Il embourbait régulièrement bijoux et liquidités lors des « enquêtes décès » chez des personnes seules. Il s'entendait avec le commerçant pour déclarer un préjudice très élevé après un vol, en échange de quoi il recevait, par exemple, un blouson en cuir neuf… Et, aujourd'hui, on reprocherait à ces « baqueux » d'avoir trois ou quatre fois « mangé aouf » (gratuitement) ?

Les arguments de Me Greco, qui a précisément exercé comme flic dans ce même quartier parisien, sont bien rodés. Ils donnent une petite idée de la façon dont les fonctionnaires de la BAC seront défendus s'ils sont un jour renvoyés devant un tribunal : le seul tort qu'ils reconnaîtront, ce sera d'avoir parfois un peu bâclé les procédures. Leurs défenseurs tenteront même de les faire passer pour des victimes : victimes de la course aux résultats, de la pression hiérarchique, du manque de formation, eux qui se sont mis à faire un travail normalement dévolu à la PJ, à traiter des indicateurs alors que personne ne les y avait préparés… S'il le faut, on citera un syndicaliste qui magnifiera leur action, on l'entend déjà d'ici :

« Ces policiers sont des types exceptionnels. Ils montent au feu. Ils mettent en péril leur intégrité physique. Ils négligent leur vie privée. Jamais un arrêt maladie ! On les accuse de racket, de vol, mais quand on a, comme eux, un sens aigu de la loi, c'est insupportable de voir les dealers relâchés le jour même où ils les ont arrêtés, puis de les voir reprendre leurs activités frauduleuses sous leurs yeux ! Ils arrêtent les mêmes vingt fois, trente fois, et après on dit que ce sont eux qui les narguent ? Quand ils interpellent un type avec de l'argent et du produit, ils doivent déguerpir pour éviter l'émeute. Que dit le Code de procédure pénale ? Qu'ils doivent compter les sous avant de partir ? Non, ils rentrent au commissariat et ils voient après… »

À l'heure des comptes, leurs défenseurs parleront aussi longuement des accusateurs. Il y a même de fortes chances pour qu'ils retournent le glaive contre eux : tactique classique, mais efficace. Les avocats se feront un plaisir de renvoyer de Sébastien Bennardo l'image d'un homme « dangereux », d'un policier « qui a une telle conception de la loi qu'il en vient à l'enfreindre ». Quant à Gilles Tachon, il ne sera pas trop compliqué d'expliquer que le fait d'être une référence pour la télévision ne fait pas d'un ancien flic un modèle pour la police. S'il le faut, ils trouveront même des témoins pour mettre en cause sa moralité et son peu de goût pour les règles procédurales…

Repêchage

Mission : sauver la peau du « soldat » Sébastien Bennardo, deux enfants à charge. L'aider à trouver un poste, dans la police ou ailleurs – plutôt ailleurs, à première vue, tant certains se sont employés à lui tailler un costume de véreux. L'empêcher de sombrer, lui qui ne touche plus le moindre salaire depuis deux mois, dont la vie privée a été sérieusement écornée et qui vit désormais dans la crainte d'une vengeance, allant jusqu'à entrevoir la possibilité d'une attaque frontale contre lui ou l'un des deux collègues qui ont, comme lui, témoigné dans le dossier de la BAC. Lui rendre un peu de sa « dignité de poulet » au terme de ce combat contre lui-même, ses démons et ses défauts.

En attendant une hypothétique réhabilitation, pour ne pas se retrouver à la rue, Sébastien Bennardo retourne à son premier métier : pizzaiolo. Avec la colère de celui qui a l'impression d'avoir travaillé pour la patrie sans en recevoir aucun remerciement.

La vie reprend son cours

Les guetteurs sont toujours en place à la lisière des cités, vigies indéboulonnables, cagoules sur le visage, mains dans les poches, qu'il pleuve, qu'il vente ou que le soleil cogne. Les portiques de sécurité font leur petit effet en bas des cages d'escalier où s'épanouit le bizness...

Est-on déjà en train de reperdre le terrain gagné ? Des voyous sont au tapis, des ripoux aussi, mais tout est toujours à refaire...

La vie reprend son cours, la vraie vie, celle où tout est un peu gris, pas la vie rêvée des « chevaliers blancs ».

Le procureur de la République de Marseille conserve l'énergie des premiers jours : « Nous savons que cette porosité touche d'autres institutions, avance Jacques Dallest. C'est un mal marseillais. Il y a trop de fuites. J'ai connu ça en Corse, avec les gendarmes : on se rend service entre voisins, entre amis, et rien ne reste secret. Les petits arrangements entre amis peuvent cacher des turpitudes plus graves. C'est lié à cette société du Sud où le respect de la norme n'est pas la première des valeurs. La crise augmente forcément les tentations. Les restrictions, la baisse des dépenses publiques pèsent sur les fonctionnaires. »

Et le magistrat de renvoyer la balle dans le camp de la société : « On attend trop de la justice. Nous contribuons à la moralisation, avec nos moyens et nos limites. Les jeunes Marseillais grandissent dans un univers mafieux. Aux partis politiques de faire leur travail ! »

Système clanique du côté politique, système mafieux du côté des cités : le nouveau préfet de police, Jean-Paul Bonnetain, n'a eu que quelques jours pour se familiariser avec le décor phocéen. Plus républicain que va-t-en-guerre, comme il se définit lui-même, il a lui aussi la fraîcheur de ceux qui attaquent un chantier. Il voit bien qu'à force de faire l'apologie des villages cette ville a poussé les cités des quartiers nord à adopter un mode de fonctionnement médiéval, Smartphone et Audi en plus. Il mesure la force que la crise et la misère confèrent dans ces territoires à une économie qu'il appelle « transgressive » plutôt que « parallèle ».

« Marseille s'est accommodée de beaucoup de choses, dit-il, mais la réalité est en passe de doubler l'image que l'on avait de ces quartiers. »

Doté de pouvoirs qui manquaient à son prédécesseur, le nouvel homme fort de la police à Marseille entend bien contraindre les différents services présents sur le terrain à coopérer au lieu de jouer chacun dans sa cour en espérant tirer les marrons du feu.

« On partagera les bénéfices », promet Jean-Paul Bonnetain, espérant ouvrir une nouvelle page de l'histoire de la lutte contre le crime. Une page où tous les renseignements atterriront dans le pot commun et où l'esprit collectif l'emportera sur l'esprit boutique...

La prophétie de Jean-Claude Delage, syndicaliste

Secrétaire général de la deuxième organisation syndicale de la police, Alliance, Jean-Claude Delage est resté fidèle à Nicolas Sarkozy pendant deux quinquennats. Catalogué, un peu trop à son goût, parmi les conservateurs, il est d'abord marseillais, de cette ville où son syndicat est particulièrement bien implanté à la BAC. Est-ce la raison pour laquelle, depuis que le scandale a éclaté, il n'a de cesse qu'il n'en minimise la portée ? Pas franchement réjoui de ne pas avoir été mis plus tôt dans la confidence, lui qui connaît bien Alain Gardère, il réitère son verdict sur tous les tons et dans tous les micros :

« Cette affaire, c'est la montagne qui va accoucher d'une souris. »

S'il n'a pas vu venir l'enquête de la police des polices, Jean-Claude Delage, qui passe tous ses week-ends dans la cité phocéenne, dit connaître depuis vingt-cinq ans Gilles Tachon, l'homme qui a allumé la mèche. Quant à Sébastien Bennardo, son délégué régional, Davido Reverdy, l'a assisté dans le cadre de ses convocations devant le conseil de discipline.

« Il faut prendre en compte la rancœur de Gilles Tachon, explique Jean-Claude Delage. Il est dans la croisade. Il cherchait un moyen de déstabiliser Pascal Lalle [directeur départemental de la Sécurité publique], il l'a trouvé. Sébastien Bennardo, lui, a besoin de se dédouaner. En balançant, il vise sa réintégration. Mais, pour renvoyer un ripou devant le tribunal, il faut avoir des preuves. Au jour où l'on se parle, il en reste sept en prison, mais, s'ils ne craquent pas, ils sortiront. »

Le syndicaliste admet ne pas connaître le fond du dossier, mais, en fin politique, il tente de circonscrire l'incendie : « Ce n'est pas la BAC Nord qui est en cause, dit-il, ce sont quelques individus. La présomption d'innocence pour tous : telle est notre ligne depuis le premier jour. Qu'est-ce qu'un ripou ? Ne vulgarisons pas ce mot. Voler un dealer pour s'enrichir personnellement, c'est inadmissible. Faire disparaître une barrette de shit, c'est autre chose. Le ripou, c'est le voyou, celui qui a truandé. Ce n'est pas celui qui a eu des comportements administratifs non conformes. Il faut bien laisser filer quelques kilos, si on veut en saisir cent ! »

Syndicaliste jusqu'au bout des ongles, Jean-Claude Delage l'assure : « S'il y a des tordus, ils n'ont rien à faire dans la police. » En attendant « la fin de l'histoire », il constate avec un certain soulagement la réintégration annoncée de plusieurs fonctionnaires… De quoi préserver l'image de sa ville, protéger ses adhérents et digérer le fait qu'on l'ait tenu à l'écart.

Sur un mode plus brutal : Circulez, il n'y a rien à voir…

Nuit noire

23 novembre 2012. Les voyous se sont donné le mot pour faire couler le sang, ce vendredi soir.

Cela commence par une rixe dans les quartiers nord. Pour cause de différend « commercial », un jeune de 21 ans a la mâchoire fracassée, tandis que son frère de 25 ans se fait tirer dans le bras.

Un peu plus tard, un Cap-Verdien de 28 ans est transporté entre la vie et la mort à l'hôpital de la Timone : il a été blessé à l'arme blanche au thorax dans une bagarre.

L'apothéose se produit vers 21 h 15. Alors qu'il arpente une rue calme du 13e arrondissement, Manuel Rodriguez, membre de la communauté des gens du voyage, recherché depuis septembre 2010 pour cambriolages, est la cible d'un commando composé de trois hommes masqués. Touché au bras, il est achevé d'une balle dans la tête, au fusil de chasse, devenant ainsi la vingt-quatrième victime de règlements de comptes de l'année dans la région, et la dix-septième pour la seule ville de Marseille.

Confiscation

Christian Sainte retrouve Notre-Dame-de-la Garde. À 52 ans, ce pilier de la PJ, passé à deux reprises par Marseille, succède à Roland Gauze. Sa feuille de route est claire : travailler davantage sur les cités et les cages d'escalier, là où s'organise le deal, terrain trop longtemps abandonné à la seule BAC dont les hommes ne sont pas formés pour ça. Et serrer les rangs avec les autres services de police, comme avec la gendarmerie et les Douanes, pour éviter à la fois les pertes en ligne et les télescopages…

Tant que les cités de Marseille ne faisaient pas parler d'elles, passant même pour exemplaires à l'heure où, ailleurs, les quartiers s'embrasaient, le bizness pouvait prospérer. L'irruption des armes lourdes dans le décor a changé la donne. Les BAC ne seront plus seules sur le front. Avec une conséquence inattendue : finies, les confiscations sauvages ! L'Évêché s'apprête à mettre sur pied une plate-forme d'identification des avoirs criminels avec la ferme intention de récupérer les biens des voyous. Officiellement, cette fois. De quoi espérer voir augmenter les valeurs saisies, même si 2011 n'a pas été une année blanche, avec 450 000 euros en espèces recouvrés au fil des perquisitions, à ajouter aux 22 millions d'euros d'avoirs criminels confisqués par la police et la gendarmerie.

Une ébauche de coopération se met par ailleurs en place entre la Sécurité publique et la police judiciaire, avec la création d'un groupe mixte chargé de traiter le renseignement criminel. Déjà un premier résultat : l'arrestation d'un homme qui détenait (dans la cave d'un voisin) une kalachnikov avec deux chargeurs et un pistolet automatique Sig Sauer soustrait à une policière.

Coup d'éponge

Treize autres fonctionnaires sont réintégrés dans la police, faute de charges déterminantes : ils étaient peut-être dans les voitures où se tramaient les mauvais coups, mais rien ne dit qu'ils en aient croqué. Neuf restent sous contrôle judiciaire avec interdiction d'exercer leur profession. Sept dorment toujours en prison.

La police des polices est-elle passée à côté du sujet ? Méticuleuse, elle a mobilisé d'importants moyens techniques, mais elle n'a pas la culture du flagrant délit, apanage des BAC et des services de police judiciaire.

Revenu à son premier métier, pizzaiolo, Sébastien Bennardo ne décolère pas : « Le citron est plus que pressé », dit-il en parlant de lui. Aujourd'hui, il a refusé de suivre les enquêteurs de la police des polices : « Qu'ils aillent chercher l'info par eux-mêmes, comme je l'ai fait ! » s'exclame-t-il avec l'incompréhension de celui qui se retrouve abandonné au milieu du champ de bataille.

Du côté du palais de justice, on lui conseille de couper court avec les journalistes, mais Sébastien

Bennardo n'entend pas se taire. Justicier dans l'âme, il parle aux médias en espérant parler ainsi à l'oreille du ministre de l'Intérieur.

Dans le secret de l'enquête en cours, lui qui maintient un invisible fil avec le commissaire Cristini en même temps qu'avec le palais de justice, le révoqué anticipe tous les rebondissements. La réintégration de plusieurs membres de la BAC lui laisse un goût amer.

« Mieux vaut donc fermer sa gueule ! clame-t-il. Ils ont regardé les autres voler sans rien dire, et retrouvent leur boulot. Et moi, je suis dehors ! »

Gilles Tachon, l'autre accusateur, évincé de la police pour avoir, sur fond de coucheries débridées, giflé un homme qui lui avait craché au visage, exprime lui aussi vertement sa rancœur : « Ils ont tué la police, ces enc... Ils ont tué notre fierté ! » Et d'avouer, à l'instar de Zorro, non sans sa dose habituelle d'immodestie, qu'il aurait lui aussi volontiers repris le chemin du commissariat :

« Ils ont besoin de mecs comme moi. Ils ont besoin d'être drivés par des mecs qui connaissent le terrain ! »

L'arrestation

6 décembre 2012, 20 h 40. Une patrouille de la BAC inspecte une zone commerciale dans le sud de Marseille lorsqu'un homme surgit et se campe devant le véhicule. Protégé par son gilet pare-balles, il fait distinctement signe aux policiers de circuler,

avant d'ouvrir le feu sur eux. Il vide son 357 magnum de bas en haut, touchant le pare-chocs, puis le pare-brise, mais ses balles glissent sans atteindre leur cible tandis qu'un fonctionnaire riposte et le touche à l'épaule…

Sa fuite ne dure que quelques secondes, mais ses trois complices disparaissent, laissant derrière eux deux voitures volées et un impressionnant stock d'armes et de matériel : un pistolet-mitrailleur, un fusil d'assaut, deux fusils à pompe, trois armes de poing, des brouilleurs et des masques. De quoi, au choix, braquer un entrepôt, un convoi… ou aller régler son compte à un ennemi.

Mais c'est surtout l'identité du tireur fou qui retient ce soir-là l'attention des responsables du ministère de l'Intérieur : Raphaël Jimenez, alias « Tchum », âgé d'une trentaine d'années, est recherché depuis son évasion de la prison de Luynes, un peu plus d'un an auparavant. Membre de la communauté des gens du voyage et considéré comme un voyou aguerri, il est proche de l'équipe du gang des braqueurs à la disqueuse auquel la justice entend imputer l'assassinat du policier Éric Lalès. Faisait-il ce jour-là partie du commando ? Rien ne le prouve pour l'instant, même si son nom a circulé, mais la police est passée à quelques millimètres d'une nouvelle catastrophe.

Balance

Albert Plaza, le policier « frangin », est de nouveau convoqué devant l'Inspection générale des services. Il n'est pas le seul : il s'agit en fait d'un tir groupé. L'affaire est plus lourde que celle qui avait valu quelques soucis à l'ancien patron des BAC Nord, en septembre 2011, quand on lui reprochait d'avoir consulté les fichiers pour le compte d'amis maçons. C'est un missile collatéral, si l'on peut dire. Une retombée de l'histoire des ripoux : le parquet d'Aix-en-Provence a décidé de vérifier les accusations des trois témoins sous X à propos de la mort du présumé indicateur Iliès Gouasmia.

Faute de charges suffisantes, aucune trace de corruption n'ayant été détectée derrière la consultation des fichiers pour le compte de ses amis, Albert Plaza a repris du service dans une petite ville de Haute-Provence, Digne-les-Bains. Cette nouvelle convocation pèse sérieusement sur son moral, mais il s'en sort sans mise en examen…

Délirantes, ces accusations ? Elles en ont l'air, vues de l'extérieur, et pourtant, le très expérimenté Gilles Tachon, retraité avant l'heure de la police, affirme que la pratique est assez courante. Que, dans le huis clos où se tissent les liens entre le flic et son indic, tout est possible. Et que le meilleur moyen de se débarrasser d'un type embarrassant, c'est bien de faire savoir à tous ses camarades qu'il renseigne la maison Poulaga. Une phrase suffit, du genre : « Je ne sais pas comment tu es, toi, parce que l'autre, il balance ! Si tu le veux, dis-lui qu'il passe nous voir ! »

Une belle cible dans le dos, et le tour est joué. On en a vu se faire tuer pour moins que ça.

Et, comme le dit si bien Tachon-les-bons-tuyaux, « c'est une autre manière de faire de la police ». Façon nettoyage par le vide. De là à parler de « complicité », il y a une marche qu'un magistrat jaugera par deux fois avant de la gravir.

Qui savait quoi ?

Au nom de la culture du résultat, cette colonne vertébrale de la police sous Nicolas Sarkozy, les plus hauts responsables ferment-ils les yeux sur la façon dont ceux-ci sont obtenus ? Craignent-ils de soulever le voile, au risque de voir leur nom associé aux méfaits qu'ils découvrent ? Pèchent-ils par orgueil, peu enclins à accepter que de telles pratiques aient prospéré sous leur mandat ? Les syndicats de police, notamment le deuxième d'entre eux, Alliance, dont la BAC est un fief, ont-ils tout fait pour étouffer la rumeur et gérer en famille ce qui devait surtout ne pas parvenir aux oreilles de la justice ?

Ces questions hantent la place Beauvau.

La justice, elle, cherche à savoir si des responsables hiérarchiques n'ont pas gardé certaines informations sous le coude. Autrement dit, si la police n'a pas été tentée d'écraser le scandale qui pointait. Elle piste le rapport rédigé par le successeur d'Albert Plaza, Jean-Marc Autran, dont elle voudrait connaître le sort. Deux hypothèses se profilent :

La plus douce serait que l'institution se soit laissée aller à sa pente naturelle : comme ces policiers de la BAC étaient grands pourvoyeurs d'affaires élucidées et de bons chiffres en tout genre, personne n'a trop cherché à en savoir plus. D'autant que les primes, au cœur du management dans la police, étaient étalonnées sur ces résultats.

La plus improbable serait que ceux qui étaient chargés de diriger et contrôler le travail des (présumés) ripoux en croquaient eux aussi. À ce jour, aucun indice ne le laisse supposer. A-t-on d'ailleurs cherché dans cette direction ? Non, affirme Sébastien Bennardo qui certifie qu'on lui a demandé de « ne pas mettre en cause la hiérarchie, du moins dans un premier temps, pour ne pas la froisser ».

Quant aux gardiens de la paix et autres brigadiers interpellés, ils se défendent comme de beaux diables. Quelques-uns admettent du bout des lèvres un ou deux dérapages, mais la majorité d'entre eux contestent. Ils crient au « fantasme », jurent que tout est faux. Ils savent que les écoutes pèsent lourd dans la balance des charges, mais qu'elles ne suffiront pas à les faire condamner. Et ils n'ont aucune raison de renoncer à utiliser tous les subterfuges et autres acrobaties procédurales auxquels recourent tous les jours les voyous pour se tirer d'affaire.

Signe d'une relative détente sur le front : les sept qui étaient encore incarcérés recouvrent la liberté au lendemain d'une nouvelle sortie fracassante de Zorro en une de *Libération*. Celui par qui le scandale est arrivé n'encaisse pas sa situation administrative. Il ne comprend pas pourquoi il doit courir après les petits boulots et vivre dans la peur d'une vengeance de ses collègues, lui qui rêve non seulement d'une médaille du courage, mais d'une statue à la gloire de celui qui a su ramener la police marseillaise dans le giron de la République. Il le dit haut et fort, au risque de faire tousser la place Beauvau où Manuel Valls aurait préféré connaître plus tôt les dessous de cette enquête sensible, démarrée sous le quinquennat précédent. Au risque, aussi, de gêner les magistrats qui remettent tous les suspects en liberté à la veille de Noël.

Manuel Valls et les « baqueux »

12 décembre 2012, place Beauvau.
Manuel Valls est prudent :

> « Nous ne connaissons pas vraiment la fin de l'histoire, observe-t-il[1]. J'ai pris une décision forte, la dissolution de la BAC, qui ne règle pas tous les problèmes de fond, notamment la question des méthodes de travail. Les nouvelles équipes sur place sont en train de changer de méthode pour obtenir des résultats, notamment en matière de renseigne-

1. Entretien avec l'auteur.

ment, parce que c'est la clef. Il faut remettre la BAC sur ses fondamentaux, ne pas faire que du chiffre, et en même temps mieux quadriller le terrain. Ils obtiennent déjà des résultats dans le milieu gitan, ils en obtiendront dans les cités.

Mais la justice et l'IGPN continuent à faire leur travail. Nous ne connaissons pas encore le degré d'implication des uns et des autres, ni les conséquences, par capillarité, de cette affaire. Où sont les anciens de la BAC ? J'ai donné mon feu vert pour que l'enquête se poursuive, mais ce n'est pas la seule. D'autres enquêtes sont menées discrètement. D'autres faits graves pourront être révélés.

Je veux que l'on soit très attentif à ce qui se passe sur le port de Marseille ; il y a du trafic, des sorties de drogue, et, là aussi, il y a besoin de resserrer les mailles du filet.

Le système des BAC, qu'il faut garder, car elles sont utiles, a créé cet isolement. Les "baqueux" et leur hiérarchie immédiate travaillent en vase clos. La question se pose de savoir comment on contrôle leur travail, mais aussi de dire s'il est bon de rester dans une même BAC pendant quinze ou seize ans.

À Marseille, il y a un problème de culture. Ceux qui arrivent de l'extérieur, si la hiérarchie n'y veille pas, sont pris dans un système. On décourage ceux qui veulent bien faire leur travail avec des principes et des règles qui devraient régner partout dans la police.

Pour être policier dans ces quartiers, il faut être très fort, et pour être fort il faut être soutenu. La réforme "corps et carrière" a bâti une pyramide hiérarchique qui a laissé les gardiens de la paix et

les gradés un peu seuls. On a réduit le nombre de commissaires, et les officiers sont pris par la paperasse et le travail administratif.
Il faut que la hiérarchie soit extrêmement présente, mais n'accusons pas que la police. Les quartiers nord comme les quartiers sud étaient abandonnés par les pouvoirs publics. La politique de la ville se mettait-elle vraiment en œuvre ? Non. Quand Jean-Claude Gaudin décide enfin de miser sur la vidéoprotection, il l'installe en centre-ville, ce que je peux comprendre, mais c'est la limite de la politique mise en place ces dernières années : ces quartiers n'étaient pas dans les projets, et c'est quand même là un problème.
Quand les policiers ont le sentiment d'être seuls, il faut être prudent. Il y a un travail de reconquête qui ne peut pas seulement être celle de la police, mais qui doit être une reconquête par la société. »

Au menu du ministre de l'Intérieur pour les mois à venir, de multiples rencontres sur le terrain avec les « baqueux », ces fonctionnaires qui sont souvent flics à 200 % et vivent en général pour protéger les « gentils » contre les « méchants ». L'enjeu, pour Manuel Valls, est énorme. Comme le souligne le député Jean-Jacques Urvoas, l'un de ses principaux éclaireurs dans le monde policier et gendarmesque, « le chantier marseillais lui donne l'occasion de concrétiser sa politique ».

Discours imaginaire

Si le préfet Alain Gardère avait aujourd'hui le loisir d'avoir les fonctionnaires de la BAC Nord en face de lui, il leur tiendrait à peu près ce discours :

> « Vous êtes les rois des imbéciles. Vous avez tout pour être de bons flics, vous avez un beau métier, et vous vous comportez comme les voyous. Vous salissez l'image de la police. Les BAC, c'est un bel outil, vous l'avez saccagé. C'est pour cela que j'ai tenu à aller jusqu'au bout. Parce qu'on vous avait en quelque sorte confié les clefs de la maison.
> Démarrer une enquête sur des flics, jamais je n'aurais pensé devoir le faire, tant j'ai d'admiration pour eux. Cela ne m'a pas rendu heureux. Cela n'est pas ce que j'ai fait de plus glorieux. Mais cette BAC est l'organe vital de la police marseillaise. Elle en est en même temps le foie, l'intestin et les reins. Aujourd'hui, j'ai plus de peine pour vous qu'autre chose, mais, quand on est policier, on ne peut pas cautionner les dealers. C'est pire que tout. Vous pouviez contribuer à éradiquer la délinquance dans la deuxième ville du pays, vous avez pris le risque de la légitimer.
> Les habitants des quartiers nord vivent dans des conditions difficiles. Il faut qu'ils aient face à eux des gens qui leur inspirent confiance en l'État. Sinon, ils ne croiront plus à rien. Réfléchissez à la façon dont vous avez représenté la police et l'État. Vous devriez être au-dessus du lot, parce que vous êtes le fer de lance de la lutte contre la délinquance

J'attendrai que la justice tranche avant de vous juger, mais, si tout cela est vrai et confirmé, vous aurez vendu votre âme de flics et vous aurez été le déshonneur des BAC. »

ÉPILOGUE

Le préfet Alain Gardère, ex-plus jeune directeur départemental de la Sécurité publique de France, a encore une longue carrière devant lui. Même avec la gauche au pouvoir, laquelle ne pourra l'accuser d'avoir protégé les « tordus », comme bien d'autres avant lui. La droite peut quant à elle se targuer d'avoir, par son truchement, prouvé qu'elle était elle aussi capable de faire le ménage dans une institution qu'elle a naturellement tendance à couvrir. D'habitude, on ne trouve personne pour donner un coup de pied dans la fourmilière ; lui, assume.

Le préfet de région, Hugues Parant, ne s'est jamais vraiment intéressé à l'affaire de la BAC. Il est toujours en place. Profil bas.

Pascal Lalle, dont personne ne conteste les compétences, occupe pour l'heure le plus haut poste de la Sécurité publique. Avec, pour lui, d'avoir été le directeur départemental qui aura le plus récompensé et le plus sanctionné les fonctionnaires. Regrette-t-il de ne pas avoir été informé jour par jour des investigations ? « Non, affirme-t-il, car cela aurait perturbé le fonctionnement du service. »

Nora Preziosi, l'élue des quartiers, pense souvent à Nicolas Sarkozy, mais assure que si Manuel Valls crée son propre parti, elle est bien capable de le suivre.

La sénatrice socialiste Samia Ghali est devenue une habituée des médias ; elle espère bien jouer un rôle lors des prochaines grandes batailles électorales de Marseille.

Gilles Tachon, l'intrépide, plastronne sans se dégonfler, cela ne lui ressemblerait pas : dès l'école de police, il se promenait, dit-on, avec une arme dans le dos et une autre dans sa chaussette.

Sébastien Bennardo enfourne des pizzas et se lamente, avec tout ce que la BAC compte de forces vives sur le dos. À la porte de la police avec, en prime, une condamnation pendante pour faux en écriture publique.

Les « daronnes » des quartiers nord misent tout sur les survivants, et ne lâchent rien.

Les habitants des quartiers nord se sentent un peu moins seuls, peut-être même que certains d'entre eux retrouvent confiance en l'État.

En attendant, la loi du silence semble reprendre le dessus.

Le scandale de la BAC Nord ? Quel scandale ? Si ces policiers ont commis un crime, c'est le crime parfait puisqu'il n'y a pas de victime.

Entre les mutations opportunes, la prescription et la faiblesse des charges, l'affaire se vide peu à peu de sa substance. Comme toutes les affaires du genre, ou presque. Laissant encore entrevoir la pointe émergée de ce qui se tramait entre des flics et des voyous qui avaient effacé les frontières sur un territoire abandonné par la République.

Pourtant, Jacques Dallest, procureur de la République de Marseille, se veut plutôt positif : « L'abcès est crevé », dit-il.

TABLE

Cet ouvrage a été imprimé en France par
CPI Bussière
à Saint-Amand-Montrond (Cher)
en février 2013

Photocomposition Nord Compo
Villeneuve-d'Ascq

PAPIER À BASE DE
FIBRES CERTIFIÉES

Fayard s'engage pour
l'environnement en réduisant
l'empreinte carbone de ses livres.
Celle de cet exemplaire est de :
0,950 kg éq. CO_2
Rendez-vous sur
www.fayard-durable.fr

36-57-3624-8/01

Dépôt légal : février 2013.
N° d'impression : 2001109.